D1718392

Gallmeister

# LA GUERRIÈRE

# Helene Bukowski

# LA GUERRIÈRE

*Traduit de l'allemand
par Elisabeth L. Guillerm*

Gallmeister

FICTION

*Titre original:* DIE KRIEGERIN

Copyright © 2022 by Helene Bukowski
Copyright © 2022 by Aufbau Verlage GmbH & Co. KG, Berlin
Publié par Blumenbar
Blumenbar est une marque de Aufbau Verlag GmbH & Co. KG
All rights reserved

© Éditions Gallmeister, 2024, pour la traduction française

ISBN 978-2-35178-318-4
ISSN 1956-0982

Photo de l'auteur © Rabea Edel
Illustration de couverture © Aurélie Bert
Conception graphique : Aurélie Bert

*Une femme reste un objet pour l'éternité*
FINCH

*Goûte mon sang, mec, goûte mon sang*
EBOW

# PREMIÈRE PARTIE

## EAU SALÉE

Lisbeth se réveilla en sursaut. L'obscurité était si épaisse qu'elle ne sut dire si ses yeux étaient ouverts ou fermés. Elle tâtonna sur sa table de nuit, trouva son portable et l'approcha de son visage. L'écran brillait si fort que, pendant un instant, elle fut aveuglée. Elle cligna des yeux. Trois heures trente. Malik soupira dans son sommeil et se retourna vers elle. Entre eux était allongé l'enfant, qui respirait paisiblement et dormait profondément. Elle repoussa la couette, se leva, enfila ses chaussons et un pull, quitta la chambre, longea le couloir sombre et alluma la lampe de la cuisine. À la lumière, elle observa ses bras. La peau était écorchée, les plis du coude couverts de sang. Elle examina ses ongles, extirpa la croûte qui se trouvait dessous, mit de l'eau à chauffer et versa du café moulu dans une tasse.

Dans le miroir de la salle de bains, elle vit qu'elle s'était aussi égratigné le cou. Elle prit une douche froide, nettoya le sang qui maculait son corps, se sécha prudemment et s'enduisit de crème, mais sa peau brûlait toujours. De retour dans la cuisine, elle but son café, mangea un toast, se glissa dans sa doudoune lilas et sortit de l'appartement.

Elle avait garé la camionnette de la boutique de fleurs dans une rue transversale, sous un tilleul qui perdait déjà ses feuilles. Lisbeth en ramassa quelques-unes tombées sur son pare-brise, s'installa dans le véhicule et démarra le moteur.

Les rues étaient vides. Elle roula sans s'arrêter. Elle avait mis le son de la radio si bas qu'elle ne comprenait pas de quoi ils parlaient, seul un doux murmure s'en échappait.

Au marché de gros, tout était encore calme, et le parfum des fleurs embaumait la halle. Les mouvements de Lisbeth s'apaisèrent. Elle parcourut méthodiquement tous les stands, attrapa les fleurs, vérifia leur stabilité, marchanda, tendit son argent et parla météo. Après avoir trouvé tout ce qui était sur sa liste, elle rangea les fleurs dans sa camionnette et fuma une cigarette sur le parking, adossée contre le métal froid du véhicule. Une sirène retentit, tranchant la nuit. Lisbeth sentit une odeur de brûlé, regarda autour d'elle, crut pendant un instant se tenir sous une pluie de cendres, cligna des yeux, et tout redevint tranquille. Elle frotta ses bras en amplifiant la pression.

— Putain, jura-t-elle.

Elle secoua ses mains pour résister à l'envie de se gratter, jeta la cigarette et monta dans sa camionnette.


Lisbeth sortit de la ville, se gara au bord d'un canal et traversa une étendue de mauvaises herbes hautes. Des feuilles et des piquants de bardane s'accrochèrent à son pantalon. Elle prit son couteau pliant dans la poche de sa doudoune et, à la lumière de son portable, coupa un peu de plantain lancéolé, de cerfeuil, d'avoine dorée et quelques branches de prunellier. Lentement, les démangeaisons s'apaisèrent. Une première traînée de lumière commença à poindre à l'horizon. Elle roulait de nouveau vers la ville lorsque le soleil se leva. Il rougeoyait dans le rétroviseur.

La boutique de fleurs se trouvait près de la Sprée. Ce jour-là, Lisbeth pouvait sentir l'odeur de l'eau. Elle gara sa camionnette au bord de la rive, porta les fleurs et les mauvaises herbes coupées jusqu'à la boutique, les répartit dans des seaux en émail, ôta ce qui avait fané pendant la nuit, écrivit les nouveaux prix sur les étiquettes, examina les commandes, sortit arranger les pots et les plantes posés devant la porte et déroula le store.

La journée resta calme. Seules quelques personnes entrèrent et achetèrent des fleurs. Les mains de Lisbeth sentaient les tiges de pistachier. Elle attacha de nombreux bouquets avec les herbes du canal et sortit régulièrement dans l'arrière-cour s'asseoir sur une chaise mise au rancart et fumer.

L'après-midi, la propriétaire de la boutique appela, transmit des souhaits floraux pour la composition d'un mariage et raccrocha sans dire au revoir. Lisbeth écrivit une liste, balaya l'épaisse couche de feuilles et de tiges coupées qui s'étaient amoncelées au sol tout au long de la journée, changea l'eau des seaux, archiva les reçus, déposa la clé de la camionnette dans la caisse et fuma une dernière cigarette avant de rentrer tous les pots qui se trouvaient à l'extérieur, réenrouler le store, envelopper dans du papier l'un des bouquets faits avec les herbes et les rameaux du canal et le caler sous son bras.

À dix-huit heures, elle ferma la porte de la boutique à clé en tenant son bouquet la tête en bas. Elle sentait la lourdeur de ses mains, la rugosité de sa peau, les coupures. Elle les enfonça dans les poches de sa doudoune et marcha le long du trottoir sous les platanes déjà presque dénudés. Sous ses pieds vibrait le métro.

Dans quelques semaines, tout serait plongé dans l'obscurité lorsqu'elle ouvrirait la boutique le matin, et tout serait plongé dans l'obscurité quand elle en sortirait le soir.

Une fine bruine se mit à tomber. Lisbeth tira la capuche de sa veste jusqu'à son visage. Elle sentait le froid de l'eau, les lampadaires de la rue s'étaient allumés. Dans la lumière orangée, la pluie ressemblait à de la neige. À sa gauche, un espace s'ouvrait entre les maisons. De hautes orties y poussaient. Elle quitta le trottoir et traversa les orties sans se préoccuper de l'humidité des feuilles sur son pantalon. Au printemps, quelqu'un avait planté des asters au milieu de la friche. Maintenant, ils fleurissaient. Lisbeth regarda autour d'elle. Un chien blanc était blotti par terre, au milieu des fleurs. Elle se mit à transpirer. Un coup de feu résonna dans sa tête. Elle cligna des yeux et réalisa qu'il ne s'agissait pas d'un chien. Un sac en plastique blanc s'était empêtré entre les tiges. La sueur brûlait sur sa peau. Elle retroussa les manches de sa doudoune et les fit passer sur ses coudes et ses poignets en s'efforçant de ne pas utiliser ses ongles pour ôter la croûte. Puis elle se pencha pour ramasser le sac et parcourut le parterre, trouva encore un papier aluminium froissé, une brique de jus vide et trois bouchons en plastique. Elle quitta la friche, jeta le tout dans une poubelle et poursuivit son chemin.

Lisbeth ouvrit la porte de l'immeuble, monta les escaliers et remarqua qu'elle devenait de plus en plus lente. Devant la porte de l'appartement, elle resta immobile. À côté du paillasson se trouvaient les baskets de Malik, puis les bottes en caoutchouc jaune de l'enfant, et encore trois autres paires de chaussures que Lisbeth ne reconnut pas. Elle sentit son corps s'alourdir, et au ralenti, elle enfonça la clé dans la serrure et ouvrit la porte. L'appartement était très éclairé. Une bouffée d'air chaud lui souffla au visage. Une odeur de repas. Un brouhaha s'élevait depuis la cuisine. Lisbeth suspendit sa veste dans la garde-robe, traversa le large couloir, enjamba des jouets et resta sur le seuil de la porte de la cuisine, le bouquet contre sa poitrine. Malik s'activait aux fourneaux. Trois amis à lui étaient assis autour de la table dont les rallonges avaient été tirées. Ils saluèrent Lisbeth. Eden était au milieu d'eux, un bavoir noué autour du cou. Au moment où il aperçut Lisbeth, il étira ses bras potelés dans les airs en gloussant.

— Ah, te voilà, sourit Malik en se tournant vers elle. Nous allions justement commencer.

Lisbeth serra le bouquet plus fort. La lumière éblouissante brûlait ses yeux. Eden tendait encore ses bras vers elle, mais elle n'arrivait pas à poser le pied de l'autre côté du seuil, s'asseoir à la table dressée, attraper un verre de vin, trinquer avec les autres et participer à la conversation.

Malik était retourné à ses casseroles. Il ouvrit un paquet de pâtes et le vida dans l'eau bouillante. Son corps avait l'air si léger qu'il paraissait creux aux yeux de Lisbeth. Elle regarda la table, et même l'enfant lui sembla soudainement être fait de papier mâché.

— J'ai oublié quelque chose à la boutique, murmura-
t-elle.

Elle fit demi-tour, attrapa prestement sa veste dans la
garde-robe et quitta l'appartement. Arrivée en bas de l'immeuble, elle entendit en haut la porte s'ouvrir, Malik l'appeler, l'enfant pleurer, mais elle ne resta pas.

Dans la rue, elle inspira une grande bouffée d'air. La pluie
s'était intensifiée. Elle traversa les flaques, ses chaussures
devinrent trempées. Sa voiture était garée en stationnement
interdit. Elle chiffonna la contravention, s'assit à l'intérieur,
enfouit son visage dans le bouquet de fleurs, hurla, mordit.
L'obscurité la saisit de plein fouet, emplit ses poumons,
broya sa poitrine. Elle avait un goût de cendres. Son portable vibra dans la poche de sa veste. Elle le sortit. Deux
appels manqués de Malik. Machinalement, Lisbeth
démarra le moteur, activa les essuie-glaces et s'en alla. Elle
avait regardé le trajet si souvent sur une carte qu'elle savait
parfaitement où aller. Rapidement, elle quitta la ville et
accéléra sur l'autoroute en direction du nord.

Un peu avant minuit, elle atteignit la mer Baltique. Il n'y
avait aucun nuage dans le ciel. Sous la lumière brillante de la
lune, Lisbeth se précipita vers la plage et alla s'asseoir dans
les dunes. Le sable était mouillé. Elle y enfonça ses mains et
fixa la mer, ignorant le froid.

Ce n'est que vers minuit qu'elle retourna dans sa voiture,
se recroquevilla sur la banquette arrière avec sa veste en
guise de couverture et s'endormit aussitôt. Comme les nuits
précédentes, elle rêva qu'elle errait sur une terre brûlée,
ramassait trois pierres, les perdait et se baissait de nouveau.

Au matin, une fine couche de givre recouvrait les vitres de la voiture. Lisbeth ouvrit la porte. Le ciel était immense. Des mouettes volaient dans le vent.

Elle alla chercher des pâtisseries encore chaudes et un café dans une boulangerie, s'assit sur la plage, mangea et but en contemplant une nouvelle fois la mer. Lorsque les vagues se retiraient, elles laissaient sur le sable de grandes traces d'écume qui scintillaient au soleil avant de s'effacer les unes après les autres.

Sur le portable de Lisbeth s'affichèrent d'autres appels manqués. Elle écrasa le gobelet dans sa main, s'alluma une cigarette et composa le numéro de Malik. Il décrocha aussitôt.

— Qu'est-ce qui se passe ? demanda-t-il, la voix grave.

— Je suis au bord de la Baltique.

— Pourquoi ?

— Je ne peux pas te l'expliquer maintenant.

— Quand est-ce que tu reviens ?

— Je vais partir tout de suite.

— Qu'est-ce qui ne va pas ?

Lisbeth ne répondit pas immédiatement et laissa tomber les cendres de sa cigarette dans le sable.

— Je vais bien. Ne t'en fais pas.

Elle entendit Malik soupirer.

— Je te dis quand je rentre en ville, ajouta-t-elle avant de le saluer et raccrocher.

Elle jeta le mégot dans le gobelet de café. Il grésilla. Au loin, un cargo défilait lentement sur la mer. Lisbeth se leva, frotta le sable de son pantalon et voulut s'en aller. Mais au lieu de cela, elle retomba. Elle essaya de se relever, mais ses muscles ne lui obéissaient plus. Pendant ce qui lui sembla une éternité, elle lutta contre elle-même avant de parvenir enfin à se remettre debout. Titubante, elle quitta la plage, monta dans sa voiture et voulut démarrer le moteur, mais ses mains restèrent inertes sur ses cuisses. Elle cogna sa tête contre le volant. Si fort que, pendant un instant, elle fut prise de vertige.

— Ça ne va pas, réalisa-t-elle, avant de laisser s'échapper un rire strident.

Elle-même n'en revenait pas.


Il y avait encore une empreinte dans le sable, là où elle avait mangé sur la plage. Lisbeth effaça sa trace, courut jusqu'à la mer et plus loin encore, s'éloignant toujours un peu plus de sa voiture. Une bande de mouettes picoraient dans un parterre de coquillages rejetés par les flots. Elles ne s'envolèrent pas lorsque Lisbeth passa tout près d'elles. Les coquilles craquèrent sous ses chaussures. Elle gravit les dunes en protégeant ses yeux du soleil avec sa main. Devant elle se trouvait un bungalow. La façade en bois était érodée. Des rideaux décolorés occultaient la fenêtre. La maison avait l'air abandonnée. Lisbeth descendit les dunes, et aussitôt, le bruit de la mer ne devint plus qu'un murmure. Elle tenta de jeter un œil à travers l'entrebâillement des voilages, mais il faisait sombre à l'intérieur. Elle s'éloigna, fit le tour du bungalow. À l'entrée se trouvaient des véhicules de chantier, des pierres superposées sur une palette, un conteneur et une Jeep argentée. Sur l'escalier était assis un vieil homme qui fumait, et à ses pieds, un chien noir. Le chien bondit et aboya. Lisbeth leva la main et dit:

— Je venais toujours ici autrefois l'été, avec mes parents.

Le vieil homme la dévisagea.

— Je m'en souviens. L'enfant avec la peau esquintée.

Lisbeth fut contente d'avoir enfilé sa doudoune et qu'il ne puisse pas voir ses bras.

— Tu es en vacances ? lui demanda-t-il.

Elle hocha la tête sans le regarder.

— Et où dors-tu ?

— Je comptais demander au village.

Le vieil homme sourit et balança sa cigarette d'une pichenette dans les dunes.

— Si tu veux, je peux te louer le bungalow. À vrai dire, les travaux auraient dû commencer aujourd'hui, mais on ne peut visiblement pas se fier aux gens.

Il gratouilla le chien, enfouissant ses énormes mains dans sa fourrure noire, et regarda Lisbeth.

— Pour combien de temps ?

— Une semaine et demie ?

— D'accord.

Lisbeth lui tendit sa main. Il la serra, fouilla ensuite dans la poche de son pantalon, en sortit un trousseau de clés et le lui remit avec une carte de visite.

— C'est tout comme avant, ici. Si t'as besoin de quelque chose, appelle-moi.

Il attrapa le chien par le collier, l'attira vers lui et le fit monter dans la Jeep. Lisbeth ne bougea pas jusqu'à ce qu'il s'en soit allé. Une fois le véhicule disparu, elle ouvrit la porte et entra. L'odeur était la même qu'autrefois. Elle fit le tour de toutes les pièces. L'aménagement non plus n'avait pas changé. Les coussins décolorés. Le parquet stratifié. Les meubles en bois de pin. Aussitôt, elle eut l'impression de revoir son père traverser la chambre avec un large T-shirt, un short et les cheveux pleins de sable.

Lisbeth se rendit sur la terrasse. Exposé à l'air salin et au soleil, le bois s'était éclairci. Elle s'assit sur une chaise rouillée et sortit son portable. La propriétaire de la boutique avait tenté de la joindre. Elle l'éteignit et s'affaissa contre le dossier de la chaise.

Lisbeth dormit beaucoup. La plupart du temps, elle ne se levait que vers midi. Elle passait ses après-midis sur la plage et marchait sans s'arrêter, jusqu'à ce que le soleil se couche. Le soir, elle mangeait dans l'un des restaurants du coin. On la dévisageait. Une femme seule ne passait pas inaperçue. Personne n'était à ses côtés, portant la même doudoune que la sienne, et tenant sa main lorsqu'elle longeait la plage. Mais Lisbeth ne s'en souciait pas.

Dans un petit magasin, elle s'était acheté une paire de baskets, des hauts, un legging, des sous-vêtements et un sac de voyage, et dans une droguerie, une brosse à dents, un savon et un tube de dentifrice. Cela lui plut de porter de nouveaux vêtements et d'utiliser des produits d'hygiène qui lui étaient inconnus. Le dentifrice avait un autre goût.

La nuit, quand elle se réveillait en sursaut et que ses cheveux avaient l'odeur de la terre brûlée de ses rêves, elle enfilait ses baskets et allait courir sur la plage. Elle courait jusqu'à ce que son corps soit à nouveau fatigué. Alors, elle retournait au bungalow et sombrait dans un sommeil sans rêve.

Quand elle pensait à Malik et à Eden, elle avait la sensation qu'ils étaient loin, très loin, dans un pays étranger, sur un autre continent.

Le cinquième jour, sa mère l'appela.

— Où es-tu? voulut-elle savoir.

— C'est Malik qui t'a appelée? demanda Lisbeth, assise dans le salon du bungalow, les jambes étendues.

— J'ai dû lui tirer les vers du nez. Qu'est-ce qui se passe?

— Je suis au bungalow, répondit Lisbeth.

Sa mère resta silencieuse.

— Là où nous allions toujours en vacances.

— Pourquoi? demanda sa mère.

— Je ne peux pas rentrer à Berlin.

— Comment ça, tu ne peux pas rentrer?

— Ça ne va pas du tout.

— Et qu'est-ce que tu comptes faire?

Lisbeth ne répondit rien. Sa mère soupira.

— Tu dois appeler Malik.

— Il n'a pas besoin de moi.

— Qu'est-ce que tu racontes? s'exclama sa mère.

Lisbeth se mordit les lèvres. La peau du creux de ses genoux commença à la brûler. La sensation remonta jusqu'à son cou.

— Je dois raccrocher, dit-elle.

— Appelle-le, s'il te plaît, parle avec lui.

Lisbeth serra son téléphone un peu plus fort.

— Tu as entendu ce que je viens de te dire? insista sa mère.

— Je l'appellerai.

— Promets-le-moi.

— Je te le promets.

Sa mère poussa un soupir de soulagement.

— Bien.

Lisbeth raccrocha.

Dehors, la nuit était tombée. Elle cligna des yeux, assise dans la pénombre. Puis alla se faire un café, se rassit dans le canapé et composa le numéro de Malik.

— Salut, dit-elle avant de se gratter la clavicule.

Il ne dit rien.

— Je vais devoir rester ici un moment.

— Putain, Lisbeth.

— Je suis désolée.

— Qu'est-ce que je suis censé dire à Eden ?

— Je ne sais pas.

— J'ai fait quelque chose de mal ?

— Non.

— Qu'est-ce que je peux faire pour que tu reviennes ?

Lisbeth demeura silencieuse.

Au loin, elle entendit les pleurs de l'enfant.

— Je ne peux pas rester plus longtemps au téléphone, lâcha Malik.

— Je te tiens au courant, s'empressa d'ajouter Lisbeth, mais il avait déjà raccroché.

Elle resta sur le canapé, étourdie. Finalement, elle parvint à se lever, alluma la lumière et alla dans la salle de bains. En se regardant dans le miroir, elle remarqua qu'elle s'était gratté la peau. Elle frotta le sang, se rinça et se brossa les dents.

Une fois dans son lit, elle attrapa son portable, tapa sur Internet les mots *fleuriste, job, étranger* et fit défiler les annonces. Deux bateaux de croisière cherchaient des fleuristes. Lisbeth sauvegarda les pages et éteignit la lumière.

Le matin suivant, elle marcha sur la plage jusqu'au village. Au kiosque, elle découvrit un cybercafé dans une arrière-pièce. Les ordinateurs ne semblaient pas avoir été utilisés depuis longtemps. Leurs ventilateurs bourdonnaient lourdement. Lisbeth paya pour y rester quatre heures, écrivit une lettre de candidature et l'envoya aux adresses qu'elle avait trouvées la veille. En sortant du kiosque, elle se sentait sonnée. Le scintillement de l'écran était encore imprimé sur sa rétine. Les nuages étaient bas ce jour-là. Une odeur de neige flottait, même s'il ne faisait pas froid. Lisbeth se promena jusqu'à la mer en fumant.

L'eau était agitée. Des mouettes criaient au loin. Sans se presser, elle repartit en direction du bungalow. Une femme se dirigea vers elle. Lisbeth était presque arrivée à sa hauteur lorsqu'elle remarqua le bébé qu'elle portait sous son manteau et enlaçait fermement. Lisbeth n'avait porté Eden qu'une seule fois de cette façon. En prenant le métro. Eden n'était né que depuis quelques semaines. Comme cette femme, Lisbeth était vêtue d'un épais manteau d'hiver. Lorsque deux hommes aux cheveux blonds gominés étaient montés à un arrêt, Lisbeth avait brusquement été frappée par la vision de l'un d'eux sortant un couteau et le lui enfonçant en plein cœur sans réaliser qu'un enfant se trouvait sous son manteau. Elle s'était mise à transpirer, n'avait pas lâché des yeux les deux hommes et était descendue deux stations avant la sienne. Après cela, elle n'avait plus jamais porté Eden si proche de son corps et avait toujours pris la poussette, même si peu de stations de métro étaient équipées d'un ascenseur. Malik, au contraire, avait toujours utilisé l'écharpe porte-bébé et délicatement tenu Eden contre sa poitrine sans craindre quoi que ce soit. Ou peut-être était-il simplement certain de pouvoir défendre Eden si nécessaire.

Lisbeth adressa un signe de tête à la femme et s'empressa d'augmenter la distance qui la séparait d'elle. Elle posa son regard par terre, où les algues, les pierres et les coquillages tapissaient le sable.

— Attention.

Lisbeth releva la tête et resta immobile.

Devant elle se tenait la guerrière. Son regard était vif. Ses lèvres gercées, son visage à peine vieilli. Seuls ses cheveux étaient désormais blancs, comme ceux d'une vieille femme.

Pendant un moment, elles ne firent que se regarder. Puis Lisbeth brisa le silence.

— Qu'est-ce qui t'amène ici ?

— La baignade, répondit la guerrière avant d'esquisser un sourire moqueur.

Lisbeth réalisa alors qu'elle avait enlevé ses chaussures et ses chaussettes.

— Ce n'est pas ce que je voulais dire.

— J'ai grandi ici. Tu l'avais oublié ?

Lisbeth secoua la tête. Bien sûr qu'elle ne l'avait pas oublié.

— Et toi ? demanda la guerrière.

— Les vacances, répondit brièvement Lisbeth.

— Toute seule ? releva la guerrière avant de jeter un coup d'œil autour d'elle, comme si elle s'attendait à voir un groupe de touristes débarquer dans son dos d'un instant à l'autre.

— Toute seule, acquiesça fermement Lisbeth. Il ne fait pas un peu froid pour se baigner ?

— Je suis habituée à des températures bien différentes, assura la guerrière avant d'ôter sa veste de course, son pantalon de jogging, sa brassière de sport et sa culotte, jusqu'à se retrouver nue devant Lisbeth, à l'exception de son bonnet. Puis elle se détourna et s'éloigna dans l'eau sans hésiter. Elle nagea un moment, on n'apercevait plus que sa tête. Lisbeth pensa à sa mère. Elle non plus ne se retournait jamais, du temps où elle allait nager.

La guerrière nagea en sens inverse et revint vers elle. Sa peau était rougie par le froid. Mais elle ne parut pas pressée d'enfiler à nouveau ses vêtements et prit son temps pour les remettre.

— Où est-ce que tu habites ? lui demanda-t-elle.

Lisbeth fit un geste en direction du bungalow.

La guerrière remonta la fermeture éclair de sa veste et enfila ses gants.

— J'ai une chambre d'hôtel sur la jetée. Y a un bon bar, là-bas. Si tu veux, passe me voir ce soir, on boira une bière.

Elle lui adressa un signe de tête et s'éloigna vers le village en longeant la plage. Lisbeth la regarda un moment, puis se hâta de rentrer au bungalow.


Elle avait pris la ferme résolution de ne pas se rendre à l'hôtel et de laisser la guerrière l'attendre en vain, mais alors que le jour commençait à tomber, son corps réagit spontanément. Il lui fit enfiler ses chaussures, puis sa veste, prendre la voiture pour se rendre au village, se garer devant l'hôtel, descendre et entrer dans le hall. Un immense lustre était suspendu au plafond, sa lumière se reflétait sur le sol en marbre, un bar recouvert de boiseries sombres divisait la pièce en deux. Lisbeth repéra immédiatement la guerrière. Elle était assise dans un imposant fauteuil en cuir juste devant la baie vitrée et regardait la mer, un verre de bière à moitié vide devant elle.

— Tiens, te voilà, dit-elle en voyant Lisbeth s'asseoir à ses côtés.

La lumière du lustre rendait les cheveux blancs de la guerrière encore plus frappants. Lisbeth ressentit le besoin de les attraper, de s'assurer qu'ils étaient vrais. Elle s'empressa de glisser ses mains sous ses cuisses.

— Tu les as teints ? lui demanda-t-elle.

La guerrière but une grande gorgée de bière et secoua la tête.

— Ça doit être une anomalie génétique. Les cheveux de ma grand-mère aussi sont devenus blancs pendant la guerre.

— La guerre ?

Les lèvres de la guerrière s'étirèrent en une moue ironique.

— Ah, c'est vrai, pas la guerre, les *opérations de maintien de la paix.*

Elle étendit ses jambes et s'enfonça dans son fauteuil. Sans un mot, une serveuse posa une bière devant Lisbeth et s'en alla aussi silencieusement qu'elle était arrivée. Lisbeth but une gorgée, sentit la mousse toucher ses lèvres et s'essuya la bouche. Avec sa doudoune informe, son pantalon décoloré et ses chaussures salies par le sable, elle faisait tache. Elle changea de position.

— Alors, tu es toujours soldate ? voulut-elle savoir.

— Parachutiste, précisa la guerrière, non sans une certaine fierté dans la voix. Et toi ?

Lisbeth pensa à la boutique, pensa à Malik, pensa à l'enfant.

— J'ai postulé pour travailler sur des bateaux de croisière.

— En tant que quoi ?

— En tant que fleuriste.

— Ah, c'est vrai, tu avais appris ce métier, avant…

La guerrière s'interrompit, baissa les yeux et repoussa son verre.

— J'ai l'impression qu'une éternité s'est écoulée depuis la dernière fois que nous avons partagé un lit superposé.

Elle se mit à rire, à rire comme autrefois, dans un grand éclat et en dévoilant toutes ses dents.

Lisbeth ouvrit la fermeture de sa doudoune.

— Comment va ta grand-mère ? lui demanda-t-elle.

— Morte. Depuis un moment déjà.

— Je suis désolée.

— Ne le sois pas. Elle était âgée, déclara la guerrière en s'affaissant à nouveau dans son fauteuil. Qu'est-ce qui s'est passé dans ta vie depuis la dernière fois qu'on s'est vues ?

— Pas grand-chose. Plusieurs boulots. Plusieurs endroits. Dernièrement, j'étais fleuriste à Berlin.

— Et ta famille ?

— Ma mère va bien.

La guerrière hocha la tête, enfonça sa main dans la poche de son manteau et posa trois pierres polies par l'eau salée à côté de sa bière. Lisbeth fixa les pierres.

— Qu'est-ce qu'il y a ?

— Où as-tu eu ces pierres ? demanda Lisbeth.

— Sur la plage. Il y en a quelques-unes.

— J'en rêve.

— De quoi ?

— De pierres.

Le visage de la guerrière devint grave.

— De quoi rêves-tu, exactement ?

— Je marche sur une terre brûlée. Le paysage semble tout droit sorti d'un autre siècle, tout est recouvert de marécages et de cendres, il n'y a aucune rue. Parfois, je vois des gens, mais on se croise sans se saluer. Et pendant que je marche j'inspecte constamment le sol à la recherche de pierres. Je ne me calme que lorsque j'en ai trouvé trois et que je les ai rangées dans ma poche. Mais ça ne dure jamais bien longtemps, car rapidement après, je finis toujours par remarquer qu'il y a un trou dans ma poche, qu'il n'y a plus que deux pierres dedans, ou une, ou aucune, et je me remets à en chercher.

Elle regarda la guerrière et tenta de lire son visage, mais il ne trahissait aucune émotion.

— Tout cela m'a l'air très lugubre, observa la guerrière en se redressant brusquement. Ça te dérange si on monte ? La musique me donne mal à la tête.

À ce moment, Lisbeth prit conscience des bruits autour d'elle. Quelque part, quelqu'un jouait du piano. Mais peut-être était-ce simplement l'enregistrement d'un concert. Elle laissa sa bière à moitié bue sur la table et suivit la guerrière. Dans l'étroite cabine de l'ascenseur, elles se tinrent si proches l'une de l'autre qu'elles se touchèrent presque. La guerrière dut s'appuyer sur le miroir pour ne pas perdre l'équilibre. Elles se rendirent au dernier étage et parcoururent un long couloir. Un épais tapis atténuait le bruit de leurs pas. La guerrière ouvrit la porte de sa chambre à l'aide d'une carte blanche. Des rideaux clairs recouvraient la fenêtre. Lisbeth supposa qu'elle donnait sur la mer. La guerrière inséra sa carte et la lumière s'alluma. Lisbeth réalisa qu'il y avait des pierres sur tous les meubles. Certaines étaient arrondies, comme celles que la guerrière avait posées sur la table en bas. D'autres avaient des angles acérés. Il y en avait des petites, des grosses, des claires, des sombres. Elle resta là, immobile. La guerrière enleva son manteau. En dessous, elle ne portait qu'un pyjama en soie qui brillait à la lumière. Elle s'assit sur le lit.

— Pourquoi est-ce qu'il y a autant de pierres? demanda Lisbeth.

— Pourquoi rêves-tu de mes rêves?

— De tes rêves?

La guerrière hocha la tête.

— Ça t'es déjà arrivé de rêver les rêves des autres? s'enquit-elle.

Lisbeth évita de croiser son regard. Elle se tenait toujours au milieu de la chambre.

— Est-ce que je peux dormir ici? lui demanda-t-elle.

— Tu ne réponds pas à ma question.

— Je ne devrais pas conduire.

La guerrière soupira.

— Parce que tu as bu la moitié d'une bière?

Lisbeth sentit que sa peau commençait à se raidir.

— Je croyais…

— Le lit est assez grand.

Soulagée, Lisbeth se détendit et s'assit maladroitement sur le matelas.

— Tu as froid? releva la guerrière en indiquant sa doudoune.

— Ah, c'est vrai.

Lisbeth ôta sa veste et passa sa main sur son visage. À présent qu'elle se trouvait si près de la guerrière, elle pouvait nettement sentir son haleine alcoolisée.

— Pourquoi rêves-tu que tu dois ramasser des pierres? lui demanda-t-elle en pliant sa doudoune et en l'écrasant pour en chasser l'air.

La guerrière resta muette.

— Tu ne veux pas en parler?

— Je n'en vois pas l'intérêt, répondit-elle en se glissant sous la couette.

— Les rêves ne viennent pas de nulle part?

La guerrière haussa les épaules et attrapa la télécommande posée sur la table de nuit.

— Voyons voir ce qu'il y a.

— Tu veux regarder la télé maintenant?

— Oui, peu importe quoi.

La guerrière alluma la télévision, passa en revue le programme et opta pour une sitcom aux moyens manifestement limités. Lisbeth s'enfonça contre son oreiller. Il y avait même des pierres sur la télévision.

Toutes deux regardèrent l'écran, silencieuses. Plusieurs fois, la guerrière rit à la chute d'une blague. Son corps tout entier vibrait alors. Au bout d'un moment, elle finit par s'endormir. Sa tête tomba sur l'épaule de Lisbeth, qui ne la repoussa pas. Lorsque la guerrière se tourna dans l'autre sens, Lisbeth se leva, éteignit la télévision, puis la lumière, et alla ouvrir les rideaux. En contrebas s'étendait la mer Baltique. Les vagues s'écrasaient sans bruit. Lisbeth s'éloigna de la fenêtre, retourna dans le lit, tira la couette par-dessus la guerrière, pensa à la mer et s'endormit.

Cette nuit-là aussi, elle erra sans but sur la terre brûlée, à ramasser des pierres. Mais cette fois-ci, elle n'oublia pas que, quelque part, il y avait la mer, le sel et la lumière.

L'un des premiers souvenirs de Lisbeth était cette fois où elle s'était tenue debout sur le tapis du salon pendant que ses parents l'avaient badigeonnée de crème, avec le bruit sourd de la télévision en fond sonore.

À neuf mois, deux ans plus tôt, on lui avait diagnostiqué un eczéma atopique.

— La neurodermatite, peut-être que ce terme vous est plus familier, avait expliqué la docteur aux parents de Lisbeth avant de leur délivrer des ordonnances, prescrire des crèmes et des médicaments, et ajouter qu'ils ne devaient pas se montrer trop délicats avec Lisbeth.

— Cet enfant doit apprendre à s'endurcir.

C'était devenu un rituel d'enduire Lisbeth de crème tous les soirs. Parfois, ses parents lui préparaient également des compresses de thé noir. Le matin, lorsqu'ils l'aidaient à s'habiller, ils veillaient à ce que les tissus ne frottent pas contre sa peau. Tous les produits laitiers disparurent de la maison. Les noix aussi furent interdites.

Mais la peau de Lisbeth demeurait poreuse. Surtout la nuit, où les démangeaisons étaient si fortes qu'elle roulait dans son lit comme un animal. Ses gémissements réveillaient ses parents. Ils venaient dans sa chambre, posaient une main sur son front. Tentaient de l'apaiser avec des serviettes froides, une autre couche de crème. Ou bien ils la mettaient sous la douche et laissaient l'eau froide couler sur elle. Lisbeth se grattait malgré tout, se grattait jusqu'au sang. À l'école, elle se cachait dans ses vêtements et portait même en été des pantalons et des hauts à manches longues.

— Pourquoi est-ce que je ressemble à ça? demandait-elle souvent à ses parents en montrant ses bras écorchés. Pourquoi est-ce que je pars en lambeaux?

Elle n'obtenait aucune réponse satisfaisante. Un soir, sa mère ouvrit un livre d'histoire naturelle et lui montra des images de coraux.

— Ta peau aussi fleurit.

Mais Lisbeth ne voulait pas d'une peau qui ressemblait à un cnidaire. Un jour, alors que personne ne la surveillait, elle attrapa le couteau de cuisine avec lequel son père avait épluché les pommes de terre. Elle enfonça le fil de la lame au-dessus de son poignet, pas très profondément, mais l'entaille se remplit tout de même de sang. Il faut juste enlever la peau, pensait-elle. Peut-être que celle qui repousserait ensuite serait plus fiable. Mais elle n'eut pas le temps d'aller si loin. Sa mère la trouva dans la cuisine, lui retira le couteau des mains avec un calme étrange et banda son bras. Lisbeth ne retenta jamais l'expérience. L'entaille se referma. Une croûte apparut. Mais même celle-ci, Lisbeth ne put s'empêcher de la gratter, de passer sa langue sur le sang qui en coulait. De tripoter la plaie. Comme à beaucoup d'autres endroits sur son corps, elle en garda une cicatrice.

Lisbeth passa les après-midis suivants à s'imaginer que sa peau n'était qu'un costume, un tissu qui pouvait s'enlever, s'échanger. Qu'il lui suffirait simplement de se rendre chez la voisine avec sa mère pour choisir une nouvelle peau dans l'armoire de sa fille, comme elle le faisait lorsque ses propres vêtements étaient devenus trop petits. Les week-ends, par temps chaud, sa mère l'emmenait au lac. Pendant que Lisbeth restait sur la serviette à l'ombre sans oser se déshabiller, sa mère nageait jusqu'à la rive opposée. Elle était si loin que Lisbeth devait plisser les yeux pour pouvoir reconnaître sa tête. À chaque fois, elle retenait sa respiration jusqu'à ce que sa mère se retourne et fasse demi-tour à la nage.

— Je n'en peux plus, dit-elle à son père.

Elle s'était levée pendant la nuit et était allée le retrouver dans la cuisine, où il s'affairait à rempoter des chlorophytums.

— Tu n'arrives pas à dormir ? lui demanda-t-il tandis qu'il enfonçait les racines dans la terre.

Lisbeth hocha la tête. Il se lava les mains, la souleva et l'emmena dehors. Il y avait une serre à côté de la maison. Son père s'en occupait depuis qu'il avait vingt-trois ans. Il avait toujours eu de la terre sous ses ongles, des feuilles ou des tiges dans ses cheveux. S'il restait trop longtemps à l'intérieur, il se levait d'un bond et se précipitait dehors entre les plantes vivaces, coupait des branches, ratissait les feuilles mortes. "Un jour, tu finiras par devenir un arbre", plaisantait souvent la mère de Lisbeth en passant sa main dans ses cheveux pour enlever ce qui s'y était empêtré au fil de la journée.

Il fit asseoir Lisbeth entre les plates-bandes. Le printemps n'était pas encore arrivé, mais la terre n'était plus gelée. Lisbeth frissonna dans sa chemise de nuit. Il lui donna son pull et sortit de la serre deux sécateurs.

— Tout ce qui est desséché peut être retiré, dit-il en montrant les tiges brunies des asters.

Tous deux travaillèrent en silence. Le corps de Lisbeth s'apaisa. Après une heure, son père lui adressa un signe de la tête.

— Ça suffit pour aujourd'hui.

À partir de ce moment-là, Lisbeth aida son père dans la serre aussi souvent que possible. Lorsqu'elle s'affairait à côté de lui, elle oubliait sa peau.


Parfois, sa mère venait la chercher à l'école. Elles rentraient ensemble en tramway. Elles parlaient beaucoup, mais Lisbeth évitait d'être touchée. Chaque contact avec sa peau renforçait les démangeaisons.

Ce fut lors de l'un de ces trajets en tramway qu'une femme s'approcha d'elles. Elle avait enfilé une caroline par-dessus ses cheveux teints en blond et portait un tailleur gris. Des gouttes d'eau tombaient de la pointe de son parapluie fermé sur les pieds de Lisbeth.

— Excusez-moi de vous déranger, mais cet enfant a besoin d'eau salée. Et de lumière, de soleil. Emmenez-la là où elle peut avoir les deux, avait-elle dit en jetant un coup d'œil aux mains sèches de Lisbeth.

Sa mère se redressa et regarda la femme, qui se pencha vers elles :

— Grâce à ça, mon neveu ne souffre plus du tout, leur glissa-t-elle au creux de l'oreille.

Le tramway s'arrêta. La femme leur adressa un signe de tête et descendit. Elle ouvrit son parapluie en marchant et s'éloigna d'un pas léger. Lisbeth et sa mère la suivirent encore du regard jusqu'à ce que le tramway ait dépassé le virage suivant.

Le soir, sa mère parla à son père de cette femme et de ce qu'elle leur avait dit. Lisbeth les écouta en cachette derrière la porte en regardant à travers le trou de serrure.

— On devrait l'emmener à la mer ? demanda son père.

— Ce n'est pas la première personne qui nous le recommande.

— Et comment allons-nous nous y prendre, Rita ? Je ne connais personne qui possède une maison au bord de la mer Baltique. Et on a déjà essayé celle avec la station thermale, lui rappela son père, fâché. En plus, qui s'occuperait de la serre en notre absence ?

— Et alors, si ça l'aide vraiment ?

— La serre l'aide.

— Elle a seulement huit ans.

Le père de Lisbeth soupira.

— Tu n'as pas besoin de t'en occuper. Je m'en charge, décida sa mère.

Dans les semaines qui suivirent, elle demanda à ses amis et à son entourage s'ils connaissaient quelqu'un qui pourrait leur louer quelque chose près de la mer. Bien que personne ne pût l'aider dans un premier temps, elle ne renonça pas. Et finalement, un midi à la cantine, une collègue de travail lui écrivit un nom et un numéro de téléphone. Cette personne possédait un bungalow au bord de la Baltique.

Peut-être lui restait-il encore quelques disponibilités. La mère de Lisbeth l'appela depuis une cabine téléphonique. Ses doigts pianotaient contre la vitre. Elle tomba aussitôt sur quelqu'un et fut chanceuse. Ils pouvaient venir deux semaines en été, lui dit l'homme à l'autre bout du fil. Le soir, alors qu'elle tartinait du pâté de foie sur son pain, elle leur raconta la nouvelle, allant même jusqu'à décrire la façon dont elle avait souri et serré le poing.

— Ainsi donc, nous partons à la mer, dit-elle en se tournant vers Lisbeth. Tu es contente ?

Lisbeth hocha la tête, hésitante. Son père avait croisé ses bras contre sa poitrine.

— Et la serre ?

— Quand as-tu pris des vacances pour la dernière fois ?

— Les fleurs ont besoin d'être arrosées.

— Eh bien, on trouvera quelqu'un qui s'en chargera.

Son père plissa les yeux, mais plus tard, alors qu'il emmenait Lisbeth se coucher, il lui raconta la seule fois où il s'était rendu au bord de la mer Baltique. Une randonnée au pied des falaises. Les troncs des hêtres qui donnaient l'impression d'avoir été épluchés. Une onde de tempête le soir. Il n'était encore à l'époque qu'un petit garçon.

— Je crois que ça va te plaire, dit-il avant de remonter la couette sur elle.


Lisbeth parcourut tous les jours l'album photo de la mer Baltique qu'elle avait trouvé dans la bibliothèque de ses parents. Au milieu du livre, il y avait une photographie en noir et blanc qui s'étalait sur deux pages, sans aucun texte. L'eau avait des airs de promesse. Elle l'imaginait comme une armure de chevalier qu'elle pourrait revêtir une fois sur place. Une véritable carapace par-dessus sa peau crevassée. La nuit qui précéda leur départ, elle ne cessa de se réveiller en sursaut et alluma à chaque fois la lampe de sa table de chevet pour s'assurer que l'image n'avait pas disparu du livre. Lorsque le soleil se leva, elle était déjà assise sur son sac dans le couloir et étirait ses pieds vers la lumière qui traversait la porte en verre multicolore. Ses parents avaient emprunté une voiture. Une Trabant blanche. Ils la chargèrent avec le peu de bagages qu'ils avaient. Pendant le trajet, ils écoutèrent la radio et baissèrent toutes les fenêtres à la manivelle. C'étaient leurs premières vacances à trois.

Quand Lisbeth vit le bungalow, elle eut l'impression qu'il était à moitié enfoncé dans les dunes tant il était proche de la plage. On entendait le bruit de la mer dans toutes les chambres. Les murs étaient fins, les pièces petites. La façade était recouverte de bois brun. Mais Lisbeth et ses parents ne s'attardèrent que rarement à l'intérieur. Au lieu de cela, ils passèrent toutes leurs journées à la plage.

La mer ne ressemblait pas du tout à la photographie du livre. Le premier jour, Lisbeth resta indécise face à elle et enfonça ses orteils dans le sable.

— Eh bien, qu'est-ce que tu attends ? l'appela Rita, qui était déjà dans l'eau.

Lisbeth observa les alentours. Personne ne la regardait. Lentement, elle se déshabilla, croisa ses bras recouverts de croûtes contre sa poitrine et s'avança dans l'eau. Une vague clapota sur ses pieds. Elle haleta. L'eau se retira. La vague suivante arriva peu de temps après. Lisbeth avança à tâtons en suivant le rythme, s'enfonça jusqu'aux genoux, puis jusqu'au ventre. Sa peau se refroidit. Elle s'immergea complètement. Tout était vert autour d'elle. Elle nagea jusqu'au banc de sable où l'attendait sa mère, qui lui tendit la main et la hissa vers elle.

Lisbeth consacra la majeure partie des deux semaines à pêcher des algues et des méduses et à creuser des trous dans le sable. Elle chercha des pierres trouées surnommées "œufs de serpent" et les enfila sur une ficelle qu'elle porta comme un collier, sentant le poids sur sa poitrine nue.

— Par contre, tu ne vas pas dans l'eau avec ça, l'avertirent ses parents en lui retirant son collier.

Lorsque sa mère ne nageait pas, elle rêvassait sur le pont. Son père passait le plus clair de son temps à lire à l'ombre. Même leurs corps paraissaient plus légers. Ils riaient beaucoup, étaient plus exubérants.

Avec le soleil, les cheveux de Lisbeth devinrent presque blancs. La nuit, elle dormait la bouche ouverte sur un lit de camp, et son bras pendait dans le vide. Une fine couche de sel recouvrait sa peau. Les plaies qu'elle grattait toujours auparavant se mirent à guérir.

Après les vacances d'été, Lisbeth se rapprocha des autres enfants. Pour la première fois, elle prit part à leurs jeux. À la balle au prisonnier, elle fut choisie dans une équipe et dessina par terre avec sa petite boîte de craies. Elle participa aux jeux à l'élastique, cria avec eux au jeu du Poissons-Pêcheurs et mangea son goûter à côté d'eux sur le banc sous le marronnier. Même la maîtresse confirma sa nouvelle vivacité.

Ses parents s'habituèrent à sa peau guérie, aux nuits paisibles et au fait que Lisbeth ne se cachait plus, ne reculait plus, ne restait plus dans l'ombre.

L'hiver, le frère de la voisine de classe de Lisbeth tomba malade. Leucémie.

— Il devient chaque jour de plus en plus maigre, raconta-t-elle à Lisbeth, le visage grave.

En cours, elle resta immobile et silencieuse à leur table. Lisbeth la toucha du bout des doigts, tenta de la réconforter, posa sa main sur son bras.

La nuit, elle rêva d'un frère qui partait à la dérive pendant qu'elle-même se trouvait dans une eau peu profonde. En se réveillant, elle découvrit qu'elle s'était grattée jusqu'au sang. À l'école, elle resta aussi immobile et silencieuse que sa camarade de classe. Son corps semblait s'écraser contre le sol, et le simple fait de se lever lui paraissait difficile. Sa peau se craquela à nouveau, se fissura, suinta. Mais lorsque sa voisine fut absente pendant une semaine, sa peau s'apaisa. Lisbeth demanda alors à la maîtresse si elle pouvait s'asseoir seule à une table. Quand sa voisine revint à l'école, Lisbeth prit place tout au fond de la classe, au dernier rang. Elle resta seule même pendant les récréations. Dans la cour, elle rassembla des bâtons, construisit une clôture, creusa des trous dans le bac à sable et s'y allongea, se cacha derrière les poubelles, garda son manteau de pluie même lorsqu'il faisait beau. Et lentement, sa peau se remit à guérir.

— Pourquoi est-ce que tu n'invites plus personne à la maison ? s'inquiéta son père, alors que Lisbeth l'aidait à protéger les plates-bandes du gel.

Les mains dans de gros gants de jardinage, elle étalait de la paille. L'automne tirait à sa fin. Elle interrompit son geste et le regarda. Elle aurait voulu se reposer contre lui, se réfugier dans ses bras, mais à la place, elle fit un pas en arrière, augmentant la distance entre eux, et haussa les épaules.

— Je me fais du souci, Rita, l'entendit-elle dire à sa mère le soir, alors qu'elle s'apprêtait à monter les escaliers.

Sans un bruit, elle s'avança jusqu'à la porte ouverte de la cuisine et retint sa respiration. Elle vit son père se frotter les yeux, se lever et déposer les assiettes du dîner dans l'évier. Sa mère alluma une cigarette et le regarda.

— Sa peau va de nouveau mieux, remarqua-t-elle.

Il ouvrit le robinet et laissa l'eau couler sur la vaisselle.

— Mais à quel prix ? soupira-t-il.

À ce moment, Rita remarqua Lisbeth dans l'encadrement de la porte. Elle bondit.

— Tu devrais dormir depuis longtemps ! s'écria-t-elle avant de la chasser à l'étage.

Allongée dans son lit, Lisbeth ressentit l'envie de retourner au bord de la mer Baltique.

La guerrière annula la réservation de sa chambre d'hôtel et s'installa au bungalow. Le premier soir, elle se coucha à côté de Lisbeth dans son lit comme si cela allait de soi.

— Quand est-ce que tu dois être de retour à la caserne? lui demanda Lisbeth en tirant la couverture jusqu'à son menton.

— Dans une semaine.

— Et entre-temps?

— On prend des vacances, répondit la guerrière.

Lisbeth pensa à Malik, pensa à l'enfant. Elle n'avait plus reçu aucun coup de fil. Plus aucun SMS non plus. Depuis qu'elle avait revu la guerrière, son portable était silencieux. Elle ouvrit la bouche, mais ne trouva rien à dire. Au lieu de cela, elle écouta la lente respiration de la guerrière.

— Tu dors? chuchota-t-elle.

La guerrière ne répondit pas. Elle avait les yeux fermés. Lisbeth regarda par-dessus elle, vers la fenêtre. Les rideaux étaient ouverts. À travers la vitre, elle pouvait discerner les contours de la terrasse. Les deux chaises, sur lesquelles elles s'étaient assises et avaient partagé une cigarette l'après-midi, les dunes en arrière-plan. Tout était à sa place. Elle se retourna sur le ventre, ferma les yeux et s'endormit.

Le matin, Lisbeth et la guerrière allèrent se promener sur la plage. Elles partirent pendant deux heures, marchèrent si longtemps qu'elles finirent par distancer tout le monde, puis rebroussèrent chemin. Le jour suivant, elles partirent quatre heures. Et le troisième, elles ne retournèrent au bungalow que dans l'après-midi. Il n'échappa pas à Lisbeth que la guerrière mettait constamment trois pierres dans sa poche lorsqu'elles longeaient la plage. Une fois de retour au bungalow, elle les ressortait et les déposait quelque part.

Lisbeth avait cru que l'obscurité de Berlin aurait fini par la retrouver depuis tout ce temps et ne plus la lâcher, mais les journées demeurèrent lumineuses. Parfois, la guerrière et elle allaient courir le soir. Dans les dernières lueurs du jour, elles faisaient la course en longeant la mer de près. La peau de Lisbeth s'adoucit, ne se raidit presque plus. Seuls les rêves persistèrent. Lisbeth continuait à ramasser des pierres. Mais dès qu'elle sortait de son lit le matin, l'odeur de fumée et le froid de la terre brûlée disparaissaient.

Pendant leurs sorties sur la plage, la guerrière lui raconta ses années passées. Elle parla de ses interventions au Mali, en Albanie, en Afghanistan, au Kosovo, en Turquie, des camps fermés que l'on ne pouvait quitter qu'après avoir traversé de nombreux sas de sécurité, des paysages irréels, des trajets dans des véhicules blindés, toujours prête à se servir de son arme, des conditions météorologiques extrêmes et du fait de devoir s'abriter dans un conteneur, sous une tente ou en plein air.

— Tu n'imagines pas à quel point on peut dormir, c'est la meilleure drogue pour lutter contre l'ennui.

Lisbeth s'efforça de se figurer tout cela tandis qu'elle marchait à côté de la guerrière, mais les images n'adhéraient pas à son esprit, elles étaient absorbées, emportées, diluées par l'eau de la Baltique.

— En intervention, j'ai beaucoup pensé à toi, je me suis demandé où tu étais au même moment, comment tu passais ton temps, si ça te manquait de porter l'uniforme, lui confia la guerrière, sa capuche rabattue par-dessus ses cheveux blancs.

— Pourquoi est-ce que tu ne m'as pas appelée ? demanda Lisbeth qui, sentant les talons de ses chaussures s'enfoncer dans le sable, dut retrouver son équilibre. Ou écrit un mail, ou un SMS ?

— C'est toi qui es partie sans rien dire. Pourquoi est-ce que tu n'as plus donné aucun signe ?

Lisbeth ne répondit rien. Une vague arriva. Elle recula d'un pas. La guerrière ne bougea pas. L'eau passa sur ses chaussures, se retira. Le cuir s'assombrit.

— Sur le champ de tir, tu étais la meilleure, même meilleure que moi.

Lisbeth resta silencieuse.

— Je pensais que nous formions une équipe. Et puis tu t'es barrée.

Même à ça, Lisbeth ne rétorqua rien.

— Pourquoi est-ce que tu as déserté ? voulut savoir la guerrière.

— Ce n'était pas une désertion.

— Mais tu m'as abandonnée.

— Tu n'en sais rien.

Une nouvelle vague vint, et la guerrière continua de regarder Lisbeth sans bouger.

— Tes pieds sont trempés, observa Lisbeth avant de la tirer en dehors du sable mouillé, là où les vagues ne pouvaient plus les atteindre.

— Tu m'évites, lâcha la guerrière.

— Arrête maintenant. C'était il y a trop longtemps.

Toujours agrippée à la manche de la guerrière, elle sentit le tissu de sa veste, mais pas sa peau.

— Je ne veux pas me disputer, ajouta-t-elle.

La guerrière haussa les épaules et regarda dans une autre direction. Ce jour-là, la Baltique avait une couleur verte. Lisbeth pensa à du verre dépoli, aux éclats qu'elle avait trouvés ici dans le sable étant enfant et qu'elle avait pris pour des pierres précieuses, jusqu'à ce que ses parents lui expliquent son erreur. Après cela, sa collection avait perdu tout son charme, elle s'était intéressée à d'autres choses et avait oublié les éclats dans le tiroir de la table de nuit du bungalow à la fin des vacances.


Le soir, Lisbeth était assise sur la terrasse et fumait, une écharpe enroulée autour de sa tête et de son cou pour se protéger du vent et du froid, lorsque son portable sonna dans sa poche. Elle s'empressa de le sortir. Un numéro de téléphone fixe inconnu s'affichait. Une voix de femme se présenta et se mit à jacasser prestement. La candidature de Lisbeth avait été examinée : l'une des fleuristes venait de démissionner, elle attendait un enfant. Si Lisbeth voulait le poste, elle pouvait commencer lundi prochain. D'abord, il y aurait une semaine d'initiation avec une formation à la sécurité, et après cela, elle pourrait démarrer. Les dix premiers jours à bord, quelqu'un resterait à ses côtés pour la transmission de la boutique, et après cela, elle se retrouverait toute seule. Six mois en mer. Une fois ce temps écoulé, elle pourrait ensuite décider de prolonger ou non le contrat. Lisbeth pressa son portable contre son oreille et tenta d'imaginer cela. Ce serait la première fois qu'elle se retrouverait hors de l'Europe. Elle accepta. Après avoir raccroché, elle remarqua que la guerrière s'était rapprochée d'elle sur la terrasse.

— Tu as eu une réponse positive ? demanda-t-elle.

Lisbeth acquiesça.

— On devrait trinquer. On a de l'alcool ici ?

— Je n'en ai pas acheté.

— Dans ce cas, nous sortons, décida la guerrière.

Elle s'avança jusqu'à la porte et s'arrêta lorsqu'elle vit que Lisbeth ne la suivait pas.

— Tu n'as pas envie ?

Lisbeth se leva et resta sur place. La guerrière la dévisageait.

— Eh bien quoi ?

— Je suis heureuse que nous nous soyons retrouvées, déclara Lisbeth.

Elle sentit son corps se contracter, se cuirasser. La guerrière lui sourit.

— Moi aussi.

Soulagée, Lisbeth expira.

Elles prirent la voiture. La guerrière conduisit.

— C'est plus simple comme ça, je connais la route.

Elles mirent la musique à fond. C'était presque comme autrefois, quand elles sortaient le vendredi soir en ville pour aller danser.

Le bar se trouvait sous la gare, dans une rue latérale mal éclairée. En entrant, Lisbeth sentit les regards des autres personnes présentes se poser sur elle. La musique se déversa vers elles. Une grande partie de la salle était recouverte de miroirs. Le comptoir, les tables, la moitié des murs. Tout le reste était peint en rouge ou recouvert de tissu rouge.

La guerrière commanda au bar une bouteille de champagne. Elles s'assirent ensuite dans un coin, enlevèrent leurs vestes et s'installèrent confortablement.

— Où sommes-nous ? demanda Lisbeth.

— Autrefois, c'était mon bar habituel.

— Tu allais souvent dans un club de striptease quand tu étais jeune ?

— Maintenant, c'est juste un bar.

— Mais avant, ce n'était pas le cas ?

Au lieu de répondre, la guerrière déboucha la bouteille de champagne que la serveuse avait posée devant elles avec deux coupes. Elle les remplit et en tendit une à Lisbeth.

— Tu ne peux pas me traîner jusqu'ici, me dire que c'était ton bar habituel autrefois et ensuite t'attendre à ce que je ne pose aucune question, lui fit-elle remarquer sans attraper son verre.

La guerrière soupira et reposa les deux coupes sur la table. Elle renversa un peu d'alcool au passage. La lumière bleutée des projecteurs au plafond se refléta dans la flaque. Lisbeth

voulut y poser ses mains, étaler le liquide, mais elle les laissa
sur ses genoux.

— Trois garçons plus âgés de mon école avaient crié sur
tous les toits qu'ils s'étaient rendus ici, raconta la guerrière.
J'ai réclamé qu'ils m'emmènent avec eux la prochaine fois.
Mais ils ont dit que je n'oserais pas entrer de toute façon.
Ça n'a fait que renforcer ma détermination. Une fois sur
place, il s'est avéré qu'aucun d'entre eux n'était vraiment allé
à l'intérieur. Ils ne se sont même pas avancés avec moi
jusqu'à la porte. J'y suis allée malgré tout. Je m'étais procuré
une fausse carte d'identité. Mais le videur n'a même pas
voulu la voir. Le fait que je ne sois pas un homme n'a pas
non plus semblé le déranger. Il trouvait peut-être juste mar-
rant de me laisser rentrer. À l'époque, la salle était encore
moins éclairée que ça. On avait le droit de fumer, et il y
avait sur les tables des cendriers en cristal si grands et
encombrants qu'on aurait bien pu tuer quelqu'un avec. Je
me suis trouvé une place dans un coin, me suis assise en
écartant les jambes comme les hommes, j'ai fait comme si
j'étais l'un d'entre eux et j'ai levé la tête pour regarder les
femmes en train de danser sur de la musique ringarde sur
l'estrade. On aurait dit des hologrammes. Comme si elles
n'étaient que des projections, et non pas faites de chair et de
sang. J'aurais bien tendu la main vers elles, mais je n'ai pas
osé, et j'étais aussi assise bien trop loin. L'une des femmes
me plaisait particulièrement. Je ne comprenais pas pourquoi. Elle se mouvait comme les autres, et ses vêtements
– ou plutôt ses sous-vêtements et ses chaussures – ne sortaient pas non plus du lot. Ce n'est qu'après un moment que
j'ai compris pourquoi mon regard restait accroché à elle.
Elle avait une cicatrice bien visible sur la joue droite qui

ressemblait à une cloque mal guérie. Ou qui donnait l'impression que quelqu'un lui avait balancé de l'acide à la figure. La peau était écailleuse, croûteuse. Elle dansait comme les autres, mais son port de tête était différent. Elle maintenait toujours son visage de sorte que sa cicatrice reste dans l'ombre. Je n'arrivais pas à détacher d'elle mon regard. Je ressentais une connexion. À partir de ce moment, je suis venue tous les vendredis. Le videur me laissait rentrer à chaque fois, je ne payais rien. Même les serveuses s'habituaient à ma présence. Dès que je m'asseyais, elles posaient sans rien dire un verre de jus de raisin pétillant sur ma table. Je me mettais toujours ici dans ce coin, et j'attendais que la danseuse à la cicatrice monte sur l'estrade.

La guerrière jeta un regard vers l'endroit où devait se trouver autrefois la scène ; il n'y avait désormais plus que quelques tables. Elle sourit et secoua la tête.

— Et un jour, j'ai croisé la danseuse par hasard dans la rue commerçante. Elle était debout en train de fumer, entre les magasins. Les gens se bousculaient autour d'elle, mais elle ne s'en préoccupait pas. Et même là, dans la lumière claire du jour, elle arrivait à dissimuler la blessure mal guérie sur son visage, pour la rendre presque invisible. Dans cette rue bondée, je lui ai enfin dit ce que je n'avais pas réussi à lui dire pendant tout ce temps, c'est-à-dire que j'étais tombée amoureuse d'elle.

La guerrière marqua une nouvelle pause. Elle avait encore le regard tourné vers les tables de l'autre côté de la pièce. Dans les coupes de champagne, les bulles montaient lentement à la surface.

— Elle m'a d'abord regardée. Peut-être s'est-elle demandé d'où on se connaissait. Ou si on se connaissait tout court. Et d'un coup, elle s'est mise à rire à gorge déployée. Et comme son rire n'allait pas du tout avec son allure délicate, je me suis mise à l'aimer encore plus.

La guerrière attrapa le verre et le leva vers Lisbeth.

— Allez, j'ai beaucoup trop parlé, maintenant. On était censées trinquer. Félicitations pour ton nouveau boulot.

Lisbeth prit l'autre verre. Elles trinquèrent ensemble. La musique forte étouffa le tintement.

— Mais qu'est-ce qui s'est passé ensuite? demanda Lisbeth avant de boire une gorgée et de passer ses bras sous la table, cachant sa peau.

— Comment ça?

— Eh bien, après lui avoir dit que tu l'aimais?

— Elle a pris ma main. On est restées comme ça un moment. Je ne voulais plus la laisser partir, mais elle a fini par me lâcher, m'a fait un signe de tête, et s'en est allée. Quand je suis retournée au bar la fois suivante, une nouvelle danseuse, sans cicatrice, avait pris sa place. Et peu de temps après, toutes les danseuses avaient disparu. J'ai appris qu'il y avait eu un changement de propriétaire, et à partir de là, c'est devenu un bar parfaitement ordinaire.

Lisbeth vida son verre, le remplit à nouveau et s'étira le dos sans regarder la guerrière.

— Tu te souviens de l'artilleuse que nous avions un jour rencontrée à cette fête pendant la formation militaire initiale? demanda-t-elle.

— Hmm.

— Pendant la soirée, elle m'a révélé que son premier réflexe lors d'une attaque était toujours de protéger son visage, parce que même dans une situation aussi extrême, et même en étant soldate, elle entend encore sa mère lui dire que son visage est son capital.

— Pourquoi est-ce que tu me racontes ça maintenant ?

— Je me demande si les soldates partent toujours avec un désavantage simplement parce que ce sont des femmes.

— Ce n'est pas parce que ce métier n'est pas fait pour toi que c'est un problème général, objecta la guerrière.

— Ce n'est pas ce que j'ai voulu dire, rétorqua Lisbeth.

La guerrière respira bruyamment.

— Je crois que les hommes sont davantage faits pour être soldats simplement parce qu'on leur apprend depuis leur plus jeune âge à cacher leurs blessures. Les femmes, au contraire, les exhibent comme s'il s'agissait de bijoux.

— Et par femmes, tu veux dire moi ? releva Lisbeth.

La guerrière la regarda d'un air surpris. Puis elle secoua la tête, mais Lisbeth ne la crut pas. Quelqu'un avait monté le volume de la musique. Les basses faisaient vibrer les enceintes. L'air était irrespirable. Lisbeth transpirait.

— Faut que j'aille aux chiottes, dit-elle avant de se lever et de se frayer un chemin jusqu'aux toilettes.

Dans le miroir au-dessus du lavabo, elle examina son visage. Ses traits étaient réguliers. Sa peau claire et lisse, seules quelques fines rides entouraient ses yeux. Lisbeth laissa couler de l'eau froide sur ses mains, sa lèvre inférieure frémit. Elle frappa du poing contre le carrelage. La douleur se répercuta jusqu'en haut de son bras.


Lorsqu'elle revint des toilettes, un homme était assis à sa place à côté de la guerrière. Il portait un T-shirt moulant sous lequel transparaissaient distinctement ses pectoraux, ses cheveux étaient rasés de près, sa peau basanée.

— C'est ma place, lâcha Lisbeth.

L'homme releva la tête vers elle.

— Quoi ? fit-il.

— Je suis assise ici.

Il sourit, soutint son regard, mais finit tout de même par se décaler vers la guerrière pour que Lisbeth puisse s'asseoir.

— Un camarade, lui présenta la guerrière, avant de lui donner un prénom que Lisbeth oublia aussitôt.

Ils étaient allés au Mali ensemble.

— Mais je ne suis pas un accro à l'adrénaline comme elle, ajouta-t-il en souriant. Et toi, qu'est-ce que tu fais ?

— Je suis fleuriste.

— Une fleuriste et une soldate. On dirait le début d'une blague. Ou le titre d'un porno.

La guerrière rit. Lisbeth but d'une traite son verre encore presque plein, le remplit et le revida. Le coussin dans son dos était poisseux. Le soldat et la guerrière se replongèrent dans leur conversation. Ils parlèrent de leurs dernières interventions, puis du quotidien à la caserne et d'autres soldats qu'ils connaissaient tous les deux. Ils étaient basés à des endroits différents et débattirent de leurs avantages et inconvénients respectifs. Lisbeth tenta de s'intégrer à la discussion, mais seules quelques phrases lui vinrent à l'esprit, et elle finit par laisser tomber et rester silencieuse.

— Ça me rassure de te voir ici, d'ailleurs. Une connaissance m'a raconté qu'ils t'avaient suspendue à cause d'un incident sur le champ de tir, mais il a dû confondre avec quelqu'un d'autre, dit le soldat.

Le sourire de la guerrière se figea.

— Qui t'a dit ça ?

Le soldat lui donna un nom.

— Ce sont des vacances parfaitement normales, répliqua la guerrière. Même moi, j'ai parfois besoin d'une pause.

— Comme je te l'ai dit, je n'arrivais pas à le croire non plus, assura le soldat.

Mais il ajouta malgré tout que quelqu'un lui avait raconté qu'elle ne se serait pas bien remise des nombreux EEI* lors de leur dernière intervention en Afghanistan.

— Il m'a dit qu'il t'avait vue en train de ramasser des pierres comme si tu étais en cure sur je ne sais quelle plage, et non au beau milieu d'un exercice.

La guerrière serra les dents. Sur son cou palpitait une veine. Elle ouvrit la bouche, mais Lisbeth la devança.

— Faut qu'on y aille, déclara-t-elle en se levant brusquement, le doigt sur la montre à son poignet. Je dois prendre le dernier train.

Le soldat leva les yeux vers elle, surpris. La guerrière aussi parut prise au dépourvu. Lisbeth attrapa sa veste et l'enfila.

— Tu viens ? lui demanda-t-elle.

La guerrière hocha la tête, se leva et suivit Lisbeth sans se retourner une seule fois.

Dehors, il faisait un froid glacial. Lisbeth remonta la fermeture éclair de sa doudoune. Sans rien dire, elles marchèrent jusqu'à la voiture. La bouteille de champagne était restée à moitié pleine, mais Lisbeth se sentait tout de même soûle.

— Tu conduis ? demanda-t-elle.

La guerrière hocha la tête, les dents serrées, faisant ressortir les muscles de sa mâchoire. Elles s'installèrent dans la

---

* Engins explosifs improvisés. (Toutes les notes sont de la traductrice.)

voiture. Lisbeth frotta ses mains froides et recula le siège pour étirer ses jambes.

— Merci, lui dit la guerrière sans la regarder.

Lisbeth était en train de s'attacher, mais elle interrompit son geste. La guerrière déglutit.

— Aurais-je oublié comment cacher mes cicatrices ?

— Comment ça ? fit Lisbeth.

Elle posa sa main sur son épaule et sentit la chaleur de son corps. La guerrière fut parcourue d'une secousse.

— Peu importe, dit-elle en secouant la tête.

Elle attrapa la clé, démarra le moteur et alluma le chauffage des sièges pour Lisbeth.

Durant le trajet, elles restèrent silencieuses. Lisbeth fut heureuse d'apercevoir la mer entre les maisons pendant un moment.

De retour au bungalow, lorsqu'elles se brossèrent les dents, la guerrière évita de croiser le regard de Lisbeth dans le miroir. Plus tard, au lit, elles se couchèrent le dos tourné.


Le lendemain matin, Lisbeth se réveilla en constatant que la guerrière ne se trouvait plus à côté d'elle. Une lumière grise suintait à travers la fenêtre. Lisbeth avait l'impression de se trouver tout au fond de la Baltique, sous des tonnes d'eau qui écrasaient sa cage thoracique et l'empêchaient de respirer. Pour la première fois, l'eau salée n'avait rien de réconfortant. Elle bondit hors du lit, si vite qu'elle fut prise de vertige pendant un instant. La valise à roulettes de la guerrière n'était plus dans la chambre. Lisbeth sortit précipitamment. La guerrière n'était pas non plus dans la cuisine, ni dans le salon, ni dans la salle de bains. Elle n'avait laissé que ses pierres.

Lisbeth sentit son corps s'engourdir et elle dut s'agripper au buffet de la cuisine pour ne pas perdre l'équilibre. Les jambes tremblantes, elle parvint à s'avancer jusqu'à la terrasse. Puis dans les dunes, jusqu'à la plage. Le ciel était gris et lourd. La mer Baltique se tenait là, immuable.

Sᴜʀ le bateau de croisière, l'ancienne vie de Lisbeth lui paraissait très lointaine. Elle s'habitua vite à la sensation d'avoir tout laissé derrière elle. Chaque jour était organisé de la même façon. Lisbeth passait ses matinées à s'occuper de la décoration des restaurants et de l'espace spa. Il y avait des vases en porcelaine lourde qui lui arrivaient à hauteur des hanches dont l'eau devait être changée tous les jours. Et s'il n'y avait ne serait-ce qu'une seule fleur fanée, les bouquets et compositions florales devaient aussitôt être entièrement remplacés. Le soin des plantes en pot faisait également partie des tâches de Lisbeth. L'après-midi, elle s'occupait de la logistique. Dès que le bateau accostait à un port, des fleurs étaient livrées. Lisbeth n'avait encore jamais vu des strelitzias, des callas, des lys de Malabar, des orchidées ou des protea aussi frais. Elle supervisait leur réception, contrôlait leur qualité, s'assurait qu'il ne manquait rien. Elle passait ensuite en revue les commandes passées la veille et préparait tout. Elle ne devait ouvrir la boutique qu'à dix-huit heures. Les passagers avaient ensuite le temps d'acheter des bouquets et de faire des commandes. La plupart du temps, c'était pour des occasions particulières. Anniversaires, fiançailles, mariages, anniversaires de mariage. Les fleurs les plus fréquemment achetées étaient les roses rouges. Lisbeth en avait plusieurs seaux en stock dans la chambre froide. C'étaient presque toujours des hommes qui venaient dans sa boutique et achetaient un bouquet pour leur copine, fiancée ou épouse. Si leurs visages n'étaient pas brûlés par le soleil, c'était l'alcool qui donnait à leur peau une mauvaise teinte. Leurs corps paraissaient si mous qu'ils rappelaient à Lisbeth les gâteaux à la crème à plusieurs étages qui étaient servis en dessert chaque soir au buffet.

Un samedi sur deux, Lisbeth donnait un cours de composition florale. Cette fois, c'étaient toujours les femmes qui venaient dans sa boutique, l'humeur joviale, souvent déjà un peu éméchées, les doigts ornés de grosses bagues en or. Elles s'adressaient à Lisbeth en lui donnant du "mon petit cœur", étaient adroites de leurs mains, mais s'ennuyaient vite et attendaient de Lisbeth qu'elle finisse leurs compositions lorsqu'elles n'étaient plus motivées et qu'elles préféraient passer le restant du cours à boire le mousseux que leur versait une serveuse.


Les conditions de travail de Lisbeth, et surtout son salaire, étaient meilleures que celles des salariés philippins qui constituaient la majeure partie de l'équipage. Contrairement à eux, Lisbeth voyait la lumière du jour pendant ses heures de travail. La boutique de fleurs se trouvait sur le pont de la piscine, et elle pouvait également se rendre dans les espaces réservés aux passagers, étant donné qu'il y avait partout des décorations végétales dont elle devait s'occuper.

Quand Lisbeth se tenait dans son magasin, derrière le comptoir, elle pouvait même voir la mer à travers une baie vitrée. Entre-temps, le bateau était descendu si loin au sud que le soleil brillait chaque jour et que les passagers, lorsqu'ils allaient sur le pont, ne portaient plus de veste.

Les premières semaines, les doigts de Lisbeth étaient si douloureux après chaque journée de travail qu'elle n'arrivait plus à tenir ses couverts pendant le dîner dans le salon. La nuit, elle se réveillait les doigts engourdis et parcourus de picotements aux extrémités qui se répandaient souvent jusqu'à ses bras. Son travail avait d'autres effets secondaires, comme un changement de couleur de peau dû à la sève des plantes, des poignets gonflés et des callosités plus épaisses. À la différence d'avant à Berlin, Lisbeth travaillait ici sept jours sur sept, dix heures par jour. Le bateau était gigantesque. Les trajets longs. Une fois, Lisbeth activa le compteur de pas de son portable. Le soir, il afficha qu'elle avait marché douze kilomètres depuis son réveil. Mais c'était précisément cet effort physique qui faisait qu'elle aimait travailler sur ce bateau. La fatigue extrême que provoquait son activité lui rappelait sa formation militaire. Et ce n'était pas le seul parallèle qu'elle voyait. Comme autrefois à l'armée, elle devait aussi porter chaque jour le même uniforme à bord. Il n'y avait pratiquement aucun refuge personnel non plus. Seuls quelques rares membres de l'équipage avaient leur propre cabine. La plupart partageaient une pièce à deux. Même le ton des supérieurs était aussi grossier que celui des instructeurs à la caserne.

Lorsque Lisbeth se tenait derrière le comptoir, dans la boutique, et qu'elle préparait les bouquets les uns après les autres, elle repensait à la façon dont la guerrière et elle avaient passé leur temps à démonter des armes, les nettoyer et les réassembler.

Elle pensait aussi à la guerrière dans d'autres circonstances. Elle la revoyait souvent se baignant dans la mer Baltique, ses cheveux blancs fourrés sous son bonnet. Dans sa tête, la guerrière s'éloignait d'elle en nageant et finissait par se faire engloutir par la mer. Elle ne s'attendait pas à entendre à nouveau parler d'elle un jour.

La première journée à bord, Lisbeth avait d'abord cru avoir atterri dans un monde qui lui était totalement étranger. Une fois ses affaires laissées dans la cabine sombre qu'elle partageait avec une coach personnelle, elle s'était rendue dans la salle de projection de l'équipage. Un discours de bienvenue y fut tenu pour les nouveaux. Lisbeth se plaça de manière à pouvoir s'adosser contre le mur et remarquer les regards qui l'effleuraient. Une heure plus tard, ils mirent en pratique les premiers exercices de sauvetage en mer. Le cours était minutieusement planifié. Comme tout sur le bateau. D'abord, il y eut un signal sonore élevé. Puis une annonce : "Tous les passagers doivent se rendre au point de rassemblement équipés de leur gilet de sauvetage." Un peu à l'écart, Lisbeth suivit les indications pour enfiler correctement son gilet. Les autres passagers se tenaient serrés les uns contre les autres et plaisantaient sur le fait qu'avec tout ce qu'ils allaient manger, leurs gilets ne seraient bientôt plus en mesure de les

excursions et lui montraient les photos sur leurs portables, s'extasiant de tout ce qu'ils avaient vu, mangé et vécu, Lisbeth hochait aimablement la tête et s'éclipsait rapidement.

Seul l'accès gratuit au Wi-Fi des cafés constituait pour elle une raison de quitter le navire. Ou bien, la possibilité d'aller jusqu'à une plage et de s'y baigner, lorsqu'elle se présentait. Là, Lisbeth se laissait porter dans l'eau peu profonde, les yeux fermés. Elle n'en sortait que lorsque les autres avaient déjà rassemblé toutes leurs affaires et l'appelaient avec impatience.

Cela faisait trois mois qu'elle était à bord quand un des animateurs l'apostropha à la salle de sport de l'équipage, où elle marchait une demi-heure chaque jour sur le tapis de course.

— Il y a une lettre pour toi au bureau de poste, lui dit-il alors qu'elle s'apprêtait à monter sur l'appareil.

Surprise, elle s'arrêta.

— Pour moi?

— Tu ne t'appelles pas Lisbeth?

— Si, si, s'empressa-t-elle de répondre avant d'attraper sa bouteille d'eau, de le remercier, de quitter la salle de sport et de se rendre sans détour au bureau de poste. Elle laissa tomber le déjeuner et se chercha un coin à l'abri du vent sur le pont supérieur de l'équipage. Sur une chaise longue, elle ouvrit la lettre et reconnut aussitôt l'écriture de la guerrière : des lettres bien ordonnées et légèrement inclinées, mais elle eut pourtant l'impression que c'était une étrangère qui l'avait écrite. Lisbeth la lut plusieurs fois, tenta d'imaginer ces mots prononcés par la guerrière, mais ils lui résistaient, ne ressemblaient pas au son de sa voix.

Les jours suivants, Lisbeth glissa la lettre dans la poche intérieure de son uniforme. Lorsqu'elle avait fini de préparer un bouquet, elle la sortait et la relisait. Avec le temps, la voix qui en émanait lui parut plus familière. Mais Lisbeth ne savait pourtant pas quoi répondre. Ni si elle devait vraiment répondre. Et puis, la guerrière la contacta d'elle-même. Le navire se trouvait près de la Sicile quand Lisbeth reçut un court message audio. La voix de la guerrière semblait joyeuse. Elle se trouvait actuellement à un stage de formation aux États-Unis. Elle lui parla de la météo. Elle y joignit une courte vidéo où on la voyait ôter la peau de son visage brûlée par le soleil en ricanant. Elle ne fit aucune mention de la lettre. Lisbeth lui répondit quelques jours plus tard, lui conseilla du jus d'aloe vera pour soulager ses coups de soleil et lui envoya une photo qu'elle avait prise en cachette de plusieurs passagers sur le pont en train de se disputer la meilleure place pour immortaliser le coucher de soleil. Lisbeth non plus ne mentionna pas la lettre.

Les semaines qui suivirent, elles se contentèrent de ces courts messages et vidéos, et ne s'envoyèrent parfois qu'une simple photo. La guerrière lui répondait tous les deux jours. Lisbeth toujours quand le navire accostait dans un port et que l'accès à Internet n'était pas cher.

Le soir, dans sa cabine, elle repassait en revue leurs messages et regardait à nouveau les photos et les vidéos de la guerrière.

Elle ne se grattait toujours presque pas dans son sommeil. Sa peau était lisse, sans rougeurs ni zones sèches. On pouvait encore voir quelques cicatrices de la ville. À de rares occasions, Lisbeth trouvait des égratignures sur ses bras le matin après s'être réveillée, mais elles étaient si légères qu'elle les recouvrait de maquillage et ne s'en préoccupait plus.

Dans un message que Lisbeth reçut au beau milieu de la nuit, la guerrière lui écrivit qu'elle avait une nouvelle occupation. Elle profitait à présent de son temps libre pour coucher avec d'autres personnes. Elle allait toujours à leur domicile. *Je pars ensuite de chez eux avant qu'il ne fasse jour. Souvent, je ne leur dis même pas mon nom.*

*Tu ne leur dis rien du tout sur toi ?* lui demanda Lisbeth. La guerrière lui répondit aussitôt : *Bien sûr que non.*

*Mais ne veulent-ils rien savoir ?*

*Peu d'entre eux sont intéressés. Dès que tu leur poses des questions, ils ne remarquent même pas que je ne leur ai rien révélé sur moi*, répondit la guerrière.

*Que t'apportent ces nuits ?*

*Moi aussi, j'aimerais parfois être touchée comme s'il y avait quelque chose entre nous.*

Ne sachant quoi répondre à cela, Lisbeth reposa son portable sur le côté et essaya de se rendormir.

Le soir suivant, dans la cabine des toilettes, elle se plaça devant le miroir et se toucha la nuque, comme le faisait Malik lorsqu'il voulait l'apaiser. Mais même en fermant les yeux, elle ne parvint pas à avoir l'impression qu'il s'agissait d'une main étrangère.

Malik lui avait finalement écrit. Elle avait reçu son premier SMS deux semaines après le départ du navire. Il était allé au zoo avec Eden, mais Eden n'avait pas paru impressionné par les véritables animaux et avait passé tout son temps à contempler les statues qui trônaient entre les enclos et dont la surface rugueuse était recouverte d'une fine couche de mousse. Dans le message suivant, quelques jours plus tard, il lui décrivit son excursion à la mer avec Eden. Les mots qu'il arrivait déjà à prononcer, et son refus de lâcher sa poupée lorsqu'ils avaient traversé tout Berlin en métro. Lisbeth avait lu ces messages, et également les suivants. Mais elle n'y avait jamais répondu. Au bout d'un moment, ils sont devenus plus espacés, puis ont complètement cessé. À la place, Malik ne lui envoyait plus que des messages audio dans lesquels seul un bruissement se faisait entendre. Il fallut un moment à Lisbeth avant de comprendre que c'était la Sprée qu'il avait enregistrée pour elle. Parfois, il lui arrivait encore de cliquer sur la photo de profil de Malik. On le voyait regarder l'objectif par-dessus son épaule. C'était elle qui avait pris cette photo. Plus le temps passait, plus il lui semblait qu'il détournait sa tête d'elle.

La guerrière lui demanda quand elle serait de retour en Allemagne, peu de temps après que Lisbeth eut prolongé son contrat de cinq mois supplémentaires en mer. Elles se téléphonèrent pendant que Lisbeth était à la boutique, avec devant elle un bouquet de roses blanches dont elle venait tout juste d'ôter les épines. Elles étaient prévues pour la table d'un couple qui fêtait ses noces de diamant le soir même. Lisbeth pressa son portable un peu plus fort contre son oreille, raccourcit les tiges des roses d'un centimètre et donna à la guerrière la date à laquelle prenait fin son contrat.

— Je suis ensuite en Allemagne pendant deux semaines. À vrai dire, je voulais repartir aussitôt pour une autre croisière, mais ce n'était pas possible.

— Deux semaines ?

— Oui, pourquoi tu demandes ça ?

La guerrière s'apprêtait à répondre, mais la gérante de l'hôtel fit irruption dans la boutique et jeta un coup d'œil à Lisbeth qui lui fit immédiatement comprendre qu'elle devait raccrocher.

— Bon, faut que je te laisse, lâcha Lisbeth.

Elle raccrocha, adressa un sourire à la gérante et lui tendit les lys qu'elle avait déjà préparés pour elle.

Pendant la nuit, la guerrière lui envoya le lien d'un site de réservation. *J'ai réservé le bungalow pour quinze jours.* Lisbeth cliqua sur le lien. Elle ne reconnut presque pas les pièces. Il y avait de nouvelles fenêtres. Des meubles aseptisés. Des plans de travail brillants.

*J'ai hâte,* lui écrivit-elle en retour avant d'enregistrer les images et de les regarder les jours suivants encore et encore, tentant de s'imaginer passer deux semaines avec la guerrière dans le bungalow transformé.

Pendant un temps, elle ne reçut plus rien de sa part. Les journées étaient monotones. Souvent, Lisbeth ne savait pas quel jour c'était, ni où se trouvait le bateau, ni dans quel pays, ni dans quel port ils mouilleraient l'ancre la prochaine fois. Les passagers ne semblaient pas changer non plus, alors que ce n'étaient jamais les mêmes. Les rêves de Lisbeth s'assombrirent à nouveau, la mer se fit plus insaisissable. Le matin, de fines traces de sang tachaient ses draps. Elle lavait discrètement les taches aux toilettes avant de remettre sa literie à la laverie.

Son dernier mois en mer commença. La guerrière lui envoya un message vocal. Lors de la fête d'un village aux environs de la caserne, elle avait provoqué une dispute dont elle n'arrivait plus à dire exactement quel en avait été l'élément déclencheur. La dispute s'était terminée en bagarre au cours de laquelle deux chopes de bière encore à moitié remplies étaient passées au travers du chapiteau, et la guerrière avait fini à l'hôpital avec une profonde entaille. En plus du message vocal, dans lequel elle donnait l'impression d'être encore soûle, elle envoya également à Lisbeth une photo de la blessure recousue. Son visage bleu-violacé et enflé luisait dans la lumière vive de la salle de soins.

Pendant la formation initiale, la guerrière n'avait jamais perdu son sang-froid, même dans les états d'ivresse les plus prononcés. Lisbeth l'avait toujours admirée pour cela.

*Je ne te connaissais pas comme ça, est-ce que tout va bien ?* lui écrivit-elle. La réponse ne lui parvint que plusieurs jours après : *Je pensais que toi au moins tu me soutenais.*

Lisbeth se douta qu'il devait y avoir un lien entre la bagarre, la lettre et les pierres dans ses rêves, mais dans la clarté de la haute mer, elle n'eut pas grand mal à se persuader que la guerrière retrouverait rapidement sa bonne vieille robustesse.

*Chère Lisbeth,*

*Ce que ma grand-mère savait faire de mieux, c'était se
taire. Elle était d'avis que l'on ne survivait qu'en taisant
les choses. Celui qui parlait courait le risque de se rendre
lui-même vulnérable. Pour moi, ce silence permanent me
pèse comme si l'on avait posé des pavés de trottoir sur moi.
Si je ne veux pas être complètement écrasée, il faut que je
le brise. Enfant, j'ai découvert l'écriture. Puisqu'il m'était
interdit d'utiliser ma bouche, j'utilisais un stylo. Tout ce dont
je n'avais pas le droit de parler, je l'écrivais. Aujourd'hui
encore, je m'en tiens à ça. Ce que j'écris, je ne l'ai jamais
montré à personne, mais je ne sais pas si c'était la bonne
décision. Cette fois-ci, je veux faire les choses différemment.
Vois donc ma lettre comme une première tentative. Sur ce
papier, je vais te raconter ce dont je n'ai pas su parler au
bungalow.*

*Au printemps de l'année dernière, ma grand-mère est décédée
de façon si inattendue que ni elle ni moi n'avions pu prendre
la moindre mesure préventive. Je me trouvais à ce moment-là*

*en intervention en Afghanistan. La voisine de ma grand-mère m'a appelée. Elle l'avait trouvée morte chez elle. J'ai décidé de ne pas rentrer plus tôt que prévu, bien que cela m'ait été proposé. Avec l'aide de la voisine, j'ai organisé les obsèques. Mon vol retour avait lieu le jour de l'enterrement, j'ai roulé directement depuis l'aéroport jusqu'au cimetière.*

*Je n'ai pas beaucoup de souvenirs des funérailles en elles-mêmes. Je sais juste que quelqu'un a pleuré, attrapé un mouchoir et laissé tomber l'emballage en plastique par terre, dans l'herbe, et que je n'ai pas réussi à arrêter de fixer cet emballage que personne d'autre que moi n'avait remarqué. On aurait dit un accessoire de film. Et tout le reste me paraissait mis en scène, artificiel.*

*Après l'enterrement, je me suis rendue chez ma grand-mère. La voisine avait déjà résilié le bail, je n'avais plus qu'à tout vider. Je ne m'attendais pas à ce que cela m'affecte particulièrement. Cet endroit n'avait aucune valeur émotionnelle, ni pour moi, ni pour ma grand-mère. Il avait une fonction, lui donner un toit au-dessus de sa tête, mais n'avait jamais été un véritable "chez-soi". Fatiguée et harassée, j'ai fermé la porte. Sur le seuil, je suis restée immobile. Le couloir n'avait aucune fenêtre. Seule la lumière des escaliers y passait. Je vis l'armoire, et l'étagère à chaussures. Elles se trouvaient là où elles s'étaient toujours trouvées, mais elles n'étaient pas vides comme autrefois. À l'intérieur, il y avait des pierres. Je ne comprenais pas. Ma grand-mère n'avait jamais été une collectionneuse. Tout ce qu'elle avait possédé devait avoir une utilité pratique. J'ai fermé la porte à clé derrière moi et traversé les autres pièces. Partout s'offrait à moi la même image. Partout se trouvaient des pierres. J'avais chargé une entreprise de débarras de passer le lendemain. Je me suis empressée de chercher des sacs en plastique résistants et j'y ai jeté toutes les pierres. Il n'y en avait pas que sur les meubles, j'en ai aussi trouvé dans les tiroirs, dans*

*l'armoire entre les vêtements, dans la fente du canapé, der-*
*rière le miroir, dans le frigo, dans la machine à laver.*

*À la fin, j'avais cinq sacs, que je n'avais pas complète-*
*ment remplis pour qu'ils ne deviennent pas trop lourds. Les*
*uns après les autres, je les ai descendus jusqu'à ma voiture et*
*les ai rangés dedans. Mais comment fait-on pour se débar-*
*rasser d'autant de pierres ? Je n'ai pas eu d'autre idée que*
*de les éparpiller aux alentours. À chaque endroit, juste une*
*petite poignée, pour qu'elles passent inaperçues. J'en ai jeté*
*une partie dans la mer Baltique. Par chance, il n'y avait*
*presque personne sur la plage. À la fin, il ne restait plus que*
*trois pierres, et je regardais encore la mer quand je me suis*
*souvenue de quelque chose. Je ne devais être encore qu'une*
*enfant, j'avais peut-être cinq ou six ans. Ma grand-mère*
*et moi étions en chemin vers la plage. Pendant cette excur-*
*sion du jour, comme elle l'appelait, nous marchions simple-*
*ment du matin au soir, par tous les temps, et si vite que*
*nous dépassions tout le monde. Je me rappelle qu'il faisait*
*très froid ce jour-là, que ma grand-mère m'avait interdit*
*d'emporter mes gants avec moi et que, alors que je sentais*
*encore à peine mes doigts, je les ai discrètement fourrés dans*
*la poche de son manteau. Et là, j'ai senti trois pierres. Je me*
*souviens encore à quel point cela m'a étonnée. J'ai voulu les*
*sortir, mais ma grand-mère s'est rendu compte que j'avais*
*mis ma main dans sa poche. Elle l'a attrapée et l'a retirée*
*brutalement. "Ne refais plus jamais ça", m'a-t-elle dit. Je lui*
*ai posé des questions sur ces pierres. Au lieu de me répondre,*
*elle s'est tue et a accéléré le pas. Ce souvenir encore en tête,*
*je n'ai pas jeté les trois dernières pierres à la mer. Au lieu de*
*cela, je les ai rangées dans la poche de mon cache-poussière et*
*je suis retournée à l'appartement.*

*J'étais si épuisée que je me suis aussitôt mise au lit. Je*
*voulais dormir, mais j'ai ensuite remarqué qu'il y avait du*
*papier sous le drap housse. Alors, je me suis relevée et j'ai*

*regardé. Il y avait d'innombrables lettres. Je les ai sorties et les ai étalées sur le sol. C'était l'écriture de ma grand-mère. Elles dataient toutes de l'avant-dernière année de la guerre. Et toutes avaient été renvoyées à ma grand-mère. Je les ai classées dans le bon ordre et j'ai commencé à les lire. Ce n'est qu'après un moment que j'ai compris qu'elles étaient adressées à son mari. Il était soldat sur le front. Il n'a jamais lu ces lettres. Sur toutes les enveloppes, il était indiqué qu'il était tombé au combat. Dans ces lettres, ma grand-mère lui parlait de son quotidien, de l'arbre devant la fenêtre, des couleurs dont s'était paré le ciel le matin, des odeurs de la ville quand elle s'y promenait, de la pénombre à l'usine où elle travaillait à la chaîne avec d'autres femmes et fabriquait des munitions. À ce moment-là, la guerre devait être devenue si banale qu'elle ne la mentionnait que rarement. Dans l'une des lettres, elle parlait des pierres et écrivait comment elle faisait toujours très attention aux trois qu'il lui avait données, avec le petit lance-pierre, pour pouvoir se défendre si "les russes" venaient.*

*Mais dans la lettre suivante, elle racontait que la poche de son manteau s'était déchirée et que, lors d'une promenade nocturne, peu de temps avant que l'alerte à la bombe ne retentisse, elle avait perdu les pierres. Elle ne s'en était rendu compte qu'une fois rentrée à la maison pour se réfugier à la cave. C'est là qu'elle aurait eu besoin des pierres, car dans l'obscurité, elle avait senti le souffle d'un autre. Pas d'"un russe", juste d'un voisin. Mais ma grand-mère s'était tout de même retrouvée le dos contre le mur froid de la cave, sans aucun moyen de l'éviter. Elle écrivait à son mari que dès qu'elle avait pu remonter, elle avait recousu sa poche et cherché trois nouvelles pierres, qu'elle ne sortait que lorsqu'elle était chez elle, où elle pouvait verrouiller sa porte, ou bien dans un endroit où elle savait qu'elle n'avait rien à craindre. Elle écrivait qu'elle allait souvent dans la forêt où elle s'exerçait à tirer avec son lance-pierre, qu'elle avait déjà tué plusieurs animaux et qu'elle allait bientôt s'acheter un pistolet. Et elle lui promettait qu'il ne lui arriverait plus jamais de se retrouver sans pierres dans sa poche.*

*Sa dernière lettre fut écrite alors qu'elle était en fuite. C'était la seule qui n'était pas affranchie. Dans celle-ci, elle racontait qu'elle n'avait rien pu emporter avec elle, pas même le moindre souvenir de la belle vaisselle qui lui avait été offerte pour leur mariage. La seule chose qu'elle avait pu garder, c'était le lance-pierre et les pierres. Seulement, le lance-pierre s'était cassé dans sa poche alors qu'elle passait par-dessus un fossé. Mais même en lançant des pierres à mains nues, elle serait capable de se défendre, elle s'était entraînée. C'était d'autant plus important qu'elle ne devait désormais plus se contenter de se protéger elle seule.*

*Après cette lecture, je suis restée assise, les lettres éparpillées autour de moi sur le matelas. Tout comme pour moi, l'écriture a été pour ma grand-mère le seul moyen de briser le silence.*

*Cette nuit-là, j'ai rêvé des pierres pour la première fois. À la place de ma grand-mère, je marchais sur cette terre brûlée, en fuite, veillant toujours à ce qu'il y ait trois pierres dans ma poche, sentant les palpitations de mon cœur, une main protectrice posée sur mon ventre.*

*Le lendemain matin, la sonnette de la porte d'entrée m'a réveillée. Il m'a fallu un moment avant de retrouver mes esprits, de comprendre que je me trouvais encore chez ma grand-mère. C'étaient les employées de l'entreprise de débarras. Elles portaient des combinaisons couleur menthe, des gants et des charlottes en plastique transparent. Objet après objet, elles ont tout sorti de la maison. Pendant ce temps, je leur ai préparé du café, qu'elles ont bu avec beaucoup de lait et de sucre. Pour les meubles encombrants, je les ai aidées. Nous n'avons échangé aucun mot. Peut-être ne me comprenaient-elles pas. Entre elles, elles parlaient une langue que je ne connaissais pas. Le soir, la maison était vide. Les femmes dans leurs combinaisons menthe m'ont fait un signe de la tête, puis sont montées dans leur camionnette et s'en sont allées. J'ai fumé encore une cigarette devant le pas de la porte. Comme je ne bougeais pas, la lumière extérieure a fini par s'éteindre. Je me tenais dans la pénombre comme une statue. J'avais toujours les trois pierres dans ma poche. Pendant un long moment, je n'ai pas bougé. Puis, je me suis secouée, j'ai jeté la clé dans la boîte aux lettres de la voisine qui m'avait promis de s'occuper de la remise du logement, et je suis partie. Je pensais que je rêverais d'autre chose une fois de retour chez moi, mais dès le surlendemain, je marchais à nouveau sur cette terre brûlée. Depuis lors, j'ai l'impression que c'est moi qui me tiens le dos contre le mur de la cave, sans aucun moyen de m'enfuir ou de me défendre.*

*Tu dois savoir que l'incident dont a parlé mon camarade au bar a eu lieu sur un terrain d'entraînement militaire, pas sur le champ de tir. J'ai pensé que, cette fois, j'arriverais à m'en sortir sans les pierres dans ma poche. Je ne pouvais pas m'alourdir davantage. Et j'étais également convaincue que je n'avais rien à craindre pendant un exercice. Avec deux autres soldats, j'ai été chargée de jouer le rôle de l'ennemi. Notre mission était de surveiller un entrepôt. Pour ce faire, on nous avait équipés de munitions traçantes. La moitié de la garde était déjà passée. Soudain, une odeur de fumée s'est fait sentir. Et aussitôt, la terre brûlée s'est dessinée sous mes yeux. Elle m'a paru si réelle que j'ai oublié où j'étais, j'ai oublié que tout ceci n'était qu'un exercice. Et comme je n'ai trouvé aucune pierre dans ma poche, je me suis mise à tirer avec la mitrailleuse. Les traces lumineuses des munitions éclairaient toute la zone, mais je n'arrivais pas à m'arrêter, et j'ai tiré toutes les cartouches. Les deux autres soldats étaient médusés, ils ont réagi trop tard. Il faisait à nouveau*

*complètement noir quand ils m'ont désarmée, plaquée au*
*sol, maintenue et averti un supérieur. J'ai prétendu que je*
*n'avais pas assez bu, que je m'étais déshydratée, et ils m'ont*
*mise en arrêt pendant deux semaines.*

*Je ne pouvais pas te raconter tout ça au bungalow, j'avais*
*trop honte. Même maintenant, en l'écrivant, mon visage est*
*brûlant. Mais peut-être que j'arriverai à tourner la page,*
*à présent.*

*J'espère que tu tiens bon.*
*X*

LISBETH quitta le navire par une froide journée de novembre. En haut, sur la passerelle, elle hésita un instant et fit tourner son passeport dans ses mains. Il ne lui avait été remis que le matin même. "Comme en prison", avait dit Jeremy, l'un des coiffeurs, lorsqu'il se tenait derrière elle.

Lisbeth se retourna une dernière fois, puis s'en alla. Le sol en aluminium vibrait sous ses pas. Elle atteignit le bout du pont d'accès, expira un bon coup et posa le pied sur la terre ferme. La mer du Nord grisailleuse s'étendait dans le bassin portuaire. Les mouettes criaient. Le ciel était couvert. Lisbeth avait l'impression d'avoir sauté le printemps, l'été et l'automne. C'était à nouveau l'hiver, et elle se retrouvait exactement là où son périple avait commencé un an plus tôt.

La guerrière l'attendait à la gare routière, le moteur en marche. Elle klaxonna et lui ouvrit la portière côté passager. Malgré le temps brumeux, elle portait des lunettes de soleil. Ses cheveux blancs étaient cachés sous un bonnet sombre.

— Ohé du bateau! dit-elle avec un sourire moqueur.

Lisbeth flanqua son sac dans le coffre et s'assit sur le siège passager. Elles rentrèrent directement au bungalow, comme elles l'avaient décidé. Le trajet longea la côte à un moment. Mais la mer Baltique ne fut que rarement visible. Des hôtels et des complexes touristiques obstruaient la vue. Lisbeth s'enfonça dans son siège, cala ses genoux contre la boîte à gants, frotta son pantalon qui sentait le sel et garda les yeux rivés sur son portable, suivant sur la carte le point bleu qui montrait leur progression. L'écart avec la mer n'était jamais très grand.

La guerrière et elle parlèrent peu. Lisbeth savoura ce silence. À bord, personne ne savait tenir sa langue plus de cinq minutes. Il y avait toujours quelque chose à dire. Dans les zones réservées à l'équipage, il n'était pas évident de se défaire de l'attitude enjouée avec laquelle ils devaient accueillir les passagers. Il arrivait même à Sunny de parler dans son sommeil.


La guerrière gara la voiture sur le parking d'une chaîne de fast-food. Lisbeth ne voulait qu'un milk-shake, mais la guerrière ressortit avec plusieurs sacs en papier. Elles mangèrent le tout accroupies sur le dossier métallique d'un banc. Devant elles, le bruit de la route. Il y avait si peu d'espace entre elles que leurs épaules se touchaient presque. Depuis que Lisbeth avait lu la lettre de la guerrière, elle se demandait comment se passeraient leurs retrouvailles. À présent, elle constatait que tout était exactement comme l'hiver dernier. C'était comme si cette lettre n'avait jamais été écrite.

Elles arrivèrent au bungalow en fin d'après-midi. Il paraissait lisse et anonyme. Le propriétaire avait même rénové l'entrée. Du gravier blanc crissa sous les pneus de la voiture. Elles sortirent leurs affaires du coffre. La guerrière ouvrit la porte. Avec les nouvelles grandes fenêtres, c'était comme si les dunes se trouvaient à l'intérieur. Les murs étaient aussi clairs que le sable.

Comme lors de leur dernier séjour, elles consacrèrent cette fois aussi leurs matinées à de longues promenades sur la plage. Sur l'embarcadère se tenaient des pêcheurs emmitouflés dans d'épaisses vestes, qui faisaient ronronner leurs cannes à pêche en les lançant, le visage rougi par le froid. La promenade était recouverte d'une fine couche de glace. Un vent mordant soufflait en continu. Malgré les températures négatives, la guerrière allait tous les jours se baigner. Même lorsqu'une fine neige se mit à tomber. Elle s'était acheté des chaussures en néoprène dont le rose acidulé contrastait furieusement avec les alentours grisâtres. Avec ces chaussures, elle tenait encore plus longtemps dans l'eau. Pendant ce temps, Lisbeth ne la lâchait pas du regard. Même lorsqu'elle s'éloignait de quelques pas et fumait une cigarette. Elle-même n'allait jamais dans l'eau. La guerrière ne le lui demandait pas non plus.

Quand Lisbeth se levait le matin, la guerrière était toujours déjà partie courir. Cela ne l'empêchait pas d'accompagner Lisbeth lorsqu'elle allait faire son jogging le soir. La guerrière avait aussi apporté des poids. Des haltères plus ou moins lourds avec lesquels elle effectuait des exercices sur un mince tapis de yoga dans le salon, les cheveux blancs attachés en une tresse serrée.

Le soir, quand Lisbeth allait au lit, la guerrière restait devant la télévision, zappait selon le programme et retardait l'heure du coucher. Face à l'interrogation de Lisbeth, elle expliqua qu'elle s'était habituée depuis longtemps à dormir peu. "Cinq heures me suffisent."


Dès la première nuit au bungalow, les rêves de Lisbeth devinrent moins lourds. La terre était noire de suie, ses lèvres bleues de froid, ses mains écorchées à force de ramasser des pierres, mais elle sentait à nouveau distinctement la proximité de la mer. Les nuits suivantes, cela ne changea pas. Quand elle se réveillait en sursaut, il lui fallait toujours un moment avant de retrouver ses esprits. Souvent, elle se levait, ouvrait la fenêtre et tendait l'oreille pour savoir si elle pouvait entendre les vagues comme en rêvant. Les rêves étaient moins pesants lorsque la guerrière se tenait près d'elle, et non dans le salon devant la télévision. Les yeux ouverts, Lisbeth s'allongeait alors à côté d'elle et écoutait sa respiration régulière. Comment se passaient les rêves de la guerrière, elle n'en savait rien.

— Pourquoi est-ce que l'on ne se croise jamais dans nos rêves? demanda-t-elle un jour pendant le petit-déjeuner.

La guerrière leva les yeux de son yaourt.

— Ce sont des rêves, Lisbeth, dit-elle.

Lisbeth, qui s'apprêtait à étaler du fromage sur son petit pain, suspendit son geste. Elle avait l'impression que c'était la première fois que la guerrière prononçait son nom. Et peut-être était-ce le cas.

— Eh bien quoi, pourquoi me regardes-tu aussi bizarrement ? lui demanda la guerrière.

— Pour rien, s'empressa de répondre Lisbeth avant de mordre dans sa tartine, de laisser tomber le sujet et de ne plus évoquer les rêves.

Les nuits étaient calmes, mais dans la journée, Lisbeth pouvait sentir à quel point elle était proche de Berlin. Qu'il lui suffirait de monter dans la voiture pour s'y rendre en un rien de temps. À cette pensée, sa poitrine se serrait, sa peau se raidissait. Lorsqu'elle croisait sur la plage des hommes avec leurs enfants, elle détournait la tête et accélérait le pas.

C'était toujours la guerrière qui cuisinait. Quand Lisbeth lui proposait de l'aider en cuisine, elle secouait la tête. Parfois, elle arrivait à la convaincre d'aller dîner dans l'un des restaurants de la promenade. Là, elles buvaient un vin léger ou une bière brune. La guerrière commandait à chaque fois la viande la plus chère du menu.

— Il faut bien que je dépense tout l'argent que je gagne pour aller au casse-pipe.

Une fois les assiettes servies, elle mangeait toujours la viande en premier. Elle ne faisait que picorer dans la garniture.

Un jour, alors qu'elles étaient sorties fumer devant la porte d'entrée du restaurant, la guerrière dit à Lisbeth :

— Tu sais parfaitement comment on doit se comporter dans un endroit pareil. Qu'il faut poser la serviette blanche en tissu sur ses genoux quand on mange et pas la laisser à côté de l'assiette, quel couvert il faut utiliser et comment on le tient, de quel côté la serveuse débarrasse l'assiette, qu'il ne faut pas lever ton verre lorsqu'on te ressert, qu'il faut au contraire le laisser posé. Mais moi, j'ai toujours l'impression que je suis entrée par effraction, comme si ce n'était qu'une question de temps avant qu'on ne me démasque et qu'on ne me chasse du restaurant en me tirant par les cheveux.

Lisbeth haussa les épaules et tapota sa cigarette.

— Je vois ça tous les jours à bord du bateau de croisière. À quoi t'attends-tu ? demanda-t-elle en observant le visage de la guerrière plongé dans l'ombre. J'imite simplement ce que j'ai observé.

— Tu n'es jamais allée dans ce genre de restaurant auparavant ?

Lisbeth fit non de la tête.

— Je ne sais vraiment rien sur toi, réalisa la guerrière.

Elle écrasa sa cigarette, en alluma une autre et tourna son visage de telle façon que la lumière au-dessus de la porte d'entrée l'éclaira.

— Tu te prends pour une de ces tours construites en blocs de bois ? Comme dans ce jeu auquel on joue quand on est enfant, où il faut retirer les blocs un à un sans faire s'écrouler la tour. On dirait que tu crois que tu vas t'effondrer si tu dois révéler ne serait-ce qu'une seule chose sur toi.

Lisbeth haussa les sourcils.

— Et toi, qu'est-ce que tu me confies sur toi ?

La guerrière esquissa un sourire et détourna son regard. De retour à leur table, elles ne prononcèrent pas le moindre

mot. Après manger, elles retournèrent sur la plage. Le sable
était gelé.

Le jour suivant, elles commencèrent toutes deux à perdre
leur sang en même temps. À la vue du papier toilette imbibé
de rouge, Lisbeth se sentit mal. Elle tira la chasse et posa
ses mains sur son ventre.

Lorsque elle sortit de la salle de bains, la guerrière lui
lança : "Frères de sang !" en levant son doigt ensanglanté
sous le nez. Pendant la formation initiale, elle lui avait fait la
même blague une fois. Mais ce jour-là non plus, Lisbeth
n'avait pas attrapé son doigt pour prêter serment.

Elles passèrent la journée sur le large canapé du salon, à
somnoler, regarder des documentaires, boire du thé dans
des mugs en verre. Lisbeth ne se leva que dans l'après-midi.
Un peu assommée, elle alla dehors et fit plusieurs fois le
tour du bungalow en fumant, partit en direction de la route,
coupa quelques rameaux d'une haie sans trop les regarder et
les plaça une fois de retour dans un vase sur la table du
salon.

Dès le lendemain, les bourgeons s'ouvrirent pendant
qu'elles étaient parties se promener sur la plage. Le parfum
embaumait tout le bungalow lorsqu'elles rentrèrent. Lisbeth
réalisa alors qu'elle avait coupé les branches d'une haie d'aubépine. L'odeur se mêla à celle de son vomi. Le temps
s'écoula à rebours. En l'espace de quelques secondes, Lisbeth se retrouva allongée contre le linoléum brillant, la
lumière aussi vive que si elle regardait droit vers une lampe,

tenue devant son visage comme durant un interrogatoire. Et gare à toi si tu clignes des yeux.

La guerrière dut la secouer pour la libérer de cette torpeur. Son crâne bourdonnait. Sans dire un mot, la guerrière ôta les rameaux du vase et les emporta dehors. Lisbeth entendit le couvercle de la poubelle s'ouvrir et se refermer.

— Merci, dit-elle à la guerrière une fois celle-ci rentrée.

— Pas pour ça! répondit-elle d'un ton résolu.

L'un des derniers jours au bungalow, la guerrière lui montra le site Internet d'un terrain de paintball. Pour savoir si Lisbeth n'aurait pas envie d'y aller avec elle.

— Histoire que tu revives quelque chose.

— Quand ça? demanda Lisbeth.

— Demain?

— Bien, dit-elle.

Plus tard, elles commandèrent des pizzas. Elles mangèrent sur le canapé, les cartons sur les genoux, les mains huileuses. La guerrière dressa la liste de toutes les armes qu'elle savait manier, qu'elle avait utilisées, sur les terrains d'entraînement militaire du monde entier. Elle lui raconta ce que l'on ressentait en les tenant, en les nettoyant, en visant et tirant, à quel point le recul était brutal à chaque fois et le tir bruyant. Elle ne cessait d'attraper le bras de Lisbeth, sur lequel les traces de ses doigts laissaient une empreinte qui brillait à la lumière du lampadaire.


Le jour suivant, elles partirent vers midi. Il commençait à faire plus chaud. Le sol était boueux. Dans la voiture, les vitres se couvraient de buée depuis l'intérieur.

Un groupe d'adolescents glandait devant l'entrée du terrain de paintball. Ils portaient tous des bonnets en laine colorés de la même marque. La guerrière s'approcha.

— Est-ce que je peux vous proposer quelque chose ? leur demanda-t-elle.

Les ados haussèrent les épaules d'un air blasé en mastiquant leurs chewing-gums.

— Si vous jouez contre nous, je vous paie l'entrée.

— On est huit, vous n'êtes que deux, rétorquèrent-ils.

La guerrière ricana.

— C'est pour ça que je vous le demande.

Les jeunes se concertèrent rapidement avant d'accepter. Ils allèrent s'inscrire ensemble.

Ils reçurent une combinaison de protection, des lanceurs semi-automatiques, des bouteilles d'air comprimé, des loaders et deux cents billes de paintball chacun. Ils enfilèrent le vêtement qui sentait la sueur. La guerrière souriait toujours. Lisbeth dissimula ses mains humides.


Le terrain était immense. Il y avait des restes de bâtiments, des murs, une maison vide, de jeunes arbres, pour la plupart des bouleaux, un sous-bois artificiel, un chemin empierré et des monticules de sable. Lisbeth eut aussitôt l'impression de se retrouver à nouveau dans un camp d'entraînement militaire. La guerrière se mit à tourner en rond comme si cette parcelle de terrain lui appartenait. Lisbeth s'essuya les mains sur sa combinaison. Le signal du premier round retentit. La guerrière adressa un signe de tête encourageant à Lisbeth.

— Imagine que ces ados ont son visage, dit-elle.

— Le visage de qui ? demanda Lisbeth, mais la guerrière était déjà partie en courant, l'arme en joue.

Lisbeth s'efforça de chasser de ses pensées les derniers jours et suivit la guerrière en se baissant. Après quelques minutes seulement, son corps retrouva la posture qui lui était autrefois si familière.

Le jeu était enivrant. La peinture explosait en claquant sur les combinaisons des adolescents. La guerrière décidait de leur stratégie, souvent rien qu'avec un bref signe de tête. Ils jouèrent plusieurs rounds. Lisbeth avait oublié à quel point elle se sentait bien lorsque son corps était bourré d'adrénaline. Les nuages s'ouvrirent. La guerrière s'éloigna. Lisbeth cligna des yeux dans la lumière du soleil. Pendant un instant, elle n'arriva plus à s'orienter. Elle tourna la tête, voulut se mettre à l'abri, mais les adolescents surgirent brusquement du sous-bois et l'encerclèrent. Trois d'entre eux tirèrent en même temps, presque à bout portant. Lisbeth ne s'était pas attendue à ce que cela lui fasse mal, bien qu'elle en ait été avertie à plusieurs reprises pendant les explications. Les cartouches éclatèrent sur sa poitrine, son ventre, ses jambes. La douleur semblable à des coups cinglants. Elle s'affaissa au sol. Les ados éclatèrent de rire et partirent. Lisbeth resta immobile comme si elle était réellement amochée, blessée, morte. Au-dessus d'elle, le ciel était devenu bleu.

Elle ne participa plus aux deux derniers rounds. Elle ne retrouva la guerrière que dans les vestiaires.

— On les a défoncés, jubila la guerrière.

Elle enleva ses lunettes de sécurité et ôta les cheveux collés par la sueur sur son front.

— C'étaient des enfants, lui rappela Lisbeth.

— Des adolescents. En plus, ils étaient huit.

— Tu es soldate.

La guerrière haussa les épaules.

— Où étais-tu à la fin ? Je ne t'ai plus revue.

— Je n'avais plus envie, répondit Lisbeth.

— Tu ne t'es pas amusée ?

— Comme si c'était une question d'amusement pour toi.

— C'est un jeu.

— Tu voulais me ridiculiser.

— Quoi ?

— Tu m'as très bien comprise.

— Qu'est-ce que c'est que ces conneries ? La seule chose que je voulais, c'était passer la journée avec toi, comme autrefois en bivouac.

— C'est justement ça le problème. C'était il y a dix ans. Pourquoi est-ce que tu n'arrives pas à tourner la page ? Nos vies ont pris des directions différentes. Mais on dirait que tu ne veux pas l'accepter.

Lisbeth chiffonna sa combinaison de protection tachée de peinture. La guerrière resta silencieuse.

— Je ne suis pas une camarade. Je suis une fleuriste.

— Je le sais.

— Alors, agis aussi comme telle, lui intima Lisbeth avant de quitter le vestiaire.

Sur le chemin du retour, la guerrière conduisit rapidement, dépassant la limite de vitesse et doublant les autres voitures par la gauche. Il y eut un flash. Lisbeth cligna des yeux.

— Tu devras rendre ton permis un jour, si tu continues comme ça, fit-elle remarquer peu de temps après qu'elles eurent été à nouveau flashées.

La guerrière eut un rictus, le visage furieux, sans décoller son pied de l'accélérateur.


Le matin suivant, au petit-déjeuner, la guerrière lui annonça qu'elle voulait se teindre les cheveux.

— Tu m'aides?

Lisbeth ne répondit d'abord rien, puis hocha finalement la tête. Ensemble, elles roulèrent jusqu'à une droguerie du coin. L'air sentait le sel. Lisbeth avait l'impression de pouvoir entendre la Baltique même ici, sur cette esplanade morne.

Dans la droguerie, elles étaient les seules clientes. Des cartons remplis de produits qui attendaient d'être sortis jonchaient les allées. Le caissier ne leur prêtait plus attention. La guerrière opta pour une coloration blonde.

— Pourquoi blonde exactement? voulut savoir Lisbeth.

— J'étais blonde quand j'étais enfant. Ce n'est que plus tard que mes cheveux se sont assombris un peu plus chaque été, répondit la guerrière en posant le paquet sur le tapis roulant de la caisse.


Dans la salle de bains du bungalow, Lisbeth mélangea les produits. La guerrière était assise sur le rebord de la baignoire. L'odeur entêtante de la coloration les étourdissait toutes les deux, mais aucune ne parut disposée à ouvrir l'une des fenêtres. La guerrière pencha la tête en arrière. Lisbeth enfila les gants en plastique transparent inclus dans la boîte et commença à répartir la couleur sur ses cheveux. Elle prit précautionneusement chaque mèche une par une dans sa main et changea délicatement la position de la tête de la guerrière pour appliquer le tout uniformément. Aucune des deux ne parla pendant ce temps. Le plastique des gants faisait du bruit en se froissant. Les bouts des doigts de Lisbeth picotaient. Une fois toute la couleur répartie, elle ne s'arrêta pas immédiatement, fit comme si elle devait encore l'étaler et continua de passer ses mains dans les cheveux de la guerrière.

— Maintenant, il faut laisser agir, dit-elle enfin en se reculant.

La guerrière se releva, garda le dos droit et quitta la salle de bains dans une posture étrangement figée. Lisbeth enleva les gants, les jeta dans la poubelle et se dirigea vers le salon. La guerrière fumait sur la terrasse. Lisbeth ne voyait pas son visage mais ses cheveux humidifiés par la coloration se dressaient en pétard sur son crâne.

Lisbeth se rappela que, durant leur formation initiale, la guerrière attachait ses cheveux lourds en une tresse sophistiquée alors qu'il aurait été bien plus pratique de les couper. Elles n'avaient jamais assez de temps pour les laver consciencieusement, et encore moins pour les sécher. Qu'elle tienne autrefois tant à ses cheveux était une des raisons pour lesquelles Lisbeth ne l'avait pas prise au sérieux au début.

— À quoi tu penses ? lui demanda la guerrière en retournant à l'intérieur.

— À rien d'important. Est-ce que je dois t'aider pour rincer la coloration ?

— Pour ça, je n'ai vraiment plus besoin d'aide maintenant, assura-t-elle avant de se rendre dans la salle de bains.

Peu de temps après, elle en ressortit une serviette sur sa tête.

— Les années ne t'épargnent pas non plus, lui dit-elle en passant brusquement la main dans ses cheveux que les heures passées sur le pont avaient décolorés.

Elle tira si fort que Lisbeth poussa un cri.

— Eh oh, t'es malade ?

— Tu n'étais pas aussi sensible avant, constata la guerrière en souriant.

La main de Lisbeth fondit sur la guerrière et claqua sur sa joue. Une trace rouge resta imprimée sur sa peau. La guerrière semblait s'y être attendue. Elle se précipita vers Lisbeth, l'attrapa et la plaqua au sol. Elle était forte, mais le corps de Lisbeth avait lui aussi regagné en masse musculaire à force de travailler sur le navire. Et puis, Lisbeth était toujours plus grande qu'elle. Elles se roulèrent par terre et se débattirent toutes les deux. Aucune ne prit le dessus plus de quelques secondes. Elles se séparèrent en même temps. Le parfum de l'autre collait à leur peau. La respiration haletante, elles restèrent allongées sur le parquet laqué en blanc. Leurs visages étaient rouges et couverts de sueur.

— Avant d'aller te chercher au port, j'ai écrit mon testament, lui dit la guerrière, le regard rivé sur le plafond.

Lisbeth releva la tête.

— Dans un mois, je repars en intervention. Je ne voulais pas prendre celui de la fois d'avant.

— Vous devez écrire un testament ?

— Ça fait partie des préparatifs avant une intervention. Tout va dans un dossier avec des documents importants. Je me suis posée avec une nouvelle feuille de papier et j'ai fait l'inventaire de tout ce que je possède, et j'ai constaté que rien n'a de valeur. Tout ce que je peux écrire dans mon testament, c'est comment je veux être enterrée, si je veux être incinérée, quelles chansons doivent être jouées, de quel bois doit être le cercueil, énuméra la guerrière avant de rire de manière stridente.

— Comment est-ce que tu veux être enterrée ? s'enquit Lisbeth.

— Je ne veux pas être incinérée. Comme ça, il restera au moins quelque chose de moi après ma mort. Si j'ai de la chance et que le cimetière a un sol glaiseux, je ne serai complètement désagrégée qu'après quarante ans.

Elle se tourna sur le côté et regarda Lisbeth.

— Tu peux me promettre quelque chose ?

— Quoi donc ?

— Tu devras déposer trois pierres dans ma tombe. J'ai écrit que tu devais me voir. Même si je suis réduite en charpie, ils doivent ouvrir le cercueil pour toi. Et ensuite, tu leur demandes de te laisser seule un moment, et tu me donnes trois pierres. Comme chez les Vikings, eux aussi étaient enterrés avec leurs armes. Tu comprends ?

Lisbeth appuya sa tête sur ses mains et fixa la guerrière.

— Tu ne vas pas mourir.

— Promets-le-moi juste.

Et Lisbeth le promit à la guerrière, levant sa main pour jurer, sans cligner des yeux.

QUE Lisbeth ait commencé à danser dès l'enfance était le fruit d'un hasard. Une fois que les cours avaient pris fin et qu'elle et les autres enfants restaient jusqu'à tard le soir à la garderie, elle cherchait toujours un endroit dans l'école où elle pouvait être en sécurité, seule, sans que personne s'approche trop près d'elle. Il y avait un escalier qui menait au sous-sol sur lequel elle traînaillait souvent, elle se réfugiait aussi parfois dans le mince entrebâillement derrière la remise à jouets dans la cour, ou bien elle allait s'asseoir sur une cuvette des toilettes fermées, les genoux repliés contre sa poitrine, et fixait le papier hygiénique qui avait été lancé au plafond et pendait en morceaux grisâtres, comme fossilisé. Quand la surveillante était trop occupée par les élèves du cours élémentaire qui se jetaient du sable, les gribouillages sur les murs fraîchement peints ou un doigt coincé dans une porte, Lisbeth en profitait pour vagabonder dans les bâtiments de l'école sans se faire remarquer. Un jour, elle se rendit au gymnase, qu'elle avait toujours cru vide à cette heure-ci. Mais à la place, elle se retrouva dans un épais brouhaha. Une chaîne hi-fi argentée avait été installée devant l'espalier, une femme en survêtement se tenait debout et un groupe de jeunes filles faisait de la gymnastique sur des tapis disposés au centre. Lisbeth se tint en retrait. Au début, elle ne dérangea personne. Après une courte phase pendant laquelle les filles s'étirèrent dans tous les sens, toutes quittèrent les tapis, à l'exception d'une d'entre elles. La musique démarra, et la fille restée seule se mit à danser sans se départir de son sourire une seule fois. Fascinée, Lisbeth s'avança plus près. Les mouvements n'avaient rien à voir avec la danse qu'elle connaissait de ses parents, quand ils montaient le volume de la radio dans le salon ou qu'ils mettaient un disque. Rien n'était doux ou fluide chez la fille, au contraire, elle mouvait son corps avec précision. Elle contracta tant ses muscles qu'ils tremblèrent. Elle étira ses jambes toujours plus loin, jusqu'à ce qu'elles semblent déraper toutes seules en un grand écart, arqua son dos comme un pont, attrapa ses pieds, le nombril vers le plafond, fit une roue, tourna plusieurs fois sur elle-même sans perdre l'équilibre et leva son pied si haut en se tenant debout sur l'autre qu'elle toucha sa tête avec ses orteils.

Lisbeth passa sa langue sur ses lèvres, elles avaient un goût salé. Elle sursauta lorsque quelqu'un lui toucha l'épaule. La femme en survêtement se tenait derrière elle et la regardait.

— Ici, on ne reste pas planté là à observer les autres. Soit tu te joins à nous, soit tu sors du gymnase.

Lisbeth s'empressa d'enlever ses chaussures et s'avança vers les autres filles. L'entraîneuse frappa dans ses mains, les invita à former un cercle, détermina les mouvements à effectuer, passa entre elles et corrigea leur posture. Lisbeth les imita, s'étira et testa jusqu'où elle pouvait se plier, ignorant la douleur. Les rayons du soleil filtraient à travers une fenêtre. Ça sentait la sueur, la poussière et le caoutchouc des tapis.

Après l'heure de cours, l'entraîneuse prit Lisbeth à part.

— Tu as du talent, lui dit-elle.

Son corps était plus souple que celui des autres.

— La semaine prochaine, même heure.

Elle tapota sur l'épaule de Lisbeth en signe d'approbation.

À partir de ce jour, Lisbeth se rendit chaque mardi aux entraînements. Six mois plus tard, elle s'inscrivit dans une plus grande association. Là, elle pouvait s'entraîner trois fois par semaine. Le gymnase était à l'autre bout de la ville. C'était un bâtiment neuf plus grand, plus moderne. Dans le vestiaire, il y avait des douches, mais ni Lisbeth ni les autres filles ne les utilisaient. Lisbeth se déshabillait toujours dans le coin le plus éloigné des autres et maintenait son espace habituel même pendant les entraînements. Et elle refusait de danser des chorégraphies de groupe.

"Même la gymnastique rythmique est un sport d'équipe", lui disait-on. Mais Lisbeth n'en démordait pas. L'entraîneuse finit par céder. Lisbeth savait que si elle avait été moins bonne, son souhait n'aurait pas été respecté.

Le sport changea son corps, changea sa peau. Les crises s'espacèrent de plus en plus. Elle dormit des nuits entières, sans se gratter. Les boîtes de crème prirent la poussière dans la salle de bains. Lisbeth remarqua le regard de ses parents. Ils ne semblaient pas se fier à son nouvel état.

Lors d'un examen médical de routine, son père demanda à la docteur s'il était lié au sport tandis que Lisbeth s'était plongée dans la contemplation d'une image accrochée au mur, la vue d'une paroi rocheuse, peinte de façon si détaillée qu'il aurait pu s'agir d'une photographie.

— Les muscles ne peuvent pas se substituer à la fonction barrière de la peau, déclara la docteur. Par contre, la psychologie n'est pas un facteur insignifiant.

Une fois sortis du cabinet, sous les premiers flocons de neige, son père lui dit :

— Tu vas mieux, c'est ce qui compte.

Sur les photos de cette époque, Lisbeth posait toujours dans des gymnases puissamment éclairés. Un large sourire aux lèvres, elle portait des justaucorps de gymnastique à paillettes. Il n'y a que sur quelques photographies que l'on peut distinguer des rougeurs sur ses paupières, ses coudes ou sa peau. Quand son entraîneuse voulut la maquiller à outrance lors d'une compétition, ses parents protestèrent. Elle ne devait surtout pas irriter davantage les zones concernées. L'entraîneuse réagit avec incompréhension : "Cela pourrait avoir un impact négatif sur son score."

La mère de Lisbeth croisa ses bras contre sa poitrine :

— Qu'est-ce que sa peau a à voir avec ses performances sportives ?

Lisbeth vit bien que son entraîneuse voulut rétorquer quelque chose, mais s'en abstint.

Les rares fois où les démangeaisons revenaient, Lisbeth attachait ses mains avec un fil en plastique. Elle ne voulait en aucun cas se présenter sur le tapis de danse avec des plaies couvertes de croûtes. Dans son sommeil, elle grinçait des dents jusqu'à ce que ses lèvres saignent. Des choses dérivaient toujours dans ses rêves. Une fois, elle porta des chaussures en verre jusqu'à ce qu'elles se brisent. Le lendemain, elle se rendit directement au gymnase après les cours et s'habilla en vitesse. Il n'y avait des fenêtres que tout en haut. Elles étaient étroites. La lumière du jour filtrant à travers restait diffuse. Au fond se trouvait un trampoline encastré au sol. Lisbeth y sauta jusqu'à ce que l'entraînement commence, maintenant son corps occupé, refoulant les images de ses rêves. Elle sauta aussi haut qu'elle le put et se laissa retomber dans le bassin rempli de gros blocs de mousse difficilement maniables. Dedans, elle creusa jusqu'au fond. Au lieu d'y trouver de l'eau, comme dans la Baltique, elle se heurta à de la pierre poussiéreuse. Elle recommença le jour suivant, et le jour d'après.

Un jour, elle fut découverte par son entraîneuse, hors d'elle.

— Il n'y a personne ici qui te surveille.

Il lui fut interdit de venir trop tôt. La nuit seulement, Lisbeth parvint à retourner dans la piscine de blocs en mousse. Elle s'y réfugia pour échapper à ses rêves étranges, et conserver un état stable.

Lisbeth arriva à l'âge de la puberté et quelque chose commença à s'entasser en elle, poussant de toutes ses forces pour sortir. Si elle n'était pas à l'entraînement, elle se barricadait dans sa chambre. Au dîner, elle était assise en silence, les lèvres serrées. Son corps, qu'elle avait si bien contrôlé ces dernières années, lui échappait à nouveau.

Ses mains devinrent comme autonomes, claquèrent des portes. Une fois, une vitre se brisa. Sa mère se précipita derrière elle, mais Lisbeth fut plus rapide et s'enferma dans sa chambre.

— Elle se calmera bientôt, entendit-elle dire son père.

Mais Lisbeth n'arrivait pas à se calmer. Au lieu de cela, sa colère explosait, la submergeait, la rendait folle. En l'espace de deux semaines à l'école, elle mit une chaise en pièces, brisa une fenêtre et fracassa le nez d'un camarade de classe d'un coup de poing. Chacune de ses tentatives pour se calmer et ne plus se faire remarquer échoua. Son corps se mit alors à trembler, et sa peau à se raidir.

Après qu'elle eut seulement atteint la deuxième place lors d'une compétition, elle voulut quitter le tapis, mais au lieu de cela, ses bras s'empressèrent de jeter ses massues sur la table des arbitres. Son entraîneuse fut sidérée. Ses parents durent aller la chercher. Lisbeth fut privée de sortie. Elle passa la nuit entière à faire les cent pas dans sa chambre, s'efforça de se concentrer sur sa respiration, de ravaler sa colère. À l'aube, elle n'en put plus, jeta ses livres de leur étagère et renversa son bureau. On l'envoya voir une psychologue et même un thérapeute comportemental, mais sa colère demeura. En classe, la professeur la faisait s'asseoir à une table individuelle. Pendant la récréation, Lisbeth mettait désormais souvent le feu aux poubelles. Au bout d'un moment, elle n'alla plus du tout en cours et traîna en ville à la place. Il n'y avait que l'entraînement qu'elle ne laissait jamais tomber.

— Ça ne peut plus durer comme ça, lâcha la mère de Lisbeth.

Ils étaient assis tous les trois autour de la table de la cuisine. Cet après-midi-là, Lisbeth avait piqué un vélo et l'avait jeté depuis un pont dans la Leutra. À présent, la lumière oscillait au-dessus d'eux. Sur la table étaient étalés les avertissements de l'école.

— Pourquoi est-ce que tu as fait ça? demanda son père.

Lisbeth resta silencieuse. Elle savait que ses parents ne pourraient pas comprendre la satisfaction qu'elle avait éprouvée en voyant le vélo s'enfoncer dans l'eau.

Sa mère serra son poing et frappa la table.

— Si tu continues comme ça, tu seras virée de l'école.

Lisbeth se leva. Elle n'arrivait pas à réprimer le sourire qui commençait à poindre.

Le lendemain matin, sa mère l'intercepta devant les toilettes. Elle la menaça de ne plus la laisser aller faire du sport, de ne plus payer la cotisation au club et de parler en personne avec l'entraîneuse si son attitude ne changeait pas. Lisbeth se sentit chavirer. Ses mains tremblèrent, claquèrent contre le mur. Tout brûlait. Mais les mots de sa mère pesaient lourd. Lisbeth parvint à croiser les bras, à les retenir, à enfouir les tremblements au plus profond d'elle-même. Et soudain, elle se tint complètement immobile. Rita recula.

— C'était la dernière fois, promit machinalement Lisbeth.

La semaine suivante, elle se cassa une dent, but jusqu'à perdre connaissance, coucha avec des gens qui n'avaient aucune importance à ses yeux, commença à fumer. Elle retourna tous les jours à l'école, s'assit désormais au milieu de la classe. Elle s'habilla comme ses camarades de classe, se coiffa de la même façon, utilisa le même maquillage, le même déo, le même vernis à ongles, et garda sa colère pour elle-même, l'avala, comme les autres filles.

Aux entraînements, elle dépassait à chaque fois les limites de sa résistance à la douleur. Elle attachait ses cheveux en un chignon si serré que la peau de son crâne brûlait. Pour s'échauffer, elle exécutait des *oversplit* sur l'espalier. Lorsqu'elle partait en camp d'entraînement, elle allait chercher la clé du gymnase pendant son temps libre et répétait sa chorégraphie. Les soirs dans la salle à manger, elle était si exténuée qu'elle s'endormait presque au-dessus de son assiette. Les autres reculaient devant son visage hargneux, sa rigueur et sa distance vis-à-vis d'eux. Son corps tout entier était tendu. Elle grinçait des dents toutes les nuits et se grattait dans ses rêves jusqu'au sang. Mais lorsqu'elle était éveillée, elle arrivait toujours à le cacher. Ce qu'on lui ordonnait de faire, elle l'exécutait. Son corps lui semblait être une poupée dans une main étrangère. Il n'y avait que le régime alimentaire que son entraîneuse leur imposait qu'elle ne respectait pas. Elle engloutissait des bananes, le gras du jambon, des petits pains blancs, du beurre et du fromage, des bonbons aux fruits et des glaces. Cela suscita d'abord des commentaires, des piques et des regards. Puis son entraîneuse la prit à part après une heure de cours.

— Tu dois perdre cinq kilos, au moins, lui dit-elle sur le ton de la confidence.

Elle voulut poser sa main sur l'épaule de Lisbeth, mais cette dernière l'esquiva, trébucha et se rattrapa. Pendant un moment, elle ne fit que regarder son entraîneuse. Puis elle lâcha :

— Pourquoi ?

— Regarde les autres. Il faut avoir un corps gracile pour faire de la gymnastique rythmique.

Lisbeth sourit, puis éclata de rire. Son entraîneuse parut irritée, mais Lisbeth se jeta brusquement sur elle, la plaqua au sol et la frappa au visage. Elle fut aussitôt cernée, tirée vers le haut, retenue et maintenue contre le mur. Le lendemain, elle était virée.

Au grand soulagement de ses parents, aucune plainte ne fut déposée.

Les jours qui suivirent, Lisbeth eut la sensation que sa peau se déchirait. Elle se réfugia dans le jardin, bêcha la terre, arracha les mauvaises herbes, prépara des bouquets et des couronnes, resta en mouvement, ne s'accorda aucune pause. Elle savait que ses parents étaient à la fenêtre et la surveillaient.

Lisbeth avait l'impression d'être derrière un mur. Elle ne permettait à personne de le franchir. Elle allait à l'école avec indifférence, s'adaptait, invisible. Elle passait ses après-midis dans la serre, aidait son père. La nuit, elle se réveillait presque toutes les heures, se grattait, faisait les cent pas, s'accroupissait au rebord de la fenêtre ouverte et fumait dans le froid. La nuit, elle laissait sa peau à nu, et la couvrait sous d'amples vêtements pendant la journée.


Après son bac, Lisbeth entama une formation de fleuriste. Pendant ses jours libres et ses après-midis, elle retournait chez ses parents et continuait d'aider son père. Plus le travail

était dur, plus elle était épuisée, plus elle avait de courba-
tures et mieux elle endurait la journée. Sa mère tentait
constamment de la convaincre d'étudier encore, mais Lisbeth s'en tenait à sa décision.

— Je veux travailler de mes mains, insistait-elle.

Son père se réjouissait qu'elle reprenne un jour la serre. Il
lui montra toutes les procédures, l'impliqua dans tout. Pendant leurs pauses, ils s'asseyaient l'un à côté de l'autre, sous
le soleil. Lisbeth fumait des cigarettes, son père se penchait
en arrière et restait silencieux. Une fois seulement, il lui
raconta des choses. Il parla du jardin familial de son père, le
grand-père de Lisbeth, qu'elle n'avait jamais connu.

— À la place des légumes, il avait planté des fleurs. Mes
frères et sœurs et moi, nous devions ensuite en faire des
bouquets, nous installer devant les halles et les vendre.

Lisbeth fit tomber les cendres par terre tout en prenant
garde à ne pas réduire l'espace entre son père et elle.

— Tu sais, lui aussi souffrait d'eczéma atopique. Il ne
parlait pratiquement jamais et n'était véritablement lui-
même que dans son jardin.

— Comment est-il mort? demanda Lisbeth avant
d'écraser sa cigarette.

— Attaque cérébrale. On l'a trouvé mort entre ses marguerites. J'ai repris le jardin, et plus tard, j'ai trouvé la serre
ici. Et maintenant, tu marches sur mes pas.

Lisbeth tenta de sourire, mais ses lèvres ne lui obéirent
pas.

Dans son petit studio à la périphérie d'Iéna, elle avait accroché sur le mur à côté de son matelas la photo de la mer

Baltique de l'album de ses parents. Le soir, quand la nuit tombait et qu'il n'y avait plus beaucoup de lumière dans la pièce, on aurait dit que les vagues bougeaient. Cette vue l'apaisait presque autant que son travail au milieu des fleurs.

Elle prit l'habitude d'aller courir tous les jours. Son studio n'était pas loin d'un stade récemment aménagé. Elle y faisait des tours tôt le matin, avant même que le soleil ne se lève.

Elle ne permettait que rarement à son corps de se relâcher. Elle allait alors danser, la plupart du temps en semaine, même s'il ne lui restait que peu d'heures avant qu'elle ne doive à nouveau se lever. Ces danses nocturnes n'avaient rien à voir avec ses chorégraphies de gymnastique rythmique. Elle appréciait le fait qu'aucun mouvement ne lui était interdit, qu'elle pouvait faire ce qu'elle voulait avec ses mains et ses bras, qu'il n'était pas nécessaire d'avoir les pieds convenablement tendus, qu'elle n'avait pas besoin d'arborer un large sourire, mais surtout, que tout ceci n'était plus une question d'avis et de notes de n'importe quel arbitre.

*Chère Lisbeth,*

*J'ai l'impression de m'être engagée dans la dernière intervention en Afghanistan sans aucune coupure, comme si les trois dernières années que j'ai passées en Allemagne n'existaient pas, comme si ma grand-mère était encore en vie. Même le fait que nous nous soyons retrouvées me semble ici être un rêve.*

*Les bruits des véhicules, des générateurs et de la climatisation sur le camp me sont encore familiers, comme si je n'étais jamais partie. Exactement comme le grésillement de l'appareil anti-insectes électrique. Je connais les chemins, je ne me perds jamais, le moindre de mes mouvements est devenu une routine. Au mess, il y a toujours les mêmes repas. Aucun visage ne m'est inconnu. Le temps s'arrête-t-il entre ces murs de protection ?*

*Pour le tir à l'arme de poing le premier jour, nous sommes partis dans le désert. Comme toujours, des enfants traînaillaient là-bas. Ils patientèrent cinq heures sous un soleil de plomb jusqu'à ce que l'on ait terminé et qu'ils puissent ramasser les douilles qu'ils vendent pour gagner un peu d'argent. Je ne pouvais pas m'empêcher de penser au fait que ces enfants n'avaient pas quitté le désert depuis la dernière fois que nous nous y sommes rendus, et qu'ils attendaient qu'on revienne.*

*Quelques jours plus tard, nous sommes partis pour notre première mission. Après seulement quelques mètres sur la route, le sentiment d'immobilité s'est évaporé. Sur le trajet, j'observais attentivement les alentours. Ici, des chars soviétiques calcinés gisent partout, parfois aussi des hélicoptères sur le bord de la route.*

*Mon peloton était chargé de superviser la construction d'un avant-poste. On dormait dans des tentes. Les cinq cabines de toilettes mobiles étaient un vrai luxe. Les jours ici étaient aussi visqueux que l'air, la chaleur nous a tous mis à mal, mais nous avancions. Le soir, nous regardions des films sur un minuscule téléviseur portable, et occultions le fait que nous nous trouvions en Afghanistan. Ou alors nous jouions aux cartes. Elles ont fini par se décolorer, comme les environs. Ici, presque aucune couleur ne se démarque du reste. Les pierres et les éboulis n'ont pas changé depuis des siècles. Les zones vertes du pays me paraissent aussi éloignées que la nature dans les films que nous regardons.*

*Pendant les préparatifs de l'intervention, on ne cessait de nous rappeler que n'importe quel bidon d'essence jaune pouvait être un piège explosif. Mais vois-tu, ces bidons d'essence sont des objets d'usage courant, ici. On en voit partout. Abandonner la mission à chaque fois signifierait ne plus progresser du tout. Je m'imagine souvent en train de rassembler les bidons et les empiler en une pyramide qui s'effondrerait après notre départ, comme un château de cartes.*

*Personne ne l'admet, mais nous attendons tous qu'il se passe quelque chose, nous attendons notre baptême du feu. Les armes en joue, nous assurons la sécurité des démineurs tout en plaisantant sur le fait que personne ne nous protège, nous. Notre équipement aurait très bien pu provenir d'un magasin de jouets, tellement il est de mauvaise qualité.*

*As-tu déjà essayé de te défendre avec un pistolet à eau ? Mais ça aussi, nous le prenons avec humour et rions en grimaçant. Il ne faut surtout pas dépenser d'argent. La chair à canon est aussi une forme de munition. Quand nous sommes en patrouille, on nous demande de montrer notre visage. Il doit être ouvert, et nos armes orientées comme si nous n'avions aucune intention d'en faire usage. "Distant, mais amical", telle est la consigne. Pendant quelques années, ils ont donc patrouillé dans des véhicules non blindés et sans casques. Quand on croise des enfants, on leur distribue des crayons et des bonbons. S'il y a des filles, je remonte mes lunettes de soleil. Dès qu'elles s'aperçoivent que je suis une femme, elles rient et me saluent de la main.*

*C'est fou à quel point on se sent en vie quand on quitte notre camp et qu'on passe la région au peigne fin à la recherche d'armes, de drogue ou d'insurgés – nous n'en parlons jamais, mais je le vois toujours dans le regard de mes camarades. La guerre nous rend euphoriques. Comme si c'était un jeu.*


*Il y a ici des oiseaux dont le bruit ressemble à des tirs de lance-grenades en approche, et depuis des semaines, les montagnes sont plongées dans la brume, cachées. Parfois, je crois que je ne me débarrasserai plus jamais de cette chaleur qui pèse partout. Nous buvons des litres et des litres, mais nous avons toujours soif. Notre sueur laisse des traces blanches de sel sur nos uniformes. Quand nous les enlevons, ils restent debout, comme si nous étions encore dedans. Ici, le printemps et l'automne n'existent pas. De l'été, on passe directement à l'hiver. Tout s'enfonce alors dans la gadoue. Certains jours, il y a même de la neige. C'est assez difficile de se l'imaginer avec la chaleur qui règne actuellement. En attendant, j'ai l'impression que c'est le pays lui-même qui veut nous dégager d'ici. Sa beauté reste invisible. Peut-être que c'est vraiment un autre monde, et que nous n'avons rien à y faire, c'est ce que je pense à chaque fois que je vois la fumée qui se dégage lorsque l'on brûle nos excréments. Aucune de nos traces ne dure. Après notre retrait, il ne restera très vite plus aucun souvenir de nous, c'est ce que j'ai fini par réaliser, et la plupart des autres fantassins aussi. Nous ne parlons pas de cela. À la place, un jardin de roses a été aménagé dans la cour de l'hôpital militaire. Ils ont même érigé une fontaine. À qui est-ce censé prouver quoi que ce soit? Même elle finira tout simplement par disparaître, noyée dans le sable. La plupart des soldats des autres compagnies ferment les yeux sur ce fait. Ils ne quittent pas une seule fois le camp pendant toute leur mission, restent accroupis dans des conteneurs climatisés, ont trois repas par jour, se douchent tous les jours, passent leur temps libre à la salle de sport. Pour eux, la guerre est aussi abstraite qu'à la caserne chez eux. Mes camarades et moi, on les appelle "les renfermés". Ils sont aussi mous que ce mot. Les jours où nous avons quartier libre et que nous sommes assis à côté d'eux dans l'atrium devant un film, nous aimerions les prendre par les épaules et les secouer, mais nous gardons nos mains près de nous et essayons de ne rien laisser paraître, et ne crachons que lorsque nous avons à nouveau laissé derrière nous tous les portails de sécurité, que nous sommes sortis du camp et que la prise en charge de la nouvelle responsabilité de la zone commence.*

*En ce moment, nous nous trouvons sur une hauteur récemment aménagée. Notre mission consiste à la protéger et à la tenir, mais jusqu'à présent, il ne se passe pas grand-chose. Les journées sont remplies de vide. Une heure se ressent comme une éternité. En dehors de la surveillance des alentours, nous n'avons rien à faire. On reste accroupis dans l'ombre sous le filet de camouflage, on boit du Red Bull et on joue à la bataille navale pendant nos pauses, les cigarettes toujours à portée de main. Ici, la dernière chose que tu veux faire, c'est arrêter de fumer. Ça fait du bien d'être au moins occupée avec ça. Il y a toujours des petites chamailleries, sans aucune raison. C'est l'ennui qui nous pousse à nous battre les uns contre les autres et à nous plaquer au sol, dans les remblais de gravier. La tension nous fait perdre la tête. Moins il se passe de choses, plus j'ai l'impression que la situation pourrait dégénérer.*

*Pour pouvoir dormir, je prends des cachets maintenant. Je les avale machinalement, comme j'ai enfoui les trois pierres dans la poche de mon pantalon. Cela fait un moment que je n'ai plus ressorti les pierres, pas même une seule fois au camp. J'ai accepté d'avoir ce poids supplémentaire. Même lorsque nous redescendons de la hauteur, je les garde dans ma poche. Et ce, bien que notre équipement obligatoire pèse déjà plus de trente kilos.*

*En dehors des remparts, et équipés de la tête aux pieds, nous sommes aussi lourds et lents que des tortues. Les insurgés, au contraire, sont en sandales et en robes amples. À la place des drones, ils ont les oiseaux. Ils surveillent les endroits où ils font des cercles. Souvent, ils tournent au-dessus de nous, parce que là où nous sommes, il y a à manger. Est-ce que ce seront bientôt nos chars que l'on verra calcinés et étendus au bord de la route ? Et comment se sentira mon corps après avoir été exposé une nouvelle fois à ce pays ?*

*J'espère que tu tiens bon.*
*X*

CETTE fois, le bateau de croisière s'en alla vers le nord. Lisbeth embarqua à Hambourg. Les escales suivantes furent Oslo, Kristiansand, Stavanger. Les passagers buvaient moins que lors du dernier voyage, préféraient le salon panoramique du pont de la piscine et quittaient le navire pour se rendre à terre dans des vêtements d'extérieur hors de prix.

Lors des excursions dans les mers du Nord, le chemisier d'uniforme à manches courtes devait être remplacé par une chemise à manches longues, que l'on pouvait parfaire d'un gilet matelassé les jours les plus froids. Pour aller fumer sur le pont, Lisbeth enfilait aussi sa doudoune par-dessus. Le vent soufflait souvent si fort qu'elle ne voyait même pas la fumée de sa cigarette lorsqu'elle expirait. Elle partageait sa cabine avec Vera, une esthéticienne qui avait décoré tout un mur avec des photos de ses chats.

— Ça ne te dérange pas, j'espère ? lui avait-elle demandé en remarquant son regard.

Lisbeth avait souri et secoué la tête.

Elle reçut la première lettre d'Afghanistan alors qu'elle se trouvait à Bergen. Elle la lut sur le pont, pendant que le navire pénétrait dans le fjord de Geiranger. Le brouillard s'accrochait aux arbres. Les passagers se bousculaient contre le bastingage pour prendre les meilleurs clichés des cascades qui jaillissaient un peu partout des parois rocheuses escarpées. L'air était humide. Le ciel couvert. Lisbeth portait un bonnet et lut la lettre debout en sautillant sur un pied puis l'autre pour essayer de dissiper le froid qui émanait de la mer. Plus de six mille kilomètres se trouvaient entre elle et la guerrière. Lisbeth pouvait physiquement ressentir cet éloignement. Pour la première fois, elle se sentait perdue sur le bateau. Plus tard, le soir dans sa cabine, elle tenta de formuler une réponse, mais elle ne parvint pas à écrire plus de quelques lignes. Son quotidien à bord lui paraissait futile. Elle finit par jeter sa lettre entamée à la poubelle et envoya à la place une courte vidéo à la guerrière, où l'on voyait l'un des employés de cuisine sculpter sur le pont un cygne à partir d'un immense bloc de glace pour le buffet. Elle y ajouta cette phrase : *Ce qu'on fait ici pour passer le temps.*

La guerrière lui répondit avec une photo où on pouvait la voir le visage couvert de sueur, un casque glissant sur sa tête. *Un peu de glace ne serait pas de refus ici.*

Même les mois suivants, leurs messages restèrent superficiels. Pendant un court appel téléphonique qu'elles se passèrent, après que le bateau de croisière eut de nouveau quitté les fjords et regagné la mer du Nord, la guerrière lui proposa de retourner ensemble au bungalow en hiver. Sans hésiter longtemps, Lisbeth accepta et lui envoya les dates de ses prochaines vacances après avoir raccroché.

Au même moment, du sable commença à se mélanger à la terre brûlée dans les rêves de Lisbeth. Cela se produisit d'une manière si insidieuse qu'elle ne le remarqua pas immédiatement et prit le sable pour de la poussière. Mais chaque semaine, il en vint davantage, jusqu'à ce que Lisbeth ne puisse plus nier le fait qu'elle marchait désormais chaque nuit dans un désert. Elle croisait toujours dans ses rêves les silhouettes avec leurs charrettes et leurs petits chariots, parfois tirés par des chevaux sur lesquels on pouvait compter les côtes, mais il arrivait aussi désormais qu'un hélicoptère bourdonne au loin, qu'elle trouve un appareil de vision nocturne écrasé au sol, que des drones abattus tombent du ciel ou que les uniformes abandonnés ne soient plus monochromes, mais recouverts de motifs de camouflage.

Lisbeth avait l'impression que le sable de ses rêves arrivait jusque dans son lit. Lorsqu'elle se levait le matin, sa peau était écorchée et à vif. À moitié endormie, elle palpait les draps à chaque fois. Mais puisqu'il n'y avait rien dessus, elle mit sa peau écorchée sur le compte du chlore qui purifiait l'eau à bord du bateau pour éviter qu'elle ne se détériore.


Lisbeth apprit aux informations qu'un violent combat avait eu lieu après que des soldats allemands eurent été attirés dans une embuscade pendant une opération de déminage. Ce fut Vera qui lui montra la vidéo du journal télévisé sur son portable. Trois morts, quatre blessés graves. Un autre char, qui s'était empressé de leur venir en aide, avait roulé sur une mine et explosé. De vieilles archives avaient été utilisées pour le reportage. Des photos du camp, des soldats en train de fumer, du sable soulevé par des pneus, les contreforts pixélisés de l'Hindou Kouch au loin.

Lisbeth écrivit aussitôt un SMS à la guerrière, mais elle ne reçut aucune réponse. Lorsqu'elle l'appela, elle ne tomba que sur le répondeur. La nuit, Lisbeth ne trouva pas le sommeil. La seule chose qui l'apaisait était que le reportage n'avait pas parlé de soldate blessée ou tuée.

Un jour plus tard, un nouvel incident survenu en Afghanistan fit la une de tous les journaux. Deux véhicules s'étaient approchés d'un convoi de l'armée allemande. Puisqu'ils ne se sont pas arrêtés, les soldats allemands ont ouvert le feu, croyant se faire attaquer. Six civils sont morts. L'armée allemande a nié avoir commis une erreur. Même après plusieurs sommations, les deux véhicules ne se sont pas immobilisés. Il n'y a pas eu d'autre option que d'ouvrir le feu. Lisbeth regarda le reportage en boucle.

L'après-midi, elle donna un atelier où elle apprit aux passagers à confectionner des fleurs en papier. Le temps était mauvais, il pleuvait depuis la matinée. Trop de participants s'étaient inscrits. L'air dans la petite pièce était saturé de parfum. Lisbeth avait mal à la tête. Elle dut régulièrement sortir quelques minutes. Les images d'Afghanistan qu'elle avait vues aux informations le matin étaient encore imprimées sur sa rétine. Qu'elle soit en train de plier des fleurs en papier pendant que des soldats et des soldates utilisaient leurs armes au même moment lui paraissait absurde.


Dans la nuit, un missile flamboya. Pendant un bref moment, le ciel fut éclairé par sa lumière. Lisbeth découvrit un corps blessé à côté d'elle, l'attrapa et le tira vers elle.

Dans l'obscurité revenue, elle rampa, mit le blessé à l'abri et le coucha dans une cuvette à la lisière d'un bosquet. Ce n'est qu'à la lumière du missile suivant qu'elle réalisa qu'il ne s'agissait pas d'un homme, mais d'un mammifère. C'était un jeune veau tremblant et humide, blotti dans ses bras, dont elle pouvait sentir les battements du cœur aussi distinctement que s'il s'agissait des siens. À ce moment-là, elle comprit qu'il ne pouvait s'agir que d'un rêve, et elle se réveilla.

Trempée de sueur, la respiration lourde, elle resta allongée dans sa couchette et ne se calma qu'après s'être rendu compte que la guerrière devait être encore en vie puisqu'elle continuait de rêver ses rêves. En clignant des yeux, elle posa ses mains sur son thorax, où elle sentit son pouls.

Trois jours plus tard, la guerrière la contacta. Elle allait bien, Lisbeth ne devait pas s'inquiéter pour elle, écrivit-elle dans un SMS. Et comme les journaux télévisés ne parlaient déjà plus des interventions, elle oublia à nouveau les combats.

Pour la première fois de sa vie, Lisbeth vit un élan, des aurores boréalcs, un glacier et de l'eau de mer gelée.

Dès son arrivée, la guerrière parut agitée et dépassée. Lisbeth la vit comme un morceau de bois flottant qui se serait échoué sur la plage et qu'elle devait à présent sortir de l'eau écumeuse pour le mettre en sécurité au bungalow. Lorsqu'elles allèrent faire des courses, la guerrière quitta le supermarché après quelques minutes, le visage couvert de sueur. Lisbeth l'aperçut faire les cent pas dehors entre les voitures garées et fumer une cigarette les mains crispées. Plus tard, elle prétendit n'avoir eu qu'un simple mal de tête à cause de la lumière vive.

Sur le chemin du retour vers le bungalow, elle dit :

— Ne trouves-tu pas absurde de voir comme tout semble paisible ici ? Regarde ces jardins et ces maisons, tout cet ordre. Même l'air est différent. Et vous, les civils, vous pensez que tout ça va de soi.

L'après-midi, Lisbeth voulut nettoyer l'uniforme de la guerrière. Du sable en coula lorsqu'elle le mit dans la machine à laver. C'était un sable différent de celui des plages de la mer

Baltique. Il avait une autre texture et couleur, il était plus fin avec une teinte plus soutenue. Lisbeth frotta les grains entre ses doigts, ils restèrent collés comme s'ils étaient magnétiques. Elle secoua l'uniforme, jeta un coup d'œil derrière son épaule, puis se glissa dans le pantalon et dans la veste en treillis. Elle s'observa dans le miroir au-dessus du lavabo. Les deux pièces étaient trop petites. Elle ressemblait à une caricature de soldat. Pas de char d'assaut, juste un costume. Lisbeth s'empressa de l'enlever, le jeta dans le tambour avec d'autres affaires, mit la machine en route et resta assise sur le carrelage froid jusqu'à ce que l'eau coule et assombrisse les tissus.

Toutes les deux avaient un sandwich au poisson à la main et regardaient les mouettes qui tournaient au-dessus d'elles, attendant qu'elles les nourrissent ou fassent preuve d'inattention, tandis que la guerrière racontait à Lisbeth qu'elle avait tiré pour la première fois sur quelqu'un dont elle avait clairement vu le visage.

Lisbeth crut qu'elle ne l'avait pas bien comprise, le vent était bruyant, et elle lui demanda de répéter.

La guerrière mordit dans son sandwich et répondit la bouche pleine, si bien que Lisbeth ne fut à nouveau pas certaine de l'avoir bien entendue. La guerrière avala sa bouchée et lui dit:

— Tu sais, quand je suis retournée au camp et que j'ai vu mon visage dans le miroir, je ne me suis pas reconnue. Tout était déformé, grimaçant. Si quelqu'un avait essayé de me toucher, j'aurais montré les dents.

Elle regarda Lisbeth, qui pendant un instant eut l'impression que le décor autour se figeait. Même les mouettes s'immobilisèrent. Seule la poitrine de la guerrière se soulevait et s'abaissait.

Les jours suivants, la guerrière fut sujette à d'autres crises étranges. Quand Lisbeth se trouvait avec elle dans la même pièce, elle n'arrêtait pas de parler. Ce qu'elle racontait avait rarement un sens, ne semblait avoir aucune cohérence.

Une fois, elles venaient de s'asseoir pour le petit-déjeuner, la guerrière se pencha tout près de Lisbeth et lui murmura à l'oreille :

— J'étais allongée dans un lit et je transpirais. Quelqu'un a dit : nous nous imaginions le pays autrement. Plus tard, des explosions, et nous avons passé des jours à creuser une fosse commune dans laquelle nous devions ensuite nous coucher les premiers.

L'instant d'après, la guerrière se replongea dans son journal et lui lut d'une voix altérée un article sur la construction d'une nouvelle autoroute.

Le soir au restaurant, encerclées par d'autres tables occupées, elle éprouva des difficultés à suivre la conversation. Elle oubliait en quelques minutes ce que Lisbeth lui racontait. Alors que celle-ci le lui faisait remarquer, elle déclara :

— On m'a assuré que ce n'était qu'une question de temps avant que j'arrive à gérer mes acouphènes.

— Tes acouphènes ? répéta Lisbeth.

La guerrière l'arrêta d'un geste, changea de sujet et bavarda sans s'arrêter tout en lissant la serviette posée devant elle.

Même dans son sommeil, la guerrière parlait. Lisbeth avait en tête l'image de l'eau qui fuyait d'un tuyau de manière inaudible. Une nuit, n'en pouvant plus, elle lui couvrit la bouche. La guerrière ne se réveilla pas, mais se tut. Lisbeth sentit le souffle de sa respiration contre sa paume. Après qu'elle eut enlevé sa main, la guerrière se remit à parler comme si elle n'avait jamais été interrompue.

Lorsqu'elles partirent en excursion avec leur voiture de location, la guerrière contourna tous les déchets qui jonchaient la route et ignora ceux qui klaxonnaient derrière elle.

— Il n'y a aucun explosif ici, lui rappela Lisbeth.

Sans quitter des yeux la route, la guerrière lui répondit :

— Est-ce que tu peux en être sûre à cent pour cent ?

Lisbeth savait qu'il était inutile de discuter. Elle s'abstint de tout commentaire.

Un jour, elles se baladèrent sur un sentier qui ne longeait pas la plage. La guerrière s'arrêta alors qu'elles arrivaient à une clairière. L'herbe était mouillée par la pluie. Il y avait quelques taupinières. Lisbeth voulut raccourcir le trajet et se mit à traverser le terrain en courant. À mi-chemin, elle réalisa que la guerrière ne la suivait pas : comme paralysée, elle se tenait toujours au même endroit.

— Tu viens ? l'appela Lisbeth.

La guerrière acquiesça, hésitante, mais ne parvint pas à poser le pied dans la clairière. Au lieu de cela, elle la contourna en longeant les buissons de si près que des branches restèrent accrochées à son manteau.

Lisbeth avait l'impression que plus la journée avançait, plus le visage de la guerrière s'assombrissait. Le soir, il était envahi par des ombres. Elle ne réagissait pas à ce que disait Lisbeth, comme si elle ne reconnaissait pas sa voix, comme si elle ne s'adressait pas à elle.

Étendues de tout leur long sur le canapé, elles regardaient un documentaire sur la montagne alors que dehors, la Baltique avait disparu sous un écran de brouillard. La caméra survolait des parois rocheuses exposées, des gorges escarpées, des éboulis empilés en tas. Lisbeth remarqua que le corps de la guerrière se raidissait. Elle tourna la tête. La guerrière était assise au bord du canapé, le dos tendu. Lisbeth sentit le froid qui émanait d'elle. Elle blottit ses genoux contre sa poitrine et s'éloigna un peu pour se protéger.

Le corps de la guerrière se figea aussi lorsqu'elles allèrent faire des courses. Elle se tenait devant le rayon boucherie, immobile, son visage se reflétant dans la vitre derrière laquelle se trouvaient de fines tranches de bœuf, porc et poulet, les os brillants. Lisbeth attrapa la guerrière et parvint à la remettre en mouvement. Le corps de son amie était aussi lourd qu'une grosse pierre, un bloc erratique, un vestige de l'Âge de glace.

— Je vais dans la rue, je n'ai rien avec moi, rien qui me protège, juste mes vêtements, et ma peau, et pour la première fois de ma vie, j'ai peur du noir, lâcha la guerrière quand elles remontèrent dans la voiture sur le parking, tandis que la pluie tambourinait sur le toit et ruisselait sur les vitres.

Lisbeth croisa ses mains, fit craquer ses articulations et rappela à la guerrière qu'elles étaient en Allemagne et que quelqu'un comme elle n'avait rien à craindre ici.

— Tous les dangers ne viennent pas de l'extérieur, rétorqua la guerrière avant d'ouvrir la porte et de sortir.

Lisbeth la regarda s'éloigner sous une pluie de plus en plus forte. Elle démarra le moteur, la suivit en roulant au pas à côté d'elle, l'enjoignit à travers la vitre ouverte de remonter, mais la guerrière secoua la tête sans se laisser distraire. Elle parcourut tout le chemin qui menait au bungalow à pied.

Plus tard, lorsqu'elle sortit de la douche et se tint devant Lisbeth, sa peau rougie dégageant de la vapeur, elle dit :

— Mon corps est meurtri par la haine.

Elle ajouta ensuite :

— J'ai l'impression d'avoir perdu la lumière.


Le soir, avant d'aller dormir, elle sécurisait le bungalow. Elle vérifiait deux fois chaque porte et chaque fenêtre.

— Mais cette fenêtre doit rester ouverte, réclama Lisbeth. Sinon, ça devient vite étouffant la nuit.

— Toutes les pièces sont de plain-pied. Est-ce que tu sais à quel point c'est facile de s'introduire ici ?

— Je viens ici depuis que je suis enfant, et il ne s'est jamais rien passé, assura Lisbeth avant de s'esclaffer.

Le visage de la guerrière demeura inexpressif.

— Je ne veux prendre aucun risque.

Le lendemain matin, la guerrière piqua une crise de colère à cause de la fenêtre ouverte, pendant laquelle elle jeta une tasse sur Lisbeth. Le soir, elle referma toutes les fenêtres et portes. Lisbeth se réveilla à nouveau au beau milieu de la nuit et ouvrit la fenêtre. Le matin, ce fut une assiette que la guerrière jeta.

Ce ne fut que l'avant-dernier jour au bord de la Baltique que la guerrière raconta à Lisbeth qu'elle souffrait de flash-backs. Elles marchaient le long de la plage et s'éloignaient du bungalow. Le ciel était d'un bleu éclatant depuis la matinée. Il faisait plus froid. Les températures étaient devenues négatives. La guerrière continuait de se baisser pour ramasser des pierres et échangeait celles qui se trouvaient déjà dans sa poche contre les nouvelles, tout en longeant de près le bord de l'eau. Lisbeth ne fit aucun commentaire. Le matin même, la guerrière avait jeté le plus gros objet qu'elle ait pu jeter jusqu'à présent, une chaise, et cette fois-ci, Lisbeth avait failli ne pas réussir à l'esquiver à temps.

Au-dessus d'elles, un avion franchit le mur du son dans un bruit assourdissant. La guerrière resta clouée sur place. Lisbeth continua d'avancer, mais lorsqu'elle se retourna après avoir parcouru une centaine de mètres, la guerrière n'avait pas bougé. Lisbeth fit demi-tour, s'approcha d'elle prudemment et attrapa son manteau. Le regard de la guerrière changea. Elle semblait resurgir d'obscures profondeurs. Et puis elle se mit à parler comme si elle lisait un texte, comme si c'était encore une lettre qu'elle écrivait à Lisbeth.

— Tu sais, ce n'est qu'en y regardant de plus près que j'ai reconnu mon erreur. Ce n'est qu'en y regardant de plus près que je me suis rendu compte que ce que j'avais vu était complètement différent de la réalité. Bien sûr que la plage n'est pas en proie aux flammes. Bien sûr que rien ne vient d'exploser. Bien sûr que la fille là en bas n'a pas la bouche en sang, elle porte juste un rouge à lèvres trop voyant. Au lieu de voir la réalité, je me retrouve à nouveau dans cette situation où tout se détraque. Mais tu sais, qui dit que ça ne pourrait pas arriver ici aussi ? Après tout, ici aussi tout peut basculer, et soudain, la guerre n'est alors plus très loin. C'est pour ça que le tremblement de mes doigts ne disparaît pas non plus lorsque je sais à nouveau où je suis. Mes tendons finissent par saillir si fort que je dois m'empresser de coincer mes mains sous mes aisselles et de faire comme si j'enfilais une camisole de force pour me neutraliser. Mais crois-moi, c'est vraiment rien, ça. Certains de mes camarades frappent les poings contre les murs depuis leur retour d'intervention. J'ai entendu parler de trous dans des meubles et des portes, de mains qui partent toutes seules, d'épouses qui finissent à l'hôpital. Et tout le monde acquiesce, ils savent déjà ça et c'est évident, ces hommes ont été impliqués dans des combats, ils ont mis leur propre vie en danger, parce qu'ils servent l'Allemagne. Alors un peu de colère, c'est normal. Combien de fois j'ai entendu que je devrais les réconforter, parce que ce sont mes camarades après tout, et que moi, en tant que femme, je devrais avoir une autre approche, je devrais leur tenir la main avec laquelle ils frappent. Comme si je n'étais pas allée dehors avec eux. Comme si je n'avais pas vécu les mêmes choses qu'eux.

La guerrière inspira un grand coup, resta immobile pendant un moment. Lisbeth fixa ses mains. Ses mains qui avaient elles aussi tenu une mitrailleuse, qui savaient comment on tirait, rechargeait et tirait à nouveau, et qui lui parurent à cet instant sans aucune valeur, parce qu'elle n'arrivait pas à les poser sur la guerrière et à l'attirer vers elle.

— Comment est-ce possible qu'on autorise des gens dans la vingtaine à s'enrôler dans une opération pareille ? lâcha la guerrière. Ce sont à moitié des enfants. Ils ont encore toute leur vie devant eux.

— Toi aussi tu n'avais que dix-huit ans quand tu as choisi ce métier.

— Oui, mais je savais à quoi je m'engageais.

— Le savais-tu vraiment ?

La guerrière haussa les épaules. Lisbeth pensa au verbe *réconforter*, mais ne parvint pas à le mettre en pratique. Son corps n'était pas fait pour ce genre de contact.

La nuit, la guerrière parla à Lisbeth de ses insomnies. Elles étaient allongées l'une à côté de l'autre dans le lit. Peut-être que la guerrière avait senti que Lisbeth était encore réveillée, bien qu'elles aient déjà éteint la lumière depuis plusieurs heures. Dans l'épaisse obscurité, la guerrière se mit à parler. Sa voix paraissait comprimée, elle s'arrêtait sans cesse et cherchait ses mots à tâtons :

— Dès que je n'ai rien à faire dans la journée, dès que je suis libre, le soir arrive, et je m'allonge, et il est alors hors de question de penser à dormir. Je me mets dans ma position habituelle, en me tournant sur le côté, les genoux repliés, le regard rivé vers la fenêtre, mais mon corps refuse de me laisser m'endormir. Comme un gamin, il se rebelle après avoir été mis au lit, et n'accepte sous aucun prétexte de s'endormir, alors que la fatigue est indéniable. La nuit s'écoule ainsi tandis que je reste allongée, les yeux grands ouverts. Je sais que si je les ferme, je me retrouverai à nouveau là-bas, en Afghanistan. Parfois, je gémis, aussi, et je n'arrive pas à déterminer si ça vient de moi ou de mon corps. Si ça dure quelques jours, je commence à voir des scintillements en bas de mon œil droit, et je n'arrive plus à lâcher les trois pierres dans la veste de mon uniforme. La caféine est alors le seul remède. Ma vision reste claire pendant quelques heures, et je parviens à me détacher des pierres. Mais bien sûr, ça ne fait que retarder la fatigue. Plus cet état dure longtemps et plus mon corps s'engourdit. Et j'arrive à peine à tenir debout sur mes jambes. Quand je suis chez moi lorsque mon insomnie atteint ce point, je m'allonge sur le tapis devant mon lit et je me masturbe, avec toutes mes pierres étalées en cercle autour de moi. Je pense à des mains fermes, à une bouche légèrement entrouverte, à des avant-bras musclés, à un corps plus puissant que le mien. Seulement après ça, j'arrive à évacuer cette sensation d'engourdissement, et je ressens à nouveau quelque chose. Après avoir joui, je parviens même la plupart du temps à somnoler pendant une heure. Mais ce n'est pas non plus un véritable sommeil. Mon corps continue de l'empêcher d'arriver, il m'en protège. Et c'est uniquement après avoir passé une journée de retour à la caserne, m'être rendue sur des terrains d'entraînement, avoir porté mon uniforme, que mon corps m'autorise quelques heures de repos.

Lisbeth ne bougeait pas, elle l'écoutait simplement. Le fait qu'elle ne puisse pas voir son visage dans la pénombre semblait aider la guerrière.

— Les week-ends, quand je ne suis pas à la caserne et que je ne peux pas utiliser la salle de musculation, je vais au centre de fitness, poursuivit-elle. Il est ouvert vingt-quatre heures sur vingt-quatre. Il se trouve à l'étage au-dessus d'un parking. La façade est entièrement en verre. Je ne m'entraîne que sur les appareils qui sont positionnés de sorte que l'on puisse regarder à l'extérieur. Si je n'ai pas dormi la nuit d'avant, je dois constamment fixer la ville. De là-haut, on a l'impression de regarder une vidéo dont le son a été coupé. Le verre robuste des fenêtres absorbe tous les sons. De temps en temps, je regarde les corps des autres. Je compare leurs muscles avec les miens et je me demande combien de temps j'arriverais à immobiliser telle ou telle personne au sol. Quand je me retrouve ensuite sous l'eau froide dans les douches, les scintillements reviennent. Parfois aussi, je vois un champ de ruines. Il s'étend jusqu'à l'horizon. Tout a explosé. Il ne reste plus rien que l'on pourrait faire sauter, acheva la guerrière dans un rire à moitié étouffé.

Lisbeth voulut tendre sa main vers elle, la prendre dans ses bras, mais elle était comme paralysée.

— Certains jours, je sais qu'il vaut mieux ne pas aller au centre de fitness. Alors je vais courir. Au moins quinze kilomètres. Il y a une zone industrielle non loin de la caserne. La nuit, on n'y croise quasiment personne. À de rares occasions, la voiture d'une société de sécurité passe devant moi. Les tissus réfléchissants de mes vêtements de sport brillent dans la lumière de ses phares. On ne me demande jamais de m'arrêter. Personne ne pense que je peux représenter une menace.

Cette fois, la guerrière parvint à rire franchement. D'une voix forte et sans faux-semblants. Elle n'arriva plus à s'arrêter, dut se lever parce qu'elle ne pouvait plus respirer, se tint le ventre, rit encore, ne se calma qu'au bout d'un long moment, avant de repartir de plus belle.

Lisbeth se redressa et la couverture glissa de ses épaules. Elle eut l'impression que la Baltique avait débordé, inondait la chambre et léchait le matelas. L'eau tourbillonnante en tête, elle demanda doucement à la guerrière de lui raconter sa dernière mission, la pria de lui expliquer ce qui s'était passé exactement, mais la guerrière secoua la tête.

— Tu ne comprendrais pas de toute façon.

— Pourquoi pas ?

— Tu n'es pas soldate.

— Raconte-moi quand même.

— Est-ce que tu sais que ça m'a procuré du plaisir ?

— Quoi ?

— Faire feu.

Lisbeth se tut.

— Je ne me suis jamais sentie aussi vivante que pendant ce combat.

— Ne dis pas des choses pareilles.

— Tu vois, tu ne comprends pas, constata la guerrière.

Elle se secoua et quitta la pièce. Par la fenêtre, Lisbeth l'aperçut sur la terrasse fumant une cigarette, la tête tournée vers la mer.

Le matin suivant, la guerrière lisait le journal sur le canapé lorsque Lisbeth se leva. Elle ne voulut pas du café que Lisbeth prépara. Au lieu de cela, elle proposa d'aller courir.

Dans l'étroit couloir, elles enfilèrent leurs tenues de sport en silence.

Elles coururent le long de la plage sous une fine bruine, sur le sentier en haut derrière les dunes. Elles allèrent aussi vite l'une que l'autre, gardèrent le rythme, sans un mot. À l'endroit où elles faisaient habituellement demi-tour pour retourner au bungalow, la guerrière continua d'avancer. Et Lisbeth la suivit. Entre-temps, la pluie s'était arrêtée. Le ciel s'ouvrit un peu.

Elles coururent ce jour-là jusqu'à ce qu'elles n'en puissent plus, jusqu'à ce qu'elles décident en même temps de s'arrêter. Toujours en silence, elles partirent à la recherche d'un arrêt de bus et rentrèrent au village, couvertes de sueur, assises au dernier rang.

Au bungalow, elles burent le café qui avait refroidi depuis longtemps, prirent une douche chaude et se mirent au lit, où elles s'endormirent aussitôt, jusqu'à ce qu'elles doivent quitter le bungalow dans l'après-midi, et Lisbeth retourna au port, et la guerrière à la caserne.

Le père de Lisbeth mourut en été, peu de temps après qu'elle eut terminé sa formation de fleuriste. Sa mère l'appela alors que Lisbeth venait de traverser la frontière française. Les mois précédents, elle avait économisé suffisamment d'argent pour s'acheter une voiture d'occasion. Vernis argenté, sièges bas. L'arbre désodorisant de l'ancienne propriétaire pendait toujours au rétroviseur. Avec sa voiture, elle comptait rouler jusqu'à l'océan Atlantique. Lorsque son portable sonna, elle ne pressentit rien, se gara au bord de la route et décrocha.

Sa mère était rentrée de son travail au laboratoire dans l'après-midi et avait trouvé son père mort entre les marguerites. Lisbeth se contenta de l'écouter. En plein soleil, la voiture se réchauffait de plus en plus. Sa peau commença à brûler, sa poitrine se serra. Elle finit par ne plus le supporter, dut sortir, monta sur une pente et s'assit dans une boulaie. À ses pieds fleurissaient des trèfles. Elle se pencha, tira sur les tiges, composa un petit bouquet et put à nouveau respirer. Elle ne perdit pas de vue la route. L'asphalte avait l'air parfaitement intact. Quand sa mère raccrocha, Lisbeth avait épuisé son forfait. Son téléphone et son bouquet à la main,

elle resta figée sur la colline, laissant les ombres s'étirer. Elle
ne retourna sur la route qu'au crépuscule. Elle trébucha, mais
ne tomba pas. Dans sa voiture, elle détacha l'arbre désodorisant du rétroviseur, et accrocha à sa place le bouquet de fleurs
de trèfles. En démarrant le moteur, le CD qu'elle écoutait
sur le trajet se remit en marche. De la hard techno. Lisbeth
laissa la musique, fit demi-tour et accéléra. Elle roula toute la
nuit. Quand le CD était fini, elle le repassait en boucle. De
retour en Allemagne, dans un restaurant au bord d'une autoroute proche d'Iéna, elle s'acheta un café. Elle le but, accroupie sur le bord d'un trottoir. Elle en prit un deuxième, pissa
derrière une armoire électrique, passa à travers un trou dans
la clôture et cueillit des solidages, des achillées et des bleuets
qui poussaient là au bord d'un champ jusqu'à ce qu'elle soit
complètement trempée de sueur.


C'était un été chaud. Partout, on enregistrait des records de
température. Après les funérailles, Lisbeth retourna dans sa
vieille chambre d'enfant. Elle se trouvait juste sous le toit.
La nuit, elle se tournait dans tous les sens. Sa peau s'assé-
cha, pela. Elle se gratta si fort que ses draps collèrent à sa
peau à vif le lendemain matin.

Sa mère se réfugia jour après jour dans le sommeil, étendue sur le canapé, la porte de la terrasse et toutes les fenêtres
grandes ouvertes. Dans la soirée, elle triait des affaires dans
la maison. Parfois, Lisbeth venait l'aider.

À intervalles irréguliers, elles se rendaient au cimetière,
des fleurs plein les bras qu'elles déposaient sur la tombe,
tout ce qui fleurissait à ce moment, des glaïeuls, des œillets,
des tournesols, des iris, coupés sur les plates-bandes ou dans

la serre, jusqu'à ce qu'il ne reste plus rien et qu'elles doivent aller chercher des bouquets emballés dans du film plastique au supermarché.

Sur la plate-bande de marguerites dans laquelle le père de Lisbeth était tombé, Rita avait passé la tondeuse le jour même de sa mort, fauché les fleurs hautes et jeté au compost les restes hachés en morceaux.

Tous les après-midis, Lisbeth allait à vélo jusqu'à la rive de la Leutra hors de la ville, où fleurissait la balsamine, en tressait d'épaisses couronnes qu'elle jetait dans l'eau et regardait flotter. Son corps tout entier était engourdi. Elle avait l'impression qu'elle ne portait pas seulement son propre poids, mais aussi celui de son père.

Dans ses rêves, vêtue de la robe de mariée de sa mère, elle se noyait au beau milieu d'un océan. Pour ne pas sombrer complètement, elle s'éloigna de plus en plus de sa mère, à la suite de quoi ses images nocturnes redevinrent plus pâles et moins intenses.

Contrairement à Lisbeth, Rita n'enfouit pas son chagrin. Un jour, elle se rendit avec sa fille dans le nouveau centre commercial qui venait d'ouvrir.

— Ces plantes ne sont pas des vraies, dit-elle alors que Lisbeth s'était arrêtée devant des seaux posés entre les boutiques, et tendait la main vers les strelitzia.

À l'étage inférieur se trouvait une fontaine. Le bruit de l'eau se mêlait à l'enchevêtrement des voix et à la musique des magasins.

Sans entrain, Lisbeth essaya quelques affaires avant de les remettre à leur place, et sa mère non plus n'acheta rien. Elles prirent à nouveau les escalators pour redescendre, repassèrent devant les plantes. Rita s'immobilisa, puis se mit à pleurer. Son visage resta découvert, elle ne baissa pas les yeux une seule fois. Les rayons du soleil passaient à travers le toit de verre. Elle se tenait comme sur une scène, sous les feux d'un projecteur. Lisbeth recula pour agrandir l'espace entre elles deux. Hébétée, elle contempla une vitrine ; les fleurs en plastique de la décoration, les chaussures pour femme, si étroites et délicates comparées à celles des hommes.

— Il me manque, lâcha Rita.

Elle avait arrêté de pleurer, s'avança pour se rapprocher de Lisbeth, voulut s'accrocher à son bras, mais celle-ci l'esquiva.

La nuit, Lisbeth gratta la croûte sur sa peau, frotta ses plaies à vif avec ses doigts, enfonça ses ongles dans sa chair.

Sa mère avait choisi une pierre tombale simple. Sans inscription. Blanche. À côté des autres tombes, elle semblait futuriste. Lisbeth se demandait comment elle avait pu penser qu'elle aurait plu à son père. L'artificialité la rebutait. De loin, on aurait dit que la pierre était faite en plastique. Rita emportait à chaque visite un chiffon et en nettoyait la surface. Elle s'était acheté des baskets aussi blanches que la pierre et avec elles, semblait faire partie de l'arrangement. Les lys qu'elles avaient déposés ce jour-là aussi s'accordaient bien au tableau.

— Quand dois-je rouvrir la serre ? demanda Lisbeth en déplaçant les tiges du bout du pied, mettant un peu de désordre dans tout ça, mais sa mère se pencha et les remit à nouveau en place.

— Je la vends.

Surprise, Lisbeth releva la tête.

— Mais je lui ai promis de m'en occuper.

— Pour finir toi aussi morte dans les plates-bandes ? demanda Rita.

— Je suis fleuriste.

— Tu n'as pas un mauvais bac. Pourquoi est-ce que tu ne ferais pas d'études ?

Lisbeth resta silencieuse.

— Laisse-toi du temps. Tu n'as pas à te décider tout de suite. Et si à l'automne, tu veux encore être fleuriste, tu trouveras sûrement un bon poste quelque part où tu n'auras pas besoin de bousiller ta santé.

L'une à côté de l'autre, elles remontèrent le chemin qui menait à la sortie du cimetière. À son grand étonnement, Lisbeth se sentit soulagée. Pour la première fois depuis l'enterrement, elle ne sentait plus le poids de son père sur ses épaules.

Sur le parking du supermarché, sa mère acheta un poulet rôti entier. Elles le mangèrent sur la terrasse, sans couverts, en buvant une bière fraîche, tandis que le ciel virait lentement au bleu sombre.


Cette nuit-là, Lisbeth attendit que sa mère se soit endormie, puis quitta la maison. À vélo, elle roula jusqu'à la sortie d'autoroute la plus proche et se posta avec le pouce en l'air au bord de la route.

Un chauffeur routier la prit jusqu'à la mer Baltique. Ils parlèrent peu, il écoutait la radio. Parfois, il fredonnait sur l'air d'une des chansons qui passaient. En guise d'adieu, il lui fit un signe de tête et lui souhaita bonne chance. Lisbeth parcourut les cinq derniers kilomètres à pied, traversa des champs, des prairies, dans l'herbe mouillée. Devant elle, le soleil se levait. Près de la mer, le ciel avait un bleu différent. Lisbeth ne cessait de pencher sa tête en arrière, pour regarder au-dessus d'elle.

La Baltique avait la même apparence que d'habitude. Ici, rien n'avait changé, constata Lisbeth avec soulagement. Elle se déshabilla, déposa ses vêtements sur le sable mouillé et se précipita sans hésiter dans l'eau, inspira une grande bouffée d'air. Le sel brûlait sur sa peau.

Elle passa la journée à la plage, alla se baigner encore et encore, grimpa dans une corbeille de plage, somnola. Lentement, la brûlure de sa peau s'atténua. La nuit, elle dormit dans les dunes, marcha le lendemain jusqu'au village et mangea tellement de crème glacée qu'elle en eut mal au ventre. Le soir, elle se rendit dans un bar. Là, un groupe de jeunes soldats était assis à une table, dans la fumée, tous avaient les cheveux rasés. Il ne leur fallut pas longtemps avant d'inviter Lisbeth à se joindre à eux. Elle passa sa main sur leurs poils ras. Ils lui offrirent une, deux, trois, quatre bières. Leur parler ne la fatigua pas. L'un d'entre eux lui plut particulièrement. Lui non plus ne la lâcha pas du regard.

Elle dormit sur la plage avec lui, dans le sable. Le corps du soldat donnait l'impression que rien ne pouvait l'atteindre, comme si tout ricochait sur lui. Il était physiquement supérieur à elle, savait comment tirer, lui avait raconté ce que l'on ressentait en tenant une arme dans ses mains. Lisbeth l'enviait. Elle aurait volontiers pris son corps et laissé le sien en échange.

À l'aube, elle enfila la veste d'uniforme qu'il avait étalée sur elle pour qu'elle ne prenne pas froid. Le tissu était lourd et résistant. Elle déposa sa propre veste sur le soldat encore endormi et s'éloigna sur le sable, marcha jusqu'au village, puis jusqu'à la gare, et prit le prochain train pour rentrer. Une première traînée de lumière s'étirait dans le ciel.

Sa mère était affolée et bondit sur elle dans l'entrée.

— Tu as perdu la tête ? cria-t-elle.

Lisbeth la suivit jusqu'à la maison, tête baissée. Dans la cuisine, elles s'assirent à table. Rita avait préparé du café. Elles le burent noir, en silence, et Lisbeth ajouta cinq morceaux de sucre dans sa tasse.

— Je devais aller à la mer, dit-elle sans regarder sa mère.

Elle lui raconta brièvement son excursion, la plage, la température de l'eau. Elle passa sous silence le soldat, et Rita ne fit aucun commentaire sur le fait qu'elle portait une veste d'uniforme.

— Je vais bien, s'il te plaît, ne t'en fais pas pour moi, assura Lisbeth.

Plus tard, elle s'allongea dans son lit avec la veste. Elle dormit profondément, sans rêver, sans se gratter. Les nuits suivantes aussi, la veste la protégea. Sa peau se mit à guérir. L'automne arriva. Elle se réinstalla chez elle.

— Je veux devenir soldate, annonça Lisbeth à sa mère.

Elles étaient assises sur la terrasse avec des couvertures et fumaient. Les nuits refroidissaient déjà. Rita fit tomber des cendres de sa cigarette et enveloppa Lisbeth d'un regard qu'elle ne sut comment interpréter.

— Tu veux aller à l'armée ? demanda-t-elle.

— La Bundeswehr finance nos études.

— Alors tu veux faire des études ?

Lisbeth haussa les épaules.

— Et s'ils t'envoient faire la guerre ?

— Ne sois pas mélodramatique.

— Ton père n'a pas passé un bon moment à l'Armée populaire nationale, déclara Rita avant d'éteindre sa cigarette.

— Combien de temps a-t-il passé à la NVA ?

— Trois ans. Il a même fait une carrière de sous-officier. Il était tout le temps harcelé. Surtout par les futurs démobilisés. Ils s'amusaient souvent à l'enfermer dans une armoire en métal et ne l'en laissaient ressortir que lorsqu'il avait chanté une chanson. Une fois, ils l'ont aussi jeté par la fenêtre.

– À la Bundeswehr, il n'y a pas ce genre de choses, assura Lisbeth.

Rita haussa les sourcils.

— Et puis, je ne suis pas comme papa, conclut-elle.

Le soir, elles ne parlèrent plus beaucoup. Finalement, il se mit à pleuvoir. De fines gouttes. Elles rangèrent tout à l'intérieur. Lisbeth prit congé de sa mère.

— Je te tiens au courant, ajouta-t-elle avant de quitter la maison.

Sa voiture était garée juste devant la porte. Elle s'installa à l'intérieur. La pluie s'était intensifiée. Lisbeth voyait son

propre souffle. Elle retroussa les manches de la veste d'uniforme et imita le bruit d'une mitrailleuse, comme le faisaient
toujours les garçons à l'école en jouant dans la cour.

De retour sur le bateau de croisière, Lisbeth se plongea dans le travail. Elle évitait de penser à ces deux dernières semaines au bungalow. Mais dès qu'elle se retrouvait dans sa couchette une fois son boulot terminé, la guerrière réapparaissait devant elle, figée sur la plage de la mer Baltique, incapable de bouger.

Les semaines passèrent sans que la guerrière la contacte. Chaque fois que Lisbeth sortait son portable et commençait à écrire un message, elle le supprimait.

Lorsque le navire mouilla l'ancre à Madère et que l'équipage put également visiter l'île, Lisbeth se joignit à un groupe qui se rendait à la mer. Tandis que les autres femmes restèrent à proximité du parking, étalant leurs serviettes sur la plage et buvant des cocktails, Lisbeth s'éloigna, contourna un écueil et découvrit une baie coupée de la mer par des rochers noirs, où l'eau était presque lisse. Elle se déshabilla. Son portable à la main, elle avança dans l'eau calme, s'appuya contre le bord d'un rocher et appela la guerrière. À son grand soulagement, elle décrocha aussitôt.

— Je suis désolée de ne pas t'avoir contactée plus tôt, s'excusa Lisbeth.

Elle lui raconta où elle se trouvait actuellement, lui décrivit la baie, le temps.

— Chez nous, il pleut depuis ce matin, répondit la guerrière en soupirant.

Elle semblait normale. Rien dans sa voix ne rappela à Lisbeth la vulnérabilité qu'elle avait manifestée au bungalow. Elles continuèrent de parler météo. L'eau rafraîchit la peau de Lisbeth. Il lui parut soudainement ridicule d'avoir hésité si longtemps avant d'appeler la guerrière.

— Alors, tu vas bien ? lui demanda Lisbeth.

Elle entendit la guerrière prendre une inspiration.

— J'ai rencontré quelqu'un, dit-elle.

— Où ça ?

— Dans un bar. On dirait qu'il a une tête en porcelaine.

— Tu exagères, là, lâcha Lisbeth.

La guerrière rit.

— Si, si. J'ai l'impression que je dois toujours le tenir avec les deux mains pour qu'il ne se brise pas.

— Tu devrais peut-être essayer avec du papier journal. Ou l'envelopper dans du papier bulle.

— Serais-tu en train de te moquer de moi ?

— Un peu.

— Il a un enfant. Il s'appelle Eden. Qui appelle son enfant comme ça ?

Les orteils de Lisbeth s'engourdirent, puis ses pieds, ses jambes. La guerrière parla encore, raconta que cet homme habitait au centre-ville, près d'une rivière, et qu'il travaillait le bois. Dans un petit atelier avec des fenêtres de plain-pied qui donnaient sur l'eau.

— Il a son odeur, quand je le déshabille.

— De l'eau ?

— Non, du bois.

— Il sait que tu es soldate ?

La guerrière ne répondit pas. Au lieu de cela, elle lui raconta la soirée au cours de laquelle elle l'avait rencontré.

— Il mangeait à un bout du comptoir, moi à l'autre. Je l'ai remarqué parce que comme moi, lui aussi était seul. Ce n'est que quand la barmaid a fermé et que nous sommes sortis dans la rue qu'il m'a regardée. Il tenait à peine sur ses jambes. Je lui ai proposé d'appeler un taxi, mais il a insisté pour que nous rentrions à pied, l'un à côté de l'autre, ensemble.

— D'habitude, c'est toi qui décides où tu vas.

— Je ne sais pas ce qui m'a pris ce soir-là, répondit la guerrière. Dans la cuisine, il s'est agenouillé devant moi, m'a enlevé mon pantalon, puis ma culotte, et m'a délicatement ouvert les jambes. D'abord, il n'a utilisé que ses doigts, puis aussi sa bouche. J'ai été plutôt surprise par la précision de ses mouvements. Comme si on couchait ensemble depuis des années déjà. Comme s'il savait depuis longtemps à quel point j'aime ça. Dans sa chambre, il a une machine à brouillard. On est restés allongés en travers du lit, et on s'est perdus dans la fumée. Quand j'y repense, je me souviens surtout de ma main dans ses cheveux, et à quel point je respirais fort. Tu sais, je voulais absolument laisser des traces sur ses draps, je voulais que quelque chose de moi reste sur ce lit. Plus tard, j'ai pu voir la lune à travers la fenêtre. Elle était haute. Un fin croissant, presque comme une coupure dans le noir. La nuit, j'ai rêvé de lampes à lave et de cactus.

Lisbeth déglutit. La guerrière éludait une partie essentielle de son rêve. Le dingo réduit en cendres dans la poussière. Les visages cisaillés dans les fleurs de cactus, les pierres que le soleil avait rendues si chaudes que l'on se brûlait les mains en les ramassant.

— Vous allez vous revoir ? demanda Lisbeth.

— Peut-être. Mais d'une certaine manière, je ne peux pas m'empêcher de me méfier.

— De quoi ?

— De lui.

— Il ne va pas exploser dans tes bras.

— Ce n'est pas drôle, Lisbeth.

— Je sais, assura-t-elle en regardant ses jambes, qui avaient l'air encore plus pâles dans l'eau. Tu ne m'as même pas donné son nom.

— Malik.

Lisbeth glissa un peu plus, ferma les yeux.

— Tu es encore là ? demanda la guerrière.

— Le réseau était mauvais pendant un instant.

— Je crois que vous vous apprécieriez.

— Malik et moi ?

— Qui d'autre ?

— Bon, je dois raccrocher.

— J'ai dit quelque chose de mal ?

— Non. C'est juste le réseau… je suis sur une île.

— C'est cool d'avoir appelé.

Elles se dirent au revoir. Lisbeth posa son portable sur le rocher, plongea, et cria jusqu'à ce que plus une seule bulle d'air ne sorte de sa bouche.

Quelques semaines après que la guerrière eut parlé de Malik à Lisbeth, elle lui téléphona à nouveau. Lisbeth se trouvait sur le pont supérieur du navire, dans un endroit protégé du vent. Elle était sortie fumer quand elle reçut l'appel.

— Tu vois encore Malik ? lui demanda Lisbeth d'emblée.

— Il me tient compagnie quand je bois, répondit la guerrière.

— Je croyais que tu préférais faire ça toute seule.

La guerrière resta silencieuse.

— Et son enfant ? s'enquit Lisbeth en tentant de prendre un ton détaché.

— On ne se voit que les week-ends. Donc Eden est souvent chez ses parents.

— Et la mère ?

— Il ne parle pas d'elle.

— Tu as déjà vu son enfant ?

— Il y a des photos partout dans l'appartement.

— Ce n'est pas ce que je voulais dire.

— Je sais, dit la guerrière.

Après leur appel, Lisbeth resta encore un moment assise à l'abri du vent. Elle alluma une nouvelle cigarette qu'elle laissa se consumer sans avoir tiré une seule fois dessus. Puis elle supprima le numéro de téléphone de Malik de son portable, se leva et retourna à sa boutique de fleurs changer l'eau de tous les vases.

Le soir, Lisbeth entendit parler pour la première fois du réserviste. Elle chercha à savoir auprès de Leyla et Nadine, deux barmaids, pourquoi elles l'appelaient ainsi. Les deux jeunes femmes très maquillées s'assirent à côté de Lisbeth au bar de l'équipage. Leurs visages se reflétaient sur le bois poli du comptoir. Elles racontèrent qu'il s'agissait du nouveau sous-chef et qu'il portait un insigne de réserviste bien en évidence à hauteur de poitrine sur son uniforme de cuisinier, qu'il polissait de manière presque compulsive dès qu'il se penchait au-dessus d'une marmite qui dégageait de la vapeur.

— Il a été militaire ? voulut savoir Lisbeth.

— Dans l'armée allemande, probablement. Il parle allemand, fit observer Nadine, avant d'ajouter qu'il avait un problème avec l'alcool.

Quelques jours après la conversation avec Leyla et Nadine, Lisbeth rencontra le réserviste au bar de l'équipage. Il lui semblait avoir la cinquantaine. Son crâne était chauve, sa peau basanée, son cou comme celui d'un taureau. Ses yeux d'un bleu éclatant. Il remarqua qu'elle l'observait, et s'avança vers elle, comme si son regard était une invitation. Il se présenta sous le nom de Zoran, l'appela poupée et commanda la même boisson qu'elle. En trinquant, il fit claquer sa langue et la complimenta pour ses bras musclés sur lesquels tressaillaient les lumières colorées du projecteur.

Lisbeth était habituée à discuter de banalités avec les passagers. À peine avaient-ils quitté sa boutique qu'elle avait déjà oublié ce qu'ils lui avaient raconté. C'était similaire lorsqu'elle parlait avec les autres membres de l'équipage. Avec Zoran aussi, la conversation resta superficielle ce soir-là. Ils échangèrent des futilités, sans s'arrêter de boire. Autour d'eux, la salle se vida peu à peu.

Cette nuit-là, ils ne dormirent pas ensemble. Mais la possibilité existait. Lorsqu'il était arrivé au bar et qu'il avait cherché le regard de Lisbeth, elle avait ressenti des élancements dans son bas-ventre.

Quelques jours plus tard, Zoran l'emmena dans sa cabine pour la première fois. Des bouteilles d'alcool vides étaient méticuleusement alignées le long du mur. Une photographie était accrochée sur laquelle Zoran, en uniforme de camouflage pour le désert de l'armée allemande, arborait un large sourire.

Il plia soigneusement tous les vêtements que Lisbeth enleva dans la cabine lumineuse et les posa sur la table intégrée à son armoire. Bien qu'il soit deux fois plus lourd qu'elle, ses mouvements avaient quelque chose de précautionneux. Lorsqu'il s'introduisit en elle, il s'arrêta à plusieurs reprises, la regarda, paraissant vouloir s'assurer qu'elle allait bien.

— Je ne suis pas en sucre, lui assura Lisbeth avant de relever le bassin, d'enrouler ses jambes autour de lui et de l'attirer vers elle.

Pour le réserviste, il n'y avait pas que du sexe entre eux. Lorsqu'ils avaient couché ensemble, il retenait Lisbeth, qui voulait déjà bondir hors du lit.

— Restons encore un peu allongés, disait-il alors.

Il n'était pas rare que Lisbeth cède à sa demande. Elle ne l'aurait pas avoué, mais elle aimait sentir sa peau plusieurs fois par semaine et ensuite apprendre des choses sur sa vie. Lisbeth lui demanda un jour ce qu'il avait fait exactement à l'armée, après qu'il l'eut convaincue de ne pas se rhabiller tout de suite. Zoran lui raconta qu'il avait été en mission en tant que cuisinier, comme chef d'équipe dans les cuisines de troupes du camp.

— Entre-temps, il y a aussi eu de longues périodes pendant lesquelles j'étais sans emploi. De temps en temps, j'ai bossé dans des cantines. Mais il y a peu de distractions là-bas. Je n'ai jamais supporté ça bien longtemps.

L'idée du navire de croisière lui était venue pendant l'été.

— Mon plus grand rêve a toujours été d'intégrer la Marine, mais j'ai échoué à l'examen d'entrée, dit-il. Aujourd'hui, je rattrape ça, en quelque sorte.

Comme Lisbeth, la vie sur le bateau lui rappelait aussi l'armée.

— Mais au lieu d'avoir des tirs de missiles, on a des feux d'artifice.

Il était heureux de ne jamais devoir y assister, de n'avoir généralement aucun contact avec les passagers.

— Ils ne savent même pas à quel point ils sont chanceux. Si je devais passer ne serait-ce que quelques minutes avec eux, je leur sauterais probablement à la gorge et je les découperais dans la chambre froide.


Sur le bateau, peu de gens prenaient la fidélité au sérieux.

— Nous sommes en mer, avait autrefois expliqué Sunny dès le second soir de sa première croisière. Les règles sont différentes.

Elle avait ensuite tourné la tête avec un regard évocateur vers la piste de danse, où la manager du spa avait enfoui sa main dans les cheveux du photographe, laquelle était ornée d'une bague de fiançailles bien visible.

Lisbeth demanda au réserviste s'il était marié après qu'ils eurent couché ensemble pour la quatrième fois. Ils s'étaient retirés dans une pièce où était stocké le linge propre des passagers. L'air sentait fort la lessive.

Elle reboutonna sa chemise d'uniforme et enfila les chaussures noires et plates de rigueur. Elle devait se dépêcher. Sa tournée commençait dans un quart d'heure, comme elle l'avait constaté après un rapide coup d'œil vers l'horloge, et il allait lui falloir un moment avant d'arriver en haut, dans la zone des passagers, tant le chemin était long.

— Oui, avec mon SSPT, répondit Zoran en faisant un nœud dans le préservatif usagé.

— SSPT ?

— Syndrome de stress post-traumatique. Pas inhabituel pour des soldats en opération.

Lisbeth le tint fermement par sa veste d'uniforme, voulant qu'il poursuive, mais il enleva sa main du tissu, l'embrassa sur le front et quitta la buanderie en sifflotant, le préservatif à la main.


Lorsqu'ils s'installèrent ensemble au bar de l'équipage, elle aborda à nouveau le sujet. Zoran la regarda avec gravité. Il semblait se demander jusqu'à quel point il voulait lui en parler, frotta son insigne, but une gorgée dans son verre, croqua bruyamment dans un glaçon. Personne ne s'asseyait près d'eux. La plupart du temps, les autres gardaient leurs distances avec le réserviste.

— J'ai été huit fois en mission, raconta Zoran en s'allumant une nouvelle cigarette.

— Et ? demanda Lisbeth.

Il lui souffla sa fumée à la figure.

— Bien sûr, je n'en suis pas sorti indemne. Mais pendant longtemps, je n'ai pas voulu me l'avouer. Pas même quand ma femme m'a quitté avec notre fille. Je n'ai jamais vraiment vécu de combats. Je pensais qu'il n'y avait aucune raison pour que je sois dans cet état. Mais la colère, les insomnies, l'agitation intérieure, tout ça était bien là.

Il posa son énorme main sur son bras à elle. Ses ongles étaient jaunis par la nicotine.

— Eh mais pourquoi est-ce que je te raconte tout ça, au juste, on est là pour s'amuser !

Lisbeth hocha la tête, sourit, prit la cigarette de sa main, tira une bouffée et lui souffla la fumée à la figure. Il ne cilla pas, puis rit.

— Bon, c'est compris, on ne parle plus de ça, décréta-t-il.


Lisbeth ne s'attendait pas à ce que Zoran lui en parle davantage. Mais la semaine suivante, alors qu'ils avaient attendu le bon moment pour se retrouver dans la cabine de Lisbeth sans risquer d'être dérangés, il commença à parler de lui-même. Ils étaient allongés l'un à côté de l'autre dans la petite couchette, leurs visages en sueur. C'était un jour de débarquement à terre. La plupart des passagers avaient quitté le navire. Un calme inhabituel s'était installé. Dans la cabine, Lisbeth et le réserviste n'avaient pas allumé la lumière. Dans l'obscurité totale, Zoran se mit à parler. Aussitôt, Lisbeth pensa à la guerrière. Elle était avec eux dans la pièce, assise par terre.

Le réserviste lui raconta qu'il avait une fois vécu des attaques dès le trajet de l'aéroport militaire à la base, qu'ils étaient restés pendant deux mois au camp en état d'alerte permanent, qu'ils avaient dû porter des combinaisons de protection intégrale et des masques respiratoires malgré la chaleur suffocante, et qu'il avait plus d'une fois eu l'impression d'étouffer sous cet équipement rempli de sueur et d'humidité.

Pendant qu'il parlait, la main de Lisbeth était posée sur sa poitrine. Elle lui apparaissait comme une pierre, une brique, qui l'enfonçait toujours plus profondément dans le matelas.

— Une amie à moi est aussi dans l'armée, dit-elle.

— Quelles forces armées ?

— Armée de terre. Bataillon des chasseurs parachutistes.

Le réserviste s'assit.

— Vous vous voyez souvent ?

— Une fois par an.

— Mais vous êtes proches ?

— Oui.

Le réserviste resta silencieux. Lisbeth ajouta :

— Je l'ai vue la dernière fois en hiver. Elle avait l'air absente, comme si elle était à des kilomètres de là.

— Tu dois faire attention à elle, déclara Zoran avant d'attirer Lisbeth vers lui et de passer sa main dans ses cheveux.

Ils restèrent ainsi jusqu'à ce que sonne l'alarme qu'elle avait mise pour ne pas louper ses tournées. Zoran se releva rapidement. Ce faisant, il se cogna la tête au plafond.

— Putain de merde, pesta-t-il en allumant la lumière.

Lisbeth s'assit.

— Tout va bien ?

Zoran se tenait le front. Lisbeth voulut se lever, mais il la repoussa en agitant la main, s'habilla en toute hâte et sortit prestement de la cabine, sa chemise mal enfilée et son pantalon encore ouvert.

Plus tard, au bar de l'équipage, Lisbeth vit que la blessure avait été recousue avec deux points de suture. Mais Zoran se montra insouciant et brailla dans tous les sens.

Le réserviste n'avait jusqu'à présent que rarement perdu son sang-froid devant Lisbeth. Mais après leur discussion dans la cabine, ces situations devinrent plus fréquentes. Une fois, il la secoua si fort qu'elle en eut le tournis. Quand elle s'en alla, elle perdit l'équilibre, chuta par terre et s'ouvrit les genoux. Après cela, il se montra contrit comme un enfant, lui apporta des cuisines un dessert décoré de feuilles d'or et la lécha jusqu'à ce qu'elle ait joui deux fois. Elle savait que son agressivité ne s'adressait pas véritablement à elle, et haussait les épaules lorsque d'autres membres de l'équipage la prenaient à part et lui suggéraient de ne plus le fréquenter.

Un matin, elle dut retourner à sa cabine. Pendant le petit-déjeuner, elle avait renversé du café sur sa chemise blanche. Elle en prit une autre dans son armoire, laissa la sale en boule dans un coin et s'apprêta à ressortir de la cabine lorsqu'elle vit l'insigne du réserviste posé sur son oreiller. Il était si bien placé au centre que Lisbeth exclut la possibilité qu'il soit involontairement tombé de l'uniforme de Zoran. Elle le prit dans ses mains et le glissa dans la poche de son pantalon. Toute la matinée, elle le sentit très nettement, comme s'il ne pesait pas juste quelques grammes, mais plutôt qu'il avait le poids d'une poignée de pierres. Juste au moment de sa pause déjeuner, elle se mit en tête de chercher Zoran, et apprit que l'on avait retrouvé ses chaussures sur le pont.

— Ses chaussures ? demanda-t-elle.

— Tu ne sais pas ce que ça veut dire ?

Lisbeth ne répondit rien.

— Vous étiez proches ?

Lisbeth s'en alla en trébuchant, se hâta le long des interminables couloirs en gardant la tête penchée pour que l'on ne puisse voir son visage sur les images des caméras de surveillance. Elle atteignit enfin la boutique de fleurs, mais avant qu'elle ne puisse commencer à préparer un bouquet, elle s'effondra. Les fleurs explosèrent dans sa main, volèrent dans tous les sens et s'éparpillèrent dans toute la pièce.

Dès le port suivant, un nouveau sous-chef fut recruté. Lisbeth l'observa dans la salle de sport, en train de rire, la tête rejetée en arrière, les dents droites et blanches, les cheveux blonds et bouclés. Tous firent comme s'il était déjà à bord depuis le début. Plus personne ne mentionna Zoran.

Lisbeth se raccrocha à son insigne de réserviste comme aux pierres dans ses rêves. Elle fuma davantage, au lieu de travailler dix heures, elle en fit quatorze, quinze, seize, et était réveillée la nuit par sa voisine de cabine qui la secouait parce qu'elle avait crié.

À plusieurs reprises, elle crut voir la guerrière sur le pont supérieur de l'équipage, en train d'enlever ses chaussures avant d'escalader le bastingage.

Lisbeth tenta de la joindre par téléphone, mais elle ne décrochait jamais et semblait disparue, planquée.

Ce ne fut qu'en décembre, alors que Lisbeth avait déjà décoré de boules argentées l'immense sapin de Noël dans le foyer du bateau, fabriqué d'innombrables couronnes de pin et suspendu des rameaux de gui, que la guerrière la contacta. Elle s'excusait de n'avoir pas donné de ses nouvelles pendant si longtemps, elle venait tout juste de rentrer d'Afghanistan, et demandait à Lisbeth quand auraient lieu ses prochains congés. Lisbeth lui indiqua les deux semaines de février où elle serait en Allemagne avant le début de sa prochaine croisière. La guerrière lui proposa de passer ce temps à nouveau ensemble au bungalow. Soulagée, Lisbeth accepta. Elle lui demanda comment s'était passée sa mission, mais la guerrière esquiva le sujet, prétendit devoir raccrocher et la salua précipitamment. Lisbeth fut d'autant plus surprise par la lettre qu'elle reçut une semaine plus tard.

*Chère Lisbeth,*

*Je quitte ma nouvelle compagnie. Dès la préparation de la mission, j'ai senti les regards, mais je me suis persuadée que je me faisais des idées. Même lorsque j'ai remarqué qu'on ne me proposait jamais de place, ni qu'on ne gardait une chaise vide pour moi. C'est pareil ici en mission. J'en ris, comme si ça ne m'affectait pas.*

*Les garçons s'enlacent souvent et beaucoup. Mais ils m'ignorent, moi. Ils reculent devant moi, voient mon corps comme celui d'une femme et pas celui d'un camarade. La dernière fois qu'on m'a touchée, c'était Malik, peu de temps avant que je ne m'en aille à l'aéroport. J'ai peur que le besoin de rechercher du réconfort ne devienne si fort que je finisse par me laisser tout simplement tomber pour m'appuyer contre quelqu'un. Je dois rester vigilante.*

*Pour la première fois, je maudis ici les consignes pour aller aux toilettes. Le protocole prévoit que quelqu'un doit toujours rester près de moi quand je pisse. Je m'accroupis et m'efforce de ne pas montrer mon humiliation pendant que je suis assise dans la poussière, mon derrière nu bien visible, et que l'on peut m'attaquer à tout moment parce que cette position ne permet pas de tenir une arme raisonnablement. Mon autre section n'a jamais été dérangée par cela. Ici, ils roulent des yeux et affichent leur supériorité en pissant en marchant sans avoir à retirer une seule fois leur cigarette de leurs lèvres.*

*Quand nous sommes en patrouille, ils m'exhortent à rester en retrait, soi-disant parce que ça dérange les Afghans de voir des femmes en uniforme. Quand je leur rétorque que mon sexe n'avait jamais été un problème pour la population au cours de mes missions précédentes, ils ne veulent rien entendre. Je fais contre mauvaise fortune bon cœur. Je sais qu'ils ont fait des paris sur le temps que je tiendrai ici. Comme si c'était ma première fois en Afghanistan. Comme si je n'avais jamais vécu de combat. Et comme si je ne savais pas ce qui m'attendait sur le tarmac. Je dois constamment prouver que je ne recule devant rien. Je regarde chaque cadavre que l'on trouve. Même la femme brûlée que l'on a déposée devant la porte du camp et qui a succombé à ses brûlures peu de temps après, à l'hôpital militaire. Malgré tout, les autres guettent à chaque fois comme des chiens affamés le moment où mon visage déraillerait. C'est comme si nous avions tous les mains posées contre une plaque de cuisson, attendant de voir qui n'en pourrait plus le premier et bondisse en arrière. Je peux déjà sentir la chair brûlée.*

*Les soldats afghans, au contraire, me respectent. Plus je passe de temps avec eux et plus je me détends en leur présence. Je pense souvent au fait que mon corps blessé ou mort aurait plus de valeur pour le monde occidental que le leur. Nous patrouillons ensemble, l'un à côté de l'autre, poursuivons le même objectif, et pourtant il y a ce fossé entre nous, simplement parce que je suis née en Allemagne. Quand je leur parle avec l'aide de l'interprète, je m'efforce d'avoir un visage amical. Maintenant, je me rends compte à quel point mes préjugés étaient forts. Même mon regard sur le reste de la population a changé. L'hospitalité est une règle d'or, ici. Ils nous servent du thé et des pâtisseries, en dépit du fait qu'ils mettent leur propre vie en danger en faisant cela.*

*Qui comprendrait ce que je vis ici, ce que ça me fait, ce que je deviens ? La plupart des choses qui se passent lors de telles missions sont occultées en Allemagne. Seuls les évènements vraiment dramatiques apparaissent aux informations, comme les combats pendant lesquels des soldats perdent la vie ou quand plus de cinq civils font partie des victimes.*

*Je ne t'ai pas raconté, mais la dernière fois que je suis rentrée de mission, alors que je me trouvais à la gare en portant mon uniforme, on m'a craché dessus. Les soldats seraient des meurtriers. Je devrais avoir honte, surtout en tant que femme.*

*Je pensais que je reviendrais plus forte de cette opération, et je pensais que je reviendrais plus forte de cette guerre, mais au lieu de cela, je me rends compte que je deviens de plus en plus fragile, que je ne suis pas loin de retirer ma main. Combien de temps réussirai-je encore à tenir ? La vue des montagnes m'aide. Ce matin, j'ai eu l'impression de pouvoir discerner chaque pierre, tant la visibilité était bonne. Dans mon uniforme clair et tacheté, je ressemble à la surface des montagnes, je deviens moi-même un rocher. Ce serait facile de disparaître entre les versants.*

*La nuit dernière, nous étions en route vers une autre base militaire et avons établi un campement en terrain découvert pour la nuit. J'ai mangé près du feu et observé les insectes voler dans les flammes. Les étincelles se perdaient au-dessus de nous dans l'obscurité. Personne ne parlait. Tous les autres bruits étaient avalés par notre silence. Je me suis demandé si ce serait bien de prendre la fuite. Tout simplement en me levant, en quittant le cercle de lumière et en avançant dans l'obscurité, dans la nuit, loin dans ce pays qui, malgré tout le temps que j'y ai déjà passé, me demeure étranger. Ce pays avec lequel j'ai gardé mes distances, parce que l'on me l'a ordonné, mais aussi pour me protéger. Car s'il avait une importance à mes yeux, le comportement que je dois avoir ici ne serait plus possible à tenir.*

*Les jours de quartier libre, quand je dispose de ma chambrée pour moi toute seule au camp, je me mets parfois du mascara sur les cils après m'être brossé les dents dans le conteneur sanitaire. C'est pour essayer de me rappeler que je suis davantage qu'un soldat, mais chaque jour, il m'est de plus en plus difficile d'imaginer ma vie sans armes. Les tenir dans ma main est devenu si ordinaire que je n'hésite pas une seule seconde quand je dois exécuter des chiens contaminés par la rage. Je fais même ce travail avec plaisir. Cela me fait souvent penser à toi, quand tu te tenais dans la clairière et que tu as tiré sur le chien. J'aimerais pouvoir remonter dans le temps et t'empêcher d'arrêter la formation initiale. Alors, tu serais aujourd'hui à mes côtés, on se garderait une chaise libre l'une pour l'autre et on monterait la garde pour aller pisser. Une fois, j'ai cru que le sergent d'autrefois était avec moi en mission. Mais c'était juste un autre qui lui ressemblait et qui se comportait comme lui. Les soldates ici au camp se mettent mutuellement en garde contre lui. Personne ne le dénonce. Je fais comme si je n'avais rien entendu. Au lieu de l'abattre aussi facilement que les chiens errants, je me tais et me concentre sur le sable compact qui brûle sur la peau et dans les yeux. Je ne pourrai pas éviter cette fois-ci non plus d'en ramener quelques grains en Allemagne. Il s'empêtre partout.*

*J'espère que tu tiens bon.*
*X*

LISBETH passa chercher la guerrière à la gare avec une voiture de location. Pendant qu'elle attendait, elle joua avec l'insigne du réserviste. Lorsqu'elle entendit le train arriver, elle le rangea dans la poche de sa doudoune.

La guerrière portait encore son uniforme. Elle salua Lisbeth d'un bref signe de tête.

— Comment vas-tu ? lui demanda Lisbeth en manœuvrant pour sortir la voiture du parking, tout en la surveillant du coin de l'œil.

— Bien, répondit la guerrière en souriant.

Lisbeth tourna la tête, sans parvenir à cerner ce sourire. Il lui apparut comme un masque.


Le bungalow était dans le brouillard. L'air était humide et lourd. Elles sortirent leurs affaires du coffre et Lisbeth voulut se diriger vers les poubelles pour prendre la clé, mais la guerrière la retint.

— Je l'ai déjà, dit-elle.

— La clé ?

— Je l'ai acheté.

— Qu'est-ce que tu as acheté ?

— Le bungalow.

Lisbeth la regarda avec étonnement.

— Le propriétaire est mort. Il y avait une annonce.

La guerrière monta les marches et ouvrit la porte.

— Tu viens ?

Lisbeth s'empressa de la suivre à l'intérieur.

— Tu as acheté le bungalow ?

La guerrière sourit, comme elle l'avait déjà fait dans la voiture.

— J'ai pensé que ça te ferait plaisir.

— J'ai du mal à le croire.

— Il faut que je te montre le contrat de vente ?

Lisbeth secoua la tête. La guerrière fouilla dans son sac à dos, en sortit une bouteille de mousseux, remplit deux verres et en tendit un à Lisbeth.

— À mon bungalow.

En observant la guerrière, Lisbeth chercha les ombres sur son visage, si évidentes la dernière fois, mais il n'y avait rien, seulement une peau lisse, bronzée, et ce sourire étrange.

Elles trinquèrent en faisant tinter les verres. Le bruit sembla flotter encore un moment dans la pièce. Lisbeth but à petites gorgées. L'alcool avait un goût sucré. La guerrière vida son verre d'une traite.

Les jours suivants, elle cherchait constamment à faire des efforts extrêmes, allait courir deux fois par jour, nageait dans une combinaison en néoprène dans la Baltique et soulevait des poids avec acharnement. Il ne semblait y avoir aucun moment pendant lequel elle n'était pas en mouvement. Souvent, elle passait une vidéo de fitness sur l'écran de la télévision, devant laquelle elle exécutait les exercices sur son tapis de yoga. Quand la vidéo était terminée, elle la repassait aussitôt une deuxième, troisième, quatrième fois, jusqu'à ce que son corps tremble de fatigue au point qu'elle doive s'arrêter. Quand elle remarquait le regard de Lisbeth, elle souriait.

Le deuxième jour au bungalow, la guerrière montra à Lisbeth la photo d'une moto sur son smartphone.

— Je me suis aussi acheté cette beauté, lui annonça-t-elle.

Elle lui raconta qu'elle l'avait fait peindre dans un garage en bleu clair nacré. Sur les photos, elle posait dessus comme sur un cheval, sans casque, ses cheveux teints en blond flottant au vent.

— Il n'y a rien de mieux que de foncer sur une départementale sinueuse sans respecter la limitation de vitesse.

— Ça a l'air assez dangereux.

— *Live free or die*, dit-elle avec ironie avant de sourire à nouveau.

Plus tard, elle enfila ses chaussures de course, s'attacha les cheveux et but un verre d'eau debout.

Lisbeth repensa à la dernière fois qu'elles étaient allées courir ensemble, et demanda :

— Je peux venir ?

La guerrière hésita un instant, puis hocha la tête.

En attendant sur la terrasse, elle s'étira les jambes et partit dès que Lisbeth eut fermé la porte derrière elle. Une nuée de mouettes s'éleva hors de l'eau. La plage était déserte.

Après quelques mètres seulement, la guerrière accéléra le tempo. Lisbeth aussi courut plus vite, mais elle peina rapidement à suivre le rythme. Elle avait l'impression qu'elle essayait véritablement de la semer. Au bout d'un moment, elle abandonna, resta sur place et s'appuya contre ses cuisses, la respiration haletante. La guerrière continua pourtant son chemin. Elle ne se retourna pas une seule fois et rapetissa encore et encore, jusqu'à ce que Lisbeth la perde complètement de vue. Interloquée, elle retourna au bungalow, prit une douche froide et attendit le retour de la guerrière. Mais ce ne fut que dans l'après-midi, alors que la lumière commençait déjà à blêmir, que la guerrière ouvrit la porte de la terrasse. Elle ôta ses chaussures de course en sifflotant, ses pieds en sueur laissèrent des empreintes humides sur le plancher.

— Si tu ne veux pas courir avec moi, tu peux tout simplement me le dire avant, lui lança Lisbeth, assise sur le canapé.

— Ce n'est pas parce que je suis plus rapide que tu dois aussitôt abandonner.

— Je n'ai pas abandonné.

— Alors quoi ?

— Tu m'as délibérément semée.

La guerrière souffla bruyamment et alla dans la salle de bains.


Lisbeth ne découvrit que quelques jours plus tard que la guerrière ne remplissait pas son verre d'eau le soir, mais de vodka et de Sprite. Elle avait dissimulé les bouteilles vides dehors, dans les poubelles. La nuit, Lisbeth se leva et constata qu'elle avait tellement bu qu'elle s'était tout bonnement endormie devant la télévision, la tête affaissée, sa bouche ouverte. Elle ronflait. Lisbeth se rapprocha aussi silencieusement que possible, mais la guerrière se réveilla tout de même et bondit, les poings levés, prête à se défendre. Il lui fallut quelques secondes avant de baisser la garde. Clignant des yeux, elles restèrent face à face.

— Je voulais juste voir si tout allait bien, la rassura Lisbeth.

— Bien sûr que tout va bien. J'ai l'air de ne pas aller bien ? gueula la guerrière.

Elle passa à côté de Lisbeth et claqua la porte de la salle de bains derrière elle.

Lorsque Lisbeth se leva le matin suivant, la guerrière avait déjà fait son jogging, rapporté du pain, recouvert la table d'une nappe et posé des bougies. Lisbeth ne put s'empêcher de penser aux desserts que Zoran lui avait offerts après en être venu aux mains.

Pendant le déjeuner, la guerrière joua avec la cire des bougies, repoussa l'assiette et sa tasse, et ne toucha pas à la nourriture. Dehors, il neigeait à gros flocons. Lisbeth tenta d'entamer la conversation, mais au lieu de répondre, la guerrière se leva sans faire de commentaire et sortit fumer. En quelques secondes, ses cheveux et ses vêtements furent recouverts d'une couche de neige.

— Ce n'est pas sain, désapprouva Lisbeth après que la guerrière fut de nouveau rentrée.

Sans se préoccuper de la neige qui fondait lentement et descendait le long de son cou, dégoulinant de ses vêtements, la guerrière se rassit à table.

— Toi aussi, tu fumes.

— Ce n'est pas ce que je voulais dire.

La guerrière la regarda d'un air irrité.

— Quoi, alors ?

— Ton hygiène de vie ici.

La guerrière remonta les manches de son T-shirt, étira son bras et contracta son biceps.

— J'ai l'air plutôt en forme, tu ne trouves pas ?

— Depuis quand est-ce que tu bois autant ?

— Quand on a soif, il faut boire, tes parents ne te l'ont jamais appris ?

— Je ne parle pas d'eau.

— C'est les vacances, ici, on a bien le droit de s'amuser, encore.

— Boire jusqu'à en perdre connaissance, c'est ce que tu appelles s'amuser ?

— Ah parce que maintenant tu t'inquiètes ?

La guerrière s'était levée. Elle sourit à nouveau. Mais cette fois, d'un sourire déformé.


Le jour suivant, Lisbeth observa la guerrière assise devant son ordinateur, en train de se promener dans Berlin sur Street View. Sur l'écran, les arbres fleurissaient partout. Des cerisiers du Japon. Les fleurs ressemblaient à de la neige grossière et rose. C'était un printemps révolu depuis longtemps qui s'affichait là. Lisbeth se souvenait avoir marché sous ces arbres avec l'enfant. La guerrière continua de cliquer, jusqu'à atteindre la Sprée sur la carte. Là, elle zooma si fort qu'il n'y eut plus que de l'eau à voir. Quand elle remarqua que Lisbeth se tenait dans son dos, elle sursauta.

— Faut-il toujours que tu me fasses peur comme ça ?

— Qu'est-ce que tu fais ?

— Rien d'important, répondit la guerrière en refermant son ordinateur.

Le soir, elles allèrent au restaurant. Elles s'assirent à leur place habituelle, avec une vue sur la promenade en bord de mer. Une seule autre table était occupée. Le couple, une femme et un homme à l'âge de la retraite, ne cessait de les regarder.

La guerrière pianotait des doigts sur la table et jetait régulièrement un coup d'œil vers la porte.

— Où en est ton plan pour devenir militaire professionnelle ? demanda Lisbeth.

— Il tient toujours.

— Est-ce qu'ils vont te prendre ?

La guerrière sortit une cigarette de sa poche et l'examina à la lumière.

— Eh oh, je te parle, lui rappela Lisbeth.

— Il reste encore quelques évaluations, répondit la guerrière, son regard à présent dirigé vers le couple assis à la table voisine.

— Mais tu dois bien te débrouiller.

— Naturellement.

— Est-ce que tu as tout de même un plan B ? Les douze années que tu t'es engagée à faire sont bientôt passées, ou je me trompe ?

La guerrière haussa les sourcils.

— Je vais devenir soldate professionnelle.

Elle se redressa et se tourna vers le couple assis à l'autre table.

— Qu'est-ce que vous matez comme ça depuis tout à l'heure ? les interpella-t-elle.

Le couple fit comme s'il n'avait rien entendu, l'homme contemplant ses ongles, la femme déplaçant la corbeille à pain.

— Bande d'idiots, marmonna la guerrière.

Une serveuse se présenta à leur table et leur apporta le repas. Des pommes de terre, de la viande, une sauce brune, des tomates cuites au four. Lisbeth piqua dedans avec la pointe de son couteau. Lentement, le jus s'écoula hors d'elles. La guerrière froissa sa serviette en papier et regarda Lisbeth.

— Alors, qu'est-ce que tu veux entendre ?

— À vrai dire, je veux juste savoir comment tu vas.

— À merveille, ça ne se voit pas ?

Lisbeth soupira. Quelque part, au fond de l'océan, le réserviste dérivait. Elle secoua la tête, tentant de chasser cette image.

— Si tu vas bien, pourquoi est-ce que tu m'écris de telles lettres, alors ?

— Quelles lettres ?

— Arrête avec ça, s'écria Lisbeth si fort qu'elle fit sursauter le couple à l'autre table.

La guerrière repoussa son assiette et s'essuya la bouche. Encore une fois, elle n'avait mangé que la viande. Elle attrapa son verre de vin, le vida d'une traite et fit signe à la serveuse qu'elle en voulait un autre. Lisbeth s'affaissa sur sa chaise.

— Tu vois encore Malik ? voulut-elle savoir.

— Tu veux dire, le père de ton enfant ?

— Quoi ?

La guerrière resta silencieuse.

— Qu'est-ce que tu viens de dire ?

— Peu importe. Changeons de sujet.

Lisbeth se sentit mal.

— Qu'est-ce que tu as voulu dire par là ? demanda-t-elle en posant ses mains à plat sur la nappe blanche.

— Pourquoi est-ce que tu ne m'as pas dit que vous vous connaissiez ? Putain, Lisbeth, Eden est ton fils.

Lisbeth recula, n'osant pas regarder la guerrière. Elle se sentit nauséeuse, s'efforça de respirer calmement par le nez.

— Je ne vois pas de quoi tu parles, murmura-t-elle.

— Tu es vraiment incroyable. Je ne comprends pas pourquoi tu n'es pas capable d'être honnête avec moi. Même maintenant, tu n'arrives pas à l'admettre.

N'en pouvant plus, Lisbeth se leva brusquement, sortit en trombe du restaurant et vomit entre deux pots de fleurs. La guerrière l'avait suivie et posa sa main sur son dos. Lisbeth la repoussa, eut un nouveau haut-le-cœur, mais plus rien ne sortit. Elle se redressa en frissonnant.

— Comment est-ce que tu l'as découvert ?

— Est-ce que tu te souviens de ce que je t'ai dit pendant la formation initiale, sur la colline de sable, quand nous avons longuement parlé pour la première fois ? lui demanda la guerrière.

— Tu m'avais raconté beaucoup de choses, ce jour-là.

— J'ai dit que tu n'avais pas à te méfier de moi.

Lisbeth croisa ses bras contre sa poitrine. La guerrière regarda ses chaussures.

— Tu sais, c'est toujours le cas.

Lisbeth hocha la tête. Mais maintint ses distances.

Le jour suivant, la guerrière mit l'insigne du réserviste sous le nez de Lisbeth. Elle était partie courir, ses cheveux blonds trempés de sueur lui tombaient sur la figure. Malgré ses joues rouges, elle avait l'air éreintée. Ses cernes étaient nettement visibles.

— C'est à toi ? demanda-t-elle.

Lisbeth mit la bouilloire en route.

— Pourquoi est-ce que tu fouilles dans mes affaires ?

— Il traînait là.

Lisbeth resta muette.

— Où l'as-tu eu ? voulut savoir la guerrière.

— Quelqu'un me l'a offert.

— Qui ?

— Un réserviste.

— Et où est-ce que tu as rencontré un réserviste, s'il te plaît ?

— Il était sous-chef sur le bateau de croisière.

— Était ?

— Il est mort.

La guerrière laissa retomber sa main qui tenait l'insigne.

— Il a essayé de se soigner à l'alcool, précisa Lisbeth.

L'eau se mit à bouillir. Mais l'interrupteur ne s'éteignit pas. De la vapeur s'éleva. La surface lisse de l'étagère suspendue au-dessus se couvrit de buée. La guerrière fit un pas en avant et frappa le couvercle de la bouilloire avec son poing. L'interrupteur s'éteignit dans un claquement. Lisbeth ajouta :

— Souvent, il se réveillait au beau milieu de la nuit et se précipitait hors de la cabine. Pendant la journée, il lui arrivait de péter les plombs pour des détails insignifiants. En cuisine, les autres devaient régulièrement se mettre à l'abri de lui. Parfois, il n'arrivait brusquement plus à respirer, et il se retrouvait à nouveau au Koweït.

Lisbeth n'était pas sûre que la guerrière l'écoutât. Elle avait détourné la tête et fixait les dunes à travers la baie vitrée, l'insigne toujours à la main.

— Sur le pont, on n'a retrouvé que ses chaussures, conclut Lisbeth.

— Pourquoi est-ce que tu me racontes ça? demanda la guerrière avant de reposer subitement l'insigne sur le buffet de la cuisine, et d'ôter ses chaussures de course pour secouer dans l'évier le sable qu'elles contenaient.

— Je vois des similitudes.

— Des similitudes avec quoi?

— Des similitudes avec toi.

La guerrière éclata de rire.

— Les seules similitudes que je vois sont avec toi. Depuis que tu as arrêté la formation, tu fuis tout comme si on te tirait dessus avec des bazookas. Je ne serais pas surprise si tu te noyais bientôt en mer.

En riant toujours, elle prit un verre sur l'étagère, mais il lui glissa des mains, heurta le parquet et se brisa en mille morceaux. Elles restèrent là pendant ce qui parut durer une éternité; la guerrière entourée d'éclats de verre, Lisbeth à bonne distance. Il lui sembla qu'elles attendaient toutes deux que le verre se recompose de lui-même.

Finalement, elle attrapa un torchon et voulut se baisser pour ramasser les éclats, mais la guerrière se mit en travers de son chemin.

— Je n'ai pas besoin de ton aide, dit-elle d'une voix forte, le visage inexpressif.

Et après une courte hésitation, elle ajouta :
— Je n'ai pas besoin de *toi*.

Dans le corps de Lisbeth, quelque chose se brisa. Stupéfaite, elle sortit de la cuisine en trébuchant, quitta le bungalow, grimpa les dunes et marcha jusqu'à la mer. Dans la lumière qui déclinait, l'eau était presque noire. Les profondeurs de la mer semblaient avoir été rejetées à la surface. Lisbeth regarda l'horizon et hurla contre le vent, mordant et inflexible. Sa voix finit par s'épuiser, plus aucun son ne sortit, malgré sa bouche encore grande ouverte.

Le lendemain matin, Lisbeth s'en alla. Éperdue et abasourdie, elle quitta le bungalow. C'était une journée éblouissante. Un rapace tournoyait loin au-dessus d'elle dans le ciel. Les champs étaient recouverts d'une fine couche de givre. Lisbeth enfila ses lunettes de soleil et pressa le pas. Comme autrefois lors de sa fuite hors de la ville, elle ne regarda pas une seule fois derrière elle.

Pendant une semaine, elle loua une chambre dans un hôtel non loin de l'autoroute. Une tour fonctionnelle. La salle du petit-déjeuner au sous-sol. Une lumière artificielle. Elle passa ses journées à dormir. Lorsqu'elle se réveillait, elle épiait les conversations de la chambre voisine. Lentement, sa voix se rétablit.

Le septième jour, elle rassembla le matin de bonne heure ses affaires éparpillées dans la chambre, les flanqua dans son sac de sport, s'habilla. Sans prendre de petit-déjeuner, elle quitta l'hôtel et conduisit jusqu'au port, où le bateau de croisière avait déjà jeté l'ancre.

DEUXIÈME PARTIE

TRANSPIRATION

La première chose que remarqua Lisbeth à son arrivée à Berlin fut la lumière. Déjà à l'aéroport, elle inondait tout. Elle mit ses lunettes de soleil et se dirigea en traînant des pieds vers la station du train express de la capitale. Sur le quai, elle resta dans l'ombre d'un pilier, fit glisser son sac de voyage de son épaule et le plaça entre ses pieds. Toutes ses affaires étaient rentrées dedans. Quelques vêtements, ses chaussures de course, un briquet. Les lettres de la guerrière étaient coincées dans la poche latérale. Quatre autres avaient été envoyées depuis que Lisbeth avait quitté le bungalow sans dire au revoir. Hormis les lettres, le silence radio avait régné entre elles depuis l'hiver, deux ans auparavant. Mais trois jours plus tôt, Lisbeth avait croisé la guerrière dans son rêve. Et les deux nuits qui suivirent, Lisbeth ne rêva de rien du tout pour la première fois depuis longtemps. Il lui parut alors évident qu'il avait dû se passer quelque chose. Ce matin-là, elle avait fait son sac en toute hâte et quitté le navire, qui mouillait depuis le soir au port de Limassol. Dans la ville côtière, elle était montée dans un bus qui sentait la poussière et avait rejoint l'aéroport de Paphos. Dans sa précipitation, elle avait enfilé son uniforme par habitude, et même épinglé le badge argenté à son nom. Elle savait que son absence ne se ferait remarquer que lorsque sa boutique n'ouvrirait pas à dix-huit heures comme à l'accoutumée. Les premières plaintes se feraient sans doute entendre quelques minutes plus tard. Quelqu'un allait être chargé d'aller la chercher dans sa cabine et tomberait sur son armoire vidée. Par précaution, elle avait éteint son portable.

Le vol avait duré à peine quatre heures. Elle n'avait pas changé une seule fois de position pendant tout le trajet. Dans le train express, Lisbeth conserva ses lunettes de soleil et regarda dehors. La lumière se découpait en ligne droite dans les canyons urbains. La ville ne lui était plus familière. Elle enleva le badge de son uniforme et ajusta son col. Personne ne lui prêtait attention. Elle sortit à la gare principale, descendit les escaliers et se retrouva sur le parvis. Elle transpirait, ressentait l'éloignement de la mer. Combien de temps tiendrait-elle à Berlin, elle l'ignorait. Elle traversa les rues à grandes enjambées en suivant les indications de direction sur son portable. Elle passa devant les bouches de métro, les escaliers du train express et les arrêts de tramway sans s'arrêter, maintenant son corps en mouvement.

Entre les maisons, il n'y avait plus d'espace. Partout se trouvaient de nouveaux bâtiments. Les anciens avaient été rénovés. Même les parcs semblaient fraîchement aménagés. Lisbeth ne reconnaissait plus rien. Elle avait l'impression de déambuler dans la ville pour la première fois, comme si le passé n'existait pas. L'été s'amassait dans les rues. De jeunes arbres bordaient les trottoirs. Des noisetiers, des tilleuls. La respiration de Lisbeth devint faible,

elle dut sans cesse s'arrêter quelques instants, la main plaquée contre sa poitrine.

Dans un triangle entre deux rails de trains express qui se
croisaient, Lisbeth découvrit un massif de fleurs. Mais
depuis le pont sur lequel elle se tenait, il était inatteignable.
La plate-bande suivante était entourée par un bassin d'eau.
Lisbeth ne vit aucune mauvaise herbe. Entre les plantes
vivaces, le sol était recouvert de paillis d'écorce. Les massifs
d'après étaient eux aussi situés de telle façon qu'ils étaient
difficilement accessibles aux passants. Mais Lisbeth parvint
tout de même à en atteindre un. Les fleurs avaient été plantées au milieu d'un rond-point. Des voitures klaxonnèrent,
mais Lisbeth avait déjà traversé la route. Elle parcourut la
parcelle. Les pieds-d'alouette lui arrivaient à la poitrine. Elle
sortit son couteau pliant de sa veste, en coupa trois tiges, et
aussi quelques-unes de genêt et de fenouil sauvage, et noua
le bouquet avec des brins d'herbe hivernale. Lentement, son
corps se détendit. Sa respiration redevint régulière, elle
retrouva son équilibre. Ses démangeaisons s'apaisèrent.
Pendant un court moment, une grue pivotante cacha le
soleil. Lisbeth se pencha et ramassa trois des pierres
blanches qui recouvraient le sol entre les plantes vivaces.
Elle les fourra dans la poche de son pantalon, cala le bouquet sous son bras et retourna sur le trottoir. Sa main chercha les pierres à tâtons et les tint fermement.
    Plus elle s'éloigna du centre-ville, moins il y eut de mas-
sifs de fleurs. Juste avant les limites de la ville, Lisbeth ne
trouva plus que des surfaces vides et gravillonnées encadrées
par une grille en métal.

Lorsque Lisbeth entama la formation initiale la première semaine de mars, il y avait encore de la neige par terre. Le soir de leur arrivée, elle s'assit avec d'autres recrues à la table qui se trouvait dans leur chambrée. Elles avaient toutes déjà choisi un lit et l'avaient préparé. Il en restait cependant un de libre. Elles pensaient qu'il le resterait, jusqu'à ce que la porte s'ouvre brusquement et qu'une jeune femme en cache-poussière mauve fasse irruption. Elle avait de la neige dans les cheveux, était hors d'haleine et jeta son sac sur le matelas encore libre.

— J'ai raté mon train, soupira-t-elle avant de déboutonner son manteau.

— Sympa, le manteau, observa Kim, qui était assise à côté de Lisbeth.

— C'est ma grand-mère qui me l'a donné, il a déjà survécu à la Seconde Guerre mondiale. Il porte chance, raconta la nouvelle en enlevant son cache-poussière. Au fait, je suis Florentine. Comment vous vous appelez ?

Lisbeth et les autres se présentèrent. Florentine leur serra la main à toutes, sans éviter le moindre regard.

Elle mesurait à peine un mètre soixante. Mais ce ne fut pas seulement sa taille qui induisit Lisbeth en erreur. Son visage, semblable à celui d'une poupée, ne convenait pas non plus à cet endroit. Elle avait de grands yeux bleus, de nombreuses taches de rousseur et des cheveux sombres et lourds soigneusement tressés. Florentine avait recouvert ses ongles d'un vernis rose vif. Plus tard, lorsqu'elle eut enfilé sa chemise de nuit, Lisbeth vit que ses ongles de pied étaient de la même couleur. Dès le matin suivant dans le vestiaire du site, où ils reçurent leurs uniformes, les premières remarques se firent entendre : "Eh la miss, comment est-ce que tu comptes te camoufler avec ça ?" Et : "C'est pas un salon de coiffure ici. Bienvenue à l'armée !"

Florentine s'esclaffa en dévoilant ses dents.

— Avec une caméra thermique, on peut me détecter même sans mon vernis. Bienvenue au vingt-et-unième siècle, rétorqua-t-elle malicieusement.

Après de multiples avertissements, elle enleva finalement le vernis sur ses ongles. Mais elle le laissa sur ses pieds.

— Tant que je ne mets pas quelqu'un sur le carreau, personne n'en aura sur le visage.

Au premier test de fitness, tout le monde fut surpris. Florentine réussit sans peine ses tractions. Elle compta aussi parmi les meilleurs à la course navette et au saut en longueur sans élan. Pendant ce temps, son visage resta impassible. Elle plaisanta ensuite avec quelques-unes des autres recrues. L'acoustique du gymnase amplifiait leurs voix. Lisbeth se tint à l'écart. Elle était plus âgée que la plupart. De deux ou trois ans seulement, mais elle se sentait pourtant supérieure. Dans sa tête, elle tenta de parier sur qui abandonnerait le premier. Elle avait misé sur Florentine. Mais elle se rendit rapidement compte à quel point elle s'était trompée. Lors des pompes qu'ils devaient constamment exécuter pendant les premières semaines, Florentine était l'une des seuls à atteindre le nombre requis sans faire de pause, voire complètement abandonner. Elle était deux fois plus rapide que les autres lorsqu'ils devaient démonter des armes, les nettoyer et les remonter. Pendant les exercices, elle ne perdait jamais le rythme, et lors des alarmes nocturnes, quand les sirènes se mettaient à hurler à deux heures du matin, elle était déjà en uniforme tandis que Lisbeth et les autres devaient lutter pour s'extirper hors de leurs lits, encore endormis. Il n'y avait qu'au simulateur de tir qu'elle n'était pas la meilleure. Lisbeth la devançait d'un point.

— Battus par deux filles, ricanaient les formateurs en regardant les recrues masculines.

Florentine lui fit un clin d'œil, mais Lisbeth l'ignora. Les jours suivants, Florentine cherchait toujours son regard. Pendant l'entretien des armes, lorsqu'une recrue ne sut expliquer suffisamment vite l'objectif de cette tâche et que l'officier vociféra qu'en cas d'urgence, un fusil défaillant signifiait qu'il ne restait plus d'autre solution que de jeter des pierres, Florentine se tourna vers Lisbeth, serra le poing avec un sourire moqueur.

Les autres tâches qui leur étaient confiées étaient également ment un jeu d'enfant pour Florentine. Comme Lisbeth, elle finit vite par être perçue comme arrogante. Rapidement, plus personne ne l'appela par son véritable nom. Au lieu de cela, les recrues disaient "la guerrière" lorsqu'ils parlaient d'elle, et chacun savait immédiatement qui était visée.

— Ils peuvent tous aller se faire foutre, je ne trouve rien de tout ça fatigant, dit-elle à Lisbeth après les avoir entendus faire des remarques dédaigneuses sur leur acharnement. Et puis d'où ça sort, ça, *la guerrière*?

Mais Lisbeth pouvait voir que ce surnom lui plaisait.

Depuis l'entraînement au tir, Florentine cherchait toujours à se rapprocher de Lisbeth dès qu'elle en avait l'occasion. Quand Lisbeth sortait fumer, elle la rejoignait. Parfois, elle se tenait si proche d'elle que leurs épaules se touchaient presque. Même dans le réfectoire, elle s'asseyait toujours à côté d'elle. Si la place n'était plus libre, elle prenait une chaise ailleurs et se frayait un passage entre les deux. Et pendant les exercices de marche avec leurs sacs chargés, elle adaptait son rythme à celui de Lisbeth.

Florentine avait l'habitude de regarder sans ciller les gens avec qui elle discutait. Elle tentait aussi de fixer Lisbeth du regard, mais celle-ci finissait toujours par se détourner, et s'en aller, même quand Florentine était en train de lui parler.

Lisbeth appréciait son nouveau quotidien. Les réveils matinaux. L'ordre. Le fait que tout avait une place. L'effort physique. L'entraînement. L'entretien des armes pendant des heures. Elle était même captivée par les cours de la compagnie qu'elle écoutait attentivement, alors que les autres recrues fermaient les yeux au bout de quelques minutes.

Depuis qu'elle portait l'uniforme quotidiennement, Lisbeth avait plus de facilité à prendre part aux conversations. Le travail à la serre ne lui manquait pas. Les week-ends, elle restait à la caserne. Elle avait résilié le bail de son logement. Elle et sa mère se téléphonaient à intervalles irréguliers. Elles parlaient de la météo, de ce qu'il y avait à la télévision, des collègues de Rita au laboratoire. Lisbeth n'évoquait jamais sa formation. Quand sa mère l'interrogeait, elle lui donnait des réponses évasives. Elle avait décidé que les deux mondes devaient exister séparément. À la caserne, elle était quelqu'un d'autre. Il n'était pas rare qu'elle reste un moment dans la salle des douches devant le miroir, à observer ses muscles. Elle savourait sa supériorité physique. Comme Florentine, tout lui paraissait simple. Rien ne semblait pouvoir l'atteindre. Elle n'avait pas besoin de se confier, et de toute façon, ils allaient tous partir à différents endroits dans trois mois. Rapidement, les autres se firent une raison : Lisbeth ne cherchait à se rapprocher de personne pas plus qu'elle ne se dévoilait. Seule Florentine ne la laissait pas tranquille.

Ce fut la danse qui finalement les rapprocha. Les week-ends de libres, il y avait généralement un groupe qui se rendait dans la ville la plus proche pour aller en discothèque. Lisbeth avait toujours décliné leurs invitations lorsque les autres le lui proposaient, mais un samedi, elle se laissa convaincre. La veille, un officier l'avait prise à part et lui avait expliqué que tous ses talents ne lui serviraient à rien si elle ne finissait pas par prendre au sérieux le principe de camaraderie.

Le printemps approchait. Ils roulèrent à plusieurs voitures. Lisbeth se retrouva coincée sur la banquette arrière. La chaleur des corps couvrait les vitres de buée. De la musique s'échappait de la radio. Un tube quelconque. Dès que les informations commencèrent, la fréquence fut instantanément changée.

La discothèque se trouvait sous un magasin de meubles. On entendait les basses jusque dans la rue. Ils garèrent leurs voitures dans une rue transversale. Il avait plu peu de temps auparavant. Les trottoirs et les lampadaires des rues étaient humides et brillants. Lisbeth regarda autour d'elle et eut l'espace d'un instant l'impression de se retrouver dans un jeu vidéo. C'était peut-être dû aux deux bières qu'elle avait déjà bues au foyer des troupes.

— Du feu ? lui proposa Florentine, surgissant brusquement devant elle, un Zippo allumé sous son nez.

Elle devait être montée dans une autre voiture. Lisbeth se pencha en avant et tint sa cigarette dans la flamme. Les autres étaient déjà partis en trombe et avaient disparu derrière les lourdes portes métalliques.

— Merci, dit-elle.

Florentine sourit et suivit le groupe. Lisbeth s'appuya contre le mur et fuma. Elle palpa ses côtes avec sa main gauche, sentit les os sous sa veste. Le scintillement dans son champ de vision ne disparut pas. Elle jeta sa cigarette, entra à son tour et descendit les marches de la discothèque.

Une lumière violette emplissait la petite piste de danse. Le bar était recouvert de miroirs, la musique cognait avec fracas. L'air était étouffant et humide. Lisbeth se commanda une bière, chercha un espace libre non loin des enceintes et se mit à danser. Ses mouvements furent d'abord gauches et raides, mais elle finit par suivre le tempo imposé par la basse. Elle remarqua que Florentine dansait tout près d'elle. Elles ne se regardaient pas, mais leurs gestes s'alignaient les uns sur les autres. Lisbeth avait l'impression que toutes deux suivaient une chorégraphie qu'elles seules connaissaient.

La soirée passa. Ni Lisbeth ni Florentine ne quittèrent une seule fois la piste de danse.

Lorsque la musique s'arrêta et que les éclairages au plafond s'allumèrent, elles étaient les seules encore debout au milieu de la piste. Les autres recrues les rejoignirent et les entraînèrent à l'extérieur. À l'air frais, Lisbeth offrit une cigarette à Florentine, qu'elle accepta avec gratitude.


Sur le chemin du retour, elles étaient assises dans la même voiture. Lisbeth à l'avant, sur le siège passager. Florentine derrière. Dans le rétroviseur, leurs regards se croisèrent. À mi-chemin, les voitures quittèrent la route, roulèrent le long d'un chemin de terre, jusqu'à une colline de sable cachée dans un bois. Le groupe y monta. L'une des recrues avait sorti un drapeau allemand du coffre et le portait à présent comme une cape en riant. Le soleil pointait tout juste à l'horizon. La lumière était laiteuse. Ils s'assirent dans le sable. Une conversation s'engagea, à laquelle Florentine et Lisbeth cessèrent rapidement de participer. Elles s'éloignèrent du groupe et se tournèrent l'une vers l'autre. Florentine demanda à Lisbeth comment elle en était arrivée à postuler à l'armée. Lisbeth cala ses mains sous ses cuisses et lui raconta que sa mère, après le décès de son père, lui avait conseillé d'essayer quelque chose de nouveau.

Florentine la regardait avec attention, de son regard habituel, sans ciller.

— Tu n'as pas à te méfier de moi.

— Quoi ?

Florentine chassa l'air de sa main. Elles se turent. Lisbeth savait qu'elle devait dire quelque chose si elle voulait que la discussion se poursuive.

— Et toi? Où as-tu grandi? demanda-t-elle.

— Dans le Mecklembourg. Juste au bord de la mer Baltique.

— Où exactement?

Florentine lui décrivit l'endroit, et Lisbeth l'interrompit.

— Je connais le coin. J'y ai autrefois passé tous mes étés en vacances avec mes parents.

Florentine rit et Lisbeth s'imagina voir les reflets de la mer sur son visage. Chaque endroit laisse des traces, pensa-t-elle, tandis que Florentine lui parlait de son enfance et de sa grand-mère qui l'avait élevée.

— Comment est-elle?

— Ma grand-mère? demanda Florentine.

Lisbeth hocha la tête.

— Quand je pense à elle, j'ai tout de suite une photo en tête. Elle se tient debout, vêtue d'habits clairs, au milieu d'une foule de gens habillés en noir dans une fête foraine, quelques années après la fin de la guerre. Elle se détache du reste, donne l'impression d'avoir été retouchée après coup dans l'image. Dans le Mecklembourg, elle ne s'est jamais vraiment sentie chez elle. Tu sais, ce n'est pas là qu'elle a grandi. Elle a fui peu de temps avant la fin de la guerre et a dû tout recommencer à zéro au bord de la Baltique.

— D'où a-t-elle fui? voulut savoir Lisbeth.

Florentine haussa les épaules.

— Elle est née en Silésie, mais je ne sais pas où exactement. Elle ne m'en parle pas.

— Il n'y a pas de photos?

Florentine secoua la tête.

— Les vingt premières années de sa vie sont comme inexistantes pour elle. Elle avait bien un mari. Mais à chaque fois que je lui pose des questions sur lui, elle dit juste : tombé au combat. Je crois qu'elle a peur de sa propre culpabilité. C'est qu'elle n'était pas dans la résistance ou un truc du genre. Alors, quand elle a quitté la Silésie, elle est devenue une réfugiée, et ce mot l'accapare encore complètement.

La voix de Florentine était à présent si basse que les autres ne pouvaient en aucun cas l'entendre.

— Elle ne s'est jamais vraiment remise de la guerre. Chaque jour, elle me disait que je devais apprendre à me défendre, et si possible obtenir un permis de port d'arme. À douze ans, elle m'a inscrite dans un club de tir. Je devais aussi être en forme physiquement. Trois fois par semaine, j'allais à la lutte. Elle ne supportait pas les larmes. Si quelqu'un pleurait, elle quittait aussitôt la pièce. Elle a considéré tout ça comme un entraînement. Elle veut que je sois parée pour toutes les guerres qui pourraient arriver. Elle veut éviter à tout prix que je me retrouve un jour dans la position à laquelle elle a été confrontée, impuissante, à la merci de n'importe qui, avec la fuite comme seule possibilité. Après avoir entendu aux infos que l'armée acceptait à présent les femmes, elle est aussitôt venue me voir dans ma chambre. Si tu es soldate, personne ne peut te faire du mal, m'a-t-elle dit, c'est ta chance. C'était probablement logique que je me porte volontaire le jour de mes dix-huit ans.

— Ah, donc ce n'était pas vraiment ta décision ? crut comprendre Lisbeth.

Florentine la regarda d'un air goguenard.

— Bien sûr que si. Tu crois que je veux finir comme ma grand-mère ? Elle est complètement ravagée, intérieurement.

Plus tard, dans son lit superposé, Lisbeth passa sa main sur sa peau. La guerrière tient bien le coup, pensa-t-elle, rien de ce qu'elle ne porte en elle ne m'atteindra.

Au cours des jours qui suivirent, elle consentit à la proximité que Florentine recherchait, ne recula plus lorsqu'elle la touchait en lui parlant.

Chaque soir, elle contrôla sa peau, mais elle ne découvrit aucune rougeur et se sentait stable. Au bout de deux semaines, elle cessa de se montrer prudente. On les croisait désormais toutes les deux ensemble la plupart du temps. Les têtes collées l'une à l'autre, plongées dans une discussion sans fin. Même après le couvre-feu, elles continuaient de se parler dans leurs lits superposés. En chuchotant, pour ne pas déranger les autres. Quand Florentine mettait son réveil à quatre heures du matin pour aller courir en secret avant le début de l'entraînement, Lisbeth se joignait à elle. Pendant que les autres dormaient encore, elles couraient autour du terrain d'entraînement dans la pénombre. Parfois, elles se battaient aussi dans les buissons, faisaient la course à travers champs. Elles comparaient leurs muscles et se moquaient des autres, surtout des garçons qui prenaient un retard de plus en plus évident par rapport à elles, tant elles travaillaient leur corps avec véhémence.

— Il n'a qu'à se coucher tout de suite sur le côté, ricanèrent-elles quand une autre recrue fit accidentellement tomber son fusil sur le champ de tir.

Elles se moquaient aussi des soldats. Quand ils chantaient l'hymne national en beuglant dans le foyer, elles levaient les yeux au ciel et sortaient, dans la zone des fumeurs, pour s'asseoir sur la balancelle. Les autres recrues ne les prenaient pas au sérieux. Beaucoup étaient nostalgiques de chez elles. Quand Lisbeth et Florentine se retrouvaient seules, elles imitaient les filles.

— Et elles veulent devenir soldates.

— Je te le dis, elles ne tiendront pas jusqu'au bout de la formation.

Mais elles eurent tort. Aucune des recrues souffrant de vague à l'âme n'abandonna. Au lieu de cela, ce fut Kim qui arrêta, elle qui les avait toujours impressionnées par son silence. Jusqu'à présent, personne n'avait su qu'elle était mère d'un enfant de quatre ans.

— Et comment est-ce que je suis censée m'en sortir ? Il n'y a même pas de structure d'accueil pour ma fille ici, expliqua-t-elle pendant qu'elle rangeait ses affaires dans la chambrée.

Lisbeth et Florentine se regardèrent. Elles pensaient à la même chose. Jamais elles ne laisseraient un enfant se mettre en travers de leur chemin. Plus tard, elles s'en firent la promesse en se serrant la main.


Dès qu'elles le pouvaient, elles se rendaient en discothèque. Parfois, elles allaient aussi danser dans une plus grande ville. Cela leur plaisait de pouvoir y traverser la nuit en passant totalement inaperçues. Elles buvaient autant qu'elles dansaient. Lisbeth prenait toujours de la bière. La plupart des soirs, Florentine optait pour du schnaps, et d'autres des bouteilles de champagne entières. Elle aimait ne s'engager à rien, être différente chaque week-end. Il fallait qu'il fasse jour pour qu'elles en aient enfin assez. Avec l'odeur de la fumée dans les cheveux et le goût de l'alcool en bouche, elles quittaient leur repaire nocturne et prenaient le train ou le bus pour rentrer à la caserne. Il n'y avait que dans ces moments-là, aux premières lueurs du jour, que Lisbeth lâchait prise et s'autorisait à poser sa tête sur l'épaule de Florentine, à se sentir aussi proche d'elle physiquement que mentalement. Elle faisait alors comme si elle s'était endormie et sursautait lorsqu'elles devaient descendre.

*Chère Lisbeth,*

*Mon nouvel appartement se trouve dans un complexe résidentiel, pratiquement en dehors de Berlin. J'habite tout en haut, au vingtième étage. Au milieu des buildings, il y a une fontaine. Tous les jours, des enfants vont s'y baigner. Leurs cris résonnent jusqu'à chez moi. Je m'assieds souvent sur le balcon. Là, le ciel est immense. Il me rappelle la mer.*

*J'ai vendu tous les meubles de mon ancien logement. J'ai déménagé dans celui-ci avec juste une valise pleine de vêtements. Depuis la fin de mon engagement, il me paraît absurde de m'entourer plus longtemps de mes vieilles affaires. Peu de temps après mon emménagement, je suis allée chez IKEA. Un jeune vendeur m'a conseillée. Son visage était si lisse que j'ai ressenti une envie irrésistible de lui mettre un coup de poing, mais à la place, j'ai souri et acheté tout ce qu'il m'a montré.*

*Quand je franchis la porte maintenant, j'ai l'impression que ce n'est pas mon appartement, mais celui d'un étranger, comme si j'étais entrée par effraction. Ma façon de marcher* a changé, je cours de manière plus réfléchie, je touche tous les objets et je me rappelle à quel point ils ont coûté cher.

Je suis persuadée que ce n'est qu'une question de temps avant que je m'habitue à tout ceci. Peut-être quand j'aurai aussi vidé mon armoire, que j'aurai tout déposé dans un conteneur à vêtements et que je me serai acheté une nouvelle garde-robe.

Tu crois que je devrais aussi me faire conseiller par un jeune homme au visage tout lisse ?

Mais à vrai dire, je voulais te raconter complètement autre chose. Quelques jours après mon installation, trois jeunes femmes, ou plutôt filles, se tenaient devant l'entrée de l'immeuble en fumant. Elles portaient toutes les mêmes joggings blancs. Elles avaient caché leurs visages derrière d'épaisses lunettes de soleil. Elles m'ont demandé qui je venais voir, les bras croisés, comme si elles étaient des vigiles, et je leur ai expliqué que j'habitais ici. Elles ont voulu que je leur décrive à quel étage, où exactement, et seulement après, elles se sont décalées sur le côté pour que je puisse passer entre elles. Si j'avais porté ma tenue de combat, elles ne se seraient certainement pas comportées de la sorte.

Je n'ai plus revu les filles de la journée après ça. Elles ne se lèvent probablement que le soir. Parfois, je vois l'une d'entre elles sortir sur le balcon au crépuscule pour fumer une cigarette ou étendre le linge. Que des vêtements clairs, et des sous-vêtements peu pratiques et inconfortables, en dentelle.

Depuis quelques jours, je suis réveillée la nuit par de la musique qui vient de la cour. J'ai regardé par la fenêtre. Les filles étaient assises au bord du bassin de la fontaine. Elles *buvaient un liquide transparent dans de simples verres et avaient posé entre elles une enceinte sans fil qui s'allumait au rythme des basses. La musique obscure et lourde stagnait dans la cour intérieure.*

*Les filles étaient serrées les unes contre les autres et penchaient la tête en se parlant. Elles craignaient peut-être d'être épiées. Et puis la musique s'est arrêtée d'un seul coup, et l'une des filles a levé les yeux vers ma fenêtre. J'ai reculé d'un bond, mais je n'avais pourtant rien fait d'interdit. Je me suis rapidement détournée de la fenêtre, je suis allée vers mon armoire et j'ai cherché mon uniforme, jusqu'à ce que je me rappelle que je l'avais rendu des semaines auparavant.*

*J'espère que tu tiens bon.*
*X*

Le complexe résidentiel se trouvait le long d'une route à six voies. La circulation était incessante. Lisbeth avait l'impression que les voitures tentaient de pénétrer de force dans la ville. Le soleil était juste assez haut pour que les toits métalliques reflètent sa lumière en un éclair. Comme lorsque l'on déclenchait le flash d'un appareil photo dans un environnement mal éclairé. Ou comme si quelque chose allait exploser. Lentement, Lisbeth descendit les marches du passage souterrain. Elle s'attendait à une odeur d'urine et à des graffitis, mais le carrelage clair des murs était propre. Même les poubelles solidement vissées au sol semblaient inutilisées. Lisbeth jeta dans l'une d'entre elles le bouquet de pieds-d'alouette, de genêt et de fleurs de fenouil, puis poursuivit son chemin. Le bruit de ses pas résonnait. Au-dessus de sa tête grondait la circulation. Elle retint sa respiration jusqu'à ce qu'elle soit remontée de l'autre côté.

Sur la plaque des sonnettes, Lisbeth chercha le nom de la guerrière. Les lettres étaient décolorées. Elle appuya sur le bouton, attendit, rien ne se passa. Même après avoir sonné une deuxième et une troisième fois, personne n'ouvrit la porte. Lisbeth fit tomber le sac de son épaule, ouvrit la fermeture éclair et fouilla dedans. Tout au fond, ses doigts sentirent la clé, qu'elle sortit et soupesa dans sa main pendant un moment. Elle l'avait trouvée sans aucune annotation dans la dernière lettre que la guerrière lui avait envoyée de sa nouvelle adresse. Elle l'enfonça dans la serrure. La porte s'ouvrit d'un seul coup. Lisbeth se réfugia dans la cage d'escalier plongée dans l'ombre. Sur la gauche se trouvaient les boîtes aux lettres. Ici aussi, elle chercha le nom de la guerrière. Des prospectus débordaient de la fente. La poitrine de Lisbeth se serra. Elle retira les feuilles d'un geste énergique. Un flot entier se déversa sur elle. Ce n'étaient que des brochures publicitaires. Elle les rassembla, plaqua le paquet sur sa poitrine et s'avança dans l'ascenseur. La lumière tirait sur le vert. Lisbeth examina ses cernes dans le miroir et passa sa langue sur ses lèvres sèches. Elle appuya sur le bouton le plus haut. L'ascenseur se mit en branle avec fracas.

Le couloir était un long corridor avec des paillassons identiques et de nombreuses portes. À côté de la dernière, Lisbeth trouva sur la sonnette le nom de la guerrière. Elle appuya sur le bouton, resta immobile, attendit, mais aucun bruit ne se fit entendre, et elle utilisa de nouveau la clé qui, à son grand soulagement, correspondait également à cette serrure.

Lisbeth posa le tas de prospectus par terre dans le couloir et traversa les pièces. L'appartement avait été vidé. Il n'y avait rien dans la salle de bains, dans la cuisine ou dans la chambre. La guerrière n'avait même pas laissé de pierres. Lisbeth remarqua la porte du balcon. Elle traversa la pièce, ouvrit la porte et posa le pied à l'extérieur. Hormis un abreuvoir à oiseaux et un distributeur de graines, le balcon était vide. Les stores étaient dépliés et bougeaient doucement dans le vent. Il n'y avait pas de pierres ici non plus. Lisbeth sentit le besoin de s'asseoir et s'adossa au mur extérieur réchauffé par le soleil.

Le nom sur la sonnette de l'appartement voisin avait été retiré. Lisbeth toqua et sonna, mais personne ne vint. À l'endroit où se trouvait la serrure, le bois de l'encadrement de la porte était fendu. Quelqu'un avait essayé d'entrer par effraction. Lisbeth tambourina du poing sur la porte, mais personne ne réagit. Frustrée, elle prit l'ascenseur et redescendit.

Dans la cour, une fine poussière épaississait l'air. Les feuilles des trois bouleaux plantés au milieu semblaient ternes. Il y avait aussi la fontaine au large rebord décrite par la guerrière. Des enfants en maillots de bain couleurs sorbets se pressaient mutuellement entre les jets d'eau et se tiraient dessus avec des pistolets à eau. Ils donnaient l'impression d'être en train de travailler, et non de jouer. Lisbeth les appela. Les enfants s'immobilisèrent et la regardèrent. Hésitants, ils grimpèrent hors de la fontaine et se postèrent devant elle, trempés. Lisbeth leur décrivit la guerrière. Leur demanda s'ils avaient vu ces derniers temps une femme qui lui ressemblait.

Les enfants échangèrent des regards. Puis, l'un d'entre eux fit un pas en avant et dit :

— Elle a déménagé.

— Quand ?

— Il y a une semaine.

Un autre enfant le contredit :

— Non, ça fait plus longtemps que ça.

Ils débattirent, mais ne parvinrent pas à s'accorder sur le moment exact. Tout ce qu'ils savaient était que la guerrière avait été observée pendant qu'elle chargeait une camionnette blanche.

— Et trois jeunes femmes ? Je crois qu'elles habitent à côté.

Les enfants plissèrent le front, haussèrent les épaules. Lisbeth s'accroupit, chercha un vieux ticket de caisse dans son porte-monnaie et écrivit un message sur le verso.

— Si vous revoyez cette femme ou bien les filles, vous devez leur donner ce papier, dit-elle en pressant le ticket de caisse dans la main de l'enfant. Vous avez compris ?

Les enfants hochèrent la tête, le visage grave. Lisbeth les remercia. Elle pensa à la photo que la guerrière lui avait envoyée plusieurs années auparavant, où, en tenue de camouflage, lunettes de soleil et mitrailleuse sur l'épaule, elle distribuait des bonbons à un groupe de jeunes qui tendaient leurs mains vers elle avec excitation. Ci-joint la phrase : *Ne te laisse pas berner.*

Lisbeth repartit en direction de la sortie et entendit les enfants se précipiter à nouveau vers la fontaine.


Elle rebroussa chemin. Les maisons se rapprochaient de plus en plus, elle allait bientôt se retrouver écrasée entre leurs murs. Dans une rue calme, elle s'arrêta, ferma les yeux, respira par le ventre, s'efforça d'occulter la brûlure de sa peau. Elle y parvint presque. Elle rouvrit les yeux et remarqua les platanes de la rue. Ils bordaient le trottoir en une rangée bien ordonnée. Lisbeth réalisa qu'elle se trouvait à proximité de la boutique de fleurs. Lentement, elle leva la tête. La dernière fois qu'elle s'était trouvée ici, il s'agissait encore d'un terrain vague sur lequel quelqu'un avait planté des asters d'automne. Le cœur de Lisbeth se mit à battre plus fort. À la place se trouvait un nouveau bâtiment. Verre et acier. Un bouton de sonnette poli. Lisbeth prit la fuite précipitamment.

Une heure plus tard, elle se trouvait de nouveau sur le parvis de la gare. Autour d'elle, des dalles étincelantes. Des touristes se bousculaient en petits groupes et se photographiaient dans la lumière qui se reflétait et s'amplifiait sur les surfaces réfléchissantes des bâtiments environnants. Hors d'haleine, Lisbeth entra dans la gare, mais ici aussi, la lumière parvenait à se frayer un chemin. Elle tombait à travers le plafond de verre et s'éparpillait. À l'un des guichets, elle demanda le prochain train vers la mer.

— Quelle mer ? lui demanda-t-on.

— La Baltique, répondit Lisbeth qui précisa l'endroit depuis lequel elle n'était plus très loin du bungalow. On lui imprima une correspondance de train. Puis le ticket. Elle paya avec sa carte Eurochèque et eut besoin d'un moment avant de se rappeler son code PIN.

Le train partait de l'une des voies souterraines, mais là encore, le soleil projetait un rectangle de lumière éblouissante sur le sol. Partout se tenaient des gens avec des valises. C'étaient les vacances d'été, Lisbeth n'y avait pas pensé. Tous ces corps transpiraient, tirant des bagages derrière eux. Il régnait une tension générale, presque une agressivité, mais peut-être n'était-ce que le fruit de son imagination. Elle chercha à prendre ses distances. Lorsque le train arriva, elle marcha jusqu'au bout, monta dans le dernier wagon et trouva une place contre la fenêtre. Elle posa son sac sur le siège d'à côté. Le train se mit en mouvement, sortit du tunnel. Rapidement, la ville défila, s'effilocha, se perdit.

Bien que Lisbeth regardât par la fenêtre, elle se rendit à peine compte que les paysages changeaient en même temps que le temps passait, que les espaces entre les lieux habités s'agrandissaient et que le ciel s'élargissait. C'était sur son propre visage qu'elle se concentrait. Il se reflétait sur la vitre. Un masque translucide. Ses cheveux n'avaient plus été aussi clairs depuis longtemps, presque blancs, mais elle chassa rapidement cette pensée de son esprit. Elle aurait aimé avoir des traits plus robustes. Une mâchoire plus prononcée. Une bouche avec laquelle on pouvait mordre. Une bouche avec laquelle on pouvait faire mal. Mais elle n'avait que ses lèvres fines et gercées. Rien chez elle ne paraissait menaçant.

Elle détourna la tête. L'air conditionné était réglé trop fort. En frissonnant, elle croisa les bras puis s'assoupit, et ne se réveilla en sursaut que peu de temps avant l'arrêt où elle devait descendre. Elle attrapa son sac en toute hâte et se précipita hors du train.

Elle pouvait déjà sentir la mer Baltique.

*Chère Lisbeth,*

*Hier, alors que j'étais sur le balcon, j'ai soudain entendu un bruit d'ailes. J'ai d'abord cru que quelqu'un dans la cour était la cause de ce bruit, et je me suis penchée sur la balustrade, mais il n'y avait là que les enfants qui se baignaient dans la fontaine. Alors, j'ai levé les yeux au ciel. Précisément à ce moment-là, une nuée d'oiseaux roses a surgi au-dessus des toits des buildings. Ils se sont précipités dans la cour en poussant de grands cris et se sont posés sur les trois bouleaux qui y ont été plantés récemment. Les enfants ont suivi le spectacle avec fascination. Quelques oiseaux se sont envolés à plusieurs reprises, ils se sont tournés autour puis laissés tomber pour se retrouver peu de temps après dans les branches des arbres. J'ai voulu les prendre en photo avec mon portable, je l'ai sorti de la poche de mon pantalon, mais pile à cet instant, la batterie s'est éteinte. Malgré tout, je suis persuadée qu'il s'agissait de perroquets roses. Ils m'ont paru être une animation, car le coin ici n'a vraiment rien à voir avec leur milieu naturel. En effet, comme j'ai pu le constater après une rapide recherche, celui-ci se trouve principalement en Australie.*

*Depuis le balcon, il aurait été facile de viser les oiseaux. Mais au lieu d'un fusil, je n'avais que ma cigarette à la main. Je l'ai fumée, sans quitter des yeux une seule fois les perroquets. Puis, comme si un signal avait été donné, ils se sont mis à tourbillonner d'un seul coup, tous synchronisés, et se sont envolés. En bas dans la cour, les enfants ont applaudi, mais se sont rapidement replongés dans leur jeu. Ils semblaient déjà avoir oublié cette courte interruption. Moi, par contre, je n'ai pu m'en détacher qu'après un moment. Jusqu'au bout, j'ai espéré que les perroquets reviennent encore une fois, mais le ciel est resté vide, perdant peu à peu ses couleurs, et s'est assombri lorsque j'ai quitté le balcon.*

*Je suis allée me coucher tôt ce jour-là. Quelque chose dans la vue de ces oiseaux m'avait assommée. Mais je n'ai dormi que quelques heures, car ensuite, on a sonné à ma porte. J'ai sursauté, je n'ai allumé aucune lumière et j'ai traversé pieds nus mon appartement plongé dans l'obscurité. Encore à moitié endormie, j'ai ouvert la porte. Dans le couloir se tenaient les trois jeunes filles dont je t'ai parlé dans ma dernière lettre. Elles portaient des pyjamas en tissu bleu clair et brillant et se tenaient comme si elles avaient été convoquées, prêtes à recevoir un ordre de ma part. En les voyant, j'ai repensé aux poupées avec lesquelles je jouais enfant. J'ai passé pratiquement chaque après-midi à recréer tout un monde sur le tapis décoloré de ma chambre, où les poupées étaient complètement à la merci de mes mains. Lentement et précautionneusement, je leur ai tordu les bras, écarté les jambes, j'ai plié ou écrasé leurs corps de sorte qu'elles puissent rentrer dans un petit carton, coupé les cheveux et fermé les paupières avec de la colle forte. Accroupie sur le tapis rugueux, j'avais toujours les genoux et les coudes écorchés à force d'être frottés, mais je n'aurais rien préféré d'autre pour passer le temps.*

*Ma grand-mère détestait quand je jouais avec mes poupées, et un jour, elle les a données à une brocante et m'a dit que si je m'ennuyais, je devais passer mon temps dehors, à l'air libre, et jouer avec des bâtons.*

*En cet instant où ces filles se tenaient devant ma porte, j'eus presque l'impression que l'on m'avait rendu mes poupées d'autrefois.*

*Je suis restée silencieuse devant elles, sans savoir quoi dire. Au lieu de s'étonner de ma réaction, les filles m'ont remis un paquet en m'expliquant qu'il leur avait été livré par erreur. Et puis elles se sont retournées et ont esquissé un mouvement pour disparaître à nouveau dans leur appartement. Ne trouvant rien d'autre à leur demander, je leur ai parlé des perroquets et leur ai demandé si elles les avaient vus aussi. Elles se sont tournées vers moi et m'ont regardée avec pitié. "Dans cette ville, il n'y a qu'au zoo qu'il y a des perroquets", ont-elles dit avant de refermer la porte derrière elles. Je suis restée figée encore un moment dans le couloir avec le paquet à la main, puis suis rentrée moi aussi dans l'appartement. Ce n'est que dans la lumière de la cuisine que j'ai vu que le ruban adhésif avait été enlevé et que le paquet n'était plus complètement fermé. J'ai ouvert le carton et plongé la main dedans. Il était rempli de petites billes en mousse. L'uniforme que j'avais commandé était encore à l'intérieur. La personne qui avait ouvert le paquet n'avait rien pris. J'ai laissé le carton sur la table, suis retournée au lit et me suis aussitôt rendormie.*

*Le lendemain matin, je n'arrivais plus à dire si j'avais vraiment vu les perroquets et si les filles étaient vraiment venues me voir. Les deux me semblaient avoir été rêvés. Je n'ai été rassurée que lorsque j'ai vu que le carton se trouvait toujours dans ma cuisine.*

*L'après-midi, je suis allée au supermarché et j'ai acheté du maïs. De retour à l'appartement, j'ai fait chauffer de l'huile dans une casserole, y ai versé le maïs et posé un couvercle par-dessus. Les grains ont éclaté les uns après les autres. J'ai retiré le pop-corn du feu, l'ai laissé refroidir, en ai pris une poignée et l'ai déposée sur le revêtement en métal de la balustrade du balcon. Maintenant, j'attends que les oiseaux reviennent.*

*Tu sais, Lisbeth, j'ai parfois l'impression de m'imaginer tout ce qui se passe ici. Les perroquets, les filles, mais aussi mes nouveaux meubles et les enfants en bas dans la cour, dans la fontaine.*

*J'espère que tu tiens bon.*
*X*

À LA gare, Lisbeth regarda attentivement autour d'elle, aux aguets. Elle avait l'espoir infondé que la guerrière l'attendrait sur la voie. Mais le quai était vide. Et la guerrière n'était pas non plus sur le parking. Lisbeth chercha un bus, attendit une demi-heure, mangea une crème glacée, fuma avec des mains collantes trois cigarettes à la suite et garda un œil sur le jardin de l'autre côté de la route, qui était rempli de pensées.

Le bus passa la digue, atteignit la côte. Le village était bondé. Sur la promenade entre les commerces que Lisbeth avait toujours connus fermés et barricadés en hiver se bousculaient désormais des gens en habits colorés serrés les uns contre les autres. Devant les magasins se trouvaient des présentoirs de vêtements de plage, de lunettes de soleil, de cartes postales, de coquillages. Chez le glacier, une longue queue s'était formée. Un stand de gaufres était encerclé par des enfants. Les innombrables sandales et tongs charriaient partout le sable de la plage. Il était clair et fin, s'accumulait sur les trottoirs, les rues, entre les arbustes de cynorrhodon qui bordaient le chemin. Des gens traversaient constamment la route sans regarder à droite ou à gauche. Le bus avait réduit son allure au pas. Lisbeth passa sa main sur son visage en sueur.

Sur les bancs et les chaises des cafés et des restaurants, les gens s'asseyaient au soleil. Lisbeth vit des peaux rouges, des peaux brûlées, des peaux qui pelaient déjà. Des enfants avec des égratignures et des piqûres de guêpe. Des pieds dans le plâtre. Des béquilles. Des tatouages mal dessinés et mal cicatrisés. Elle cligna précipitamment des yeux et détourna le regard, le gardant rivé sur la route. Ici, il n'y avait rien à craindre. Personne n'était sérieusement blessé. Le bus s'arrêta à plusieurs stations. Les gens descendaient toujours. Ne montaient jamais. La lumière était vive. Lisbeth avait l'impression d'être celle qui l'avait rapportée de la ville. Elle se sentit coupable, se réjouit d'avoir des lunettes de soleil, évita tous les regards qui la frôlaient. Puis enfin, le bus quitta le village et roula le long d'une route rectiligne. À gauche et à droite, des prés. Des petits regroupements d'arbres. Des aulnes le long d'une rivière. À côté, un cycliste. Il leva la main en guise de salut. Le bus klaxonna. Lisbeth vit la mer. Une bande bleue. Puis elle disparut à nouveau. Elle s'enfonça dans son siège. Le bus s'arrêta au dernier arrêt. Lisbeth était la seule encore à bord. Elle descendit, poursuivit la route à pied, jusqu'à ce qu'un chemin parte sur sa gauche en direction de la Baltique. Ici aussi, du sable se mêlait déjà à la terre. On entendait la mer, plus douce que pendant les mois d'hiver. Aucun raz-de-marée. Des mouettes dans le ciel bleu. L'odeur des pierres chauffées, des algues et des pins. Sous les troncs miroitait l'eau. Le bungalow émergea entre les dunes. Lisbeth accéléra le pas. Il n'y avait aucune voiture à l'entrée. Elle sonna à la porte. Personne ne lui ouvrit.

À son grand soulagement, la guerrière avait caché une clé là où l'ancien propriétaire l'avait lui aussi toujours placée. Entre les poubelles, sous une pierre. Mais Lisbeth ne trouva aucun message ni aucune lettre.

À l'intérieur du bungalow flottait une odeur de produits nettoyants, de lavande et de chlore. Comme à l'appartement, Lisbeth passa en revue toutes les pièces. La cuisine ouverte, les deux chambres. La salle de bains. La guerrière n'avait rien changé. Le canapé d'angle gris clair, la table basse en verre, les lits à sommier tapissier, la grande table à manger avec ses chaises, les armoires étroites, les commodes et les tables d'appoint. Tout était exactement comme lors de son dernier séjour. De retour dans l'entrée, elle se rendit compte qu'il manquait les posters. Des photos grand format de la mer avaient été accrochées aux murs depuis les travaux. La guerrière et elle s'en étaient toujours amusées.

— Il suffit de regarder par la fenêtre !

Elles ne les avaient toutefois pas enlevées la dernière fois. À présent, les murs étaient nus. Lisbeth fut soulagée. Elle pouvait tout de même être désormais sûre que la guerrière était revenue ici.

Elle emporta son sac dans la plus petite des deux chambres, là où elle avait toujours dormi enfant, mais jamais pendant les hivers avec la guerrière. La fenêtre donnait sur la rue. Lisbeth baissa le store et posa son sac sur le lit, sortit des draps propres de l'armoire et les sentit. L'odeur était aussi impersonnelle que dans un hôtel.

Dans la cuisine, elle examina les placards, trouva un paquet de café entamé et mit de l'eau à chauffer. La vaisselle aussi était toujours la même. Pendant un bref instant, Lisbeth crut entendre une voiture dans l'entrée. Elle ne bougea pas, tenant dans sa main la tasse brûlante, mais elle s'était trompée. Tout était calme dehors. Elle retira sa main. La peau était rouge. La douleur arriva avec un temps de retard. Elle se pencha au-dessus de l'évier, ouvrit le robinet et laissa sa main plusieurs minutes sous le jet d'eau froide, puis attrapant la tasse de la main gauche, elle se rendit sur la terrasse. Grâce aux dunes, elle était à l'abri du vent. Elle ouvrit le parasol et s'assit en dessous, fuma, but son café. Elle finit par partir en direction de la mer. Elle ne se soucia pas de la barrière, marcha par-dessus des mouchoirs et des bouteilles en plastique à moitié enfouis, arriva sur la plage. Il y avait ici moins de monde qu'au village, mais encore trop pour elle. Les couleurs vives des serviettes, des abris de plage et des maillots de bain lui piquaient les yeux.

Elle alla jusqu'au bord de l'eau. Les vagues léchèrent ses baskets. Au loin, presque derrière les bouées, une vedette tirait derrière elle une immense banane en plastique sur laquelle étaient assises huit personnes vêtues de gilets de sauvetage. Le bateau accéléra, les gens crièrent, et la banane chavira. Les gens tombèrent à l'eau, les cris s'interrompirent. Les yeux de Lisbeth pleuraient à cause du vent. Elle était à présent certaine que la guerrière n'était pas partie à l'eau. Tout du moins pas ici, à cette période de l'année. Elle se détourna et rentra. Ses chaussures laissèrent des traces mouillées dans le sable.

De retour au bungalow, Lisbeth s'assit sur son canapé avec son portable. Elle chercha sur Internet le nom de Malik et tomba sur la page de sa menuiserie. Sous l'onglet *Contact* se trouvait un numéro de téléphone. Elle ferma la porte de la terrasse pour masquer le bruit de la mer et composa le numéro. Son appel fut aussitôt accepté.

— Salut, c'est Lisbeth, dit-elle.

Elle pouvait l'entendre respirer.

— Lisbeth ?

Elle se racla la gorge et expliqua qu'elle l'appelait à cause de la guerrière.

— Guerrière ? répéta Malik.

Lisbeth pressa son poing contre son front.

— Je veux dire, Florentine, se corrigea-t-elle.

Prononcer ce nom lui donna l'impression d'avoir quelque chose de coincé dans sa bouche.

— Est-ce qu'elle est avec toi ? demanda-t-elle, espérant entendre Malik lui dire qu'elle avait emménagé chez lui, qu'il l'avait vue ce matin, qu'ils avaient pris le petit-déjeuner ensemble avant qu'il ne s'en aille à son atelier. Qu'elle l'avait embrassé pour lui dire au revoir, juste furtivement, parce qu'ils se reverraient le soir même. Mais Malik répondit :

— Non, je ne sais pas où est Florentine. Ça fait déjà six mois que je n'ai plus entendu parler d'elle.

Lisbeth aurait pu crier. Sa main serrait à présent son portable plus fort. Elle entendit Malik faire les cent pas.

— Je l'ai souvent appelée. Elle n'a jamais décroché. Les dernières fois, le téléphone était carrément éteint. Où es-tu ?

— Au bungalow.

— Là où vous vous retrouviez toujours ?

— Oui. Elle l'a acheté. Est-ce qu'elle te l'a dit ?

Malik ne répondit rien.

— Je suis allée à son appartement, mais elle n'y était pas. Elle a tout vidé, raconta rapidement Lisbeth.

Elle se demanda si elle pouvait parler des rêves à Malik. Du fait qu'ils s'étaient brusquement arrêtés il y a trois jours. Qu'elle ne voyait plus la nuit de zones désertiques qui explosaient, de sable ensanglanté, de tirs qui se perdaient au loin. Qu'il n'y avait plus que l'obscurité lorsqu'elle se réveillait le matin et plus rien dont elle pouvait se souvenir.

— Et maintenant ? demanda Malik.

— J'attends.

— Qu'elle vienne ?

— Oui.

Ils restèrent silencieux. Lisbeth attrapa la lettre de la guerrière, sortit une feuille qu'elle déplia et replia. Le papier était coupant. Elle laissa courir son pouce sur le rebord, mais aucune coupure n'apparut.

— Est-ce que ça serait possible que tu viennes ? demanda-t-elle avant de ranger à nouveau la lettre dans sa poche.

Sa main droite était encore légèrement rougie, la douleur était presque retombée.

— Eden est avec moi.

— Vous ne pourriez pas venir tous les deux ?

— Tu es sûre de toi ?

— Je t'envoie l'adresse, décida Lisbeth.

Ils se saluèrent de manière formelle. Après cela, Lisbeth resta allongée sur le canapé. Son portable était devenu chaud suite à leur appel. Elle le posa sur sa poitrine. Dehors, le vent s'intensifia. Du sable vola sur la terrasse. Lisbeth s'assoupit, et sa nuit fut à nouveau sans rêve.

Lisbeth avait rencontré Malik six mois après avoir emménagé à Berlin et commencé à travailler dans la boutique de fleurs. À la recherche d'une braderie de céramiques où il devait y avoir des vases, Lisbeth avait erré dans un labyrinthe d'arrière-cours. La batterie de son téléphone était vide. Elle avait essayé de retrouver sa rue, mais cela aussi avait été un échec. Puis, dans une cour qui s'ouvrait sur la Sprée, elle avait découvert une porte ouverte. À l'intérieur de l'atelier, quelqu'un avait ri. Ce rire avait sonné fort et franc, et Lisbeth avait pensé que la dernière personne qu'elle avait entendue rire de cette façon était la guerrière. Elle avait ouvert la lourde porte métallique et était entrée dans l'atelier.

Malik portait un casque et lui tournait le dos, encore en train de rire, tandis qu'il allait mettre un morceau de bois de côté. Il avait dû sentir la présence de Lisbeth, car quelques secondes plus tard, il se tourna vers elle, le visage ouvert, comme s'il n'y avait rien au monde dont il faille avoir peur. Lisbeth bredouilla quelque chose à propos de la braderie, mais Malik ne connaissait aucun magasin de céramiques dans les environs. Il lui proposa de charger son portable, et lui suggéra de prendre un café en attendant. Il avait justement l'intention de faire une pause, dit-il, puis posant son casque sur le côté, il lui tendit un chargeur et alluma une bouilloire dans un coin cuisine pendant que Lisbeth cherchait une prise.

— Il fait chaud, dehors? demanda-t-il avant de remplir deux épais mugs publicitaires de café moulu et de verser l'eau bouillante dedans.

— Il y a du soleil.

— Alors allons boire dehors, décida-t-il.

Ils franchirent la porte et s'approchèrent de la Sprée. Lisbeth avait toujours évité la rivière jusqu'à présent. Elle lui paraissait menaçante.

Malik s'assit sur le rebord en pierre, laissa pendouiller ses jambes. Lisbeth hésita un instant, puis l'imita. Tous deux burent leur café sans lait ni sucre, fumèrent, regardèrent dans la même direction, vers les immeubles, les grues et le ciel et parlèrent de la ville, de leur travail et de l'odeur du bois de pin cembro.

Quelques semaines plus tard, Malik vint chercher Lisbeth après son travail à la boutique de fleurs. Ils retournèrent à la rivière, mais continuèrent de marcher cette fois-ci en suivant la rive en direction de l'ouest. Tout en se promenant, Malik lui raconta qu'il ne restait plus que deux cent quatre-vingt-dix vieux arbres à Berlin.

— Pendant la Seconde Guerre mondiale et peu de temps après, il y a eu une opération massive de déboisement. Principalement pour se procurer du bois de chauffage. Quelques arbres ont aussi été munis de pièges explosifs, une ultime tentative pour faire barrage à l'avancée de l'armée soviétique.

Je me demande si ces sombres années peuvent se lire dans le bois qui a survécu à la guerre.

Ils s'arrêtèrent au beau milieu d'un pont. Le vent soufflait. Là, Lisbeth embrassa Malik pour la première fois.

La semaine suivante, ils se retrouvèrent le dimanche. Lisbeth emmena Malik chez elle. Son appartement se trouvait au premier étage d'un arrière-bâtiment.

— Il fait bien sombre ici, constata Malik en observant la chambre frugalement meublée.

Mais le peu de lumière du jour pénétrait tout de même dans la pièce où ils couchèrent ensemble. Une fine bande au plafond. Lisbeth ne la quitta pas du regard tandis qu'elle laissait ses mains agrippées aux épaules de Malik. Elle garda son pull et fit comme si c'était dû à la précipitation, comme si elle n'avait tout simplement pas eu le temps d'enlever ce vêtement. Les mains de Malik s'aventurèrent sous le tissu, mais il ne toucha pas aux croûtes sur ses bras.

L'hiver passa, puis vint le printemps. Après être allés au cinéma, Lisbeth et Malik rentrèrent à pied. Une silhouette en manteau vert olive s'approcha d'eux avec un chien. Lisbeth se tut au beau milieu de leur conversation. Malik lui demanda si tout allait bien, mais Lisbeth ne parvint pas à répondre. Plus tard dans la soirée, elle demeura obstinément silencieuse. Lorsqu'il l'embrassa prudemment, elle le retint par le menton, le déshabilla et le guida jusqu'à son lit. Pendant qu'ils couchèrent ensemble, elle s'agrippa à sa peau, lui mordit la poitrine, se tint au-dessus de lui, le plaquant de tout son poids sur le matelas.

— Attends, souffla-t-il, mais Lisbeth ne détendit pas ses jambes.

Lorsqu'il jouit, elle jouit aussi.

Après cela, Lisbeth se posta à la fenêtre, s'alluma une cigarette et fuma tandis qu'elle sentait le sperme s'écouler lentement hors d'elle.

Alors qu'elle voulut sortir de chez elle le lendemain, elle entendit un chien aboyer dans la cage d'escalier. Elle referma aussitôt la porte. Il en fut de même les jours suivants. Elle ne savait pas s'il y avait véritablement un chien depuis peu dans l'immeuble ou si elle se l'imaginait. Elle appela la boutique de fleurs et prétendit qu'elle était malade. Les jours passèrent. Lisbeth disposa les bouquets de fleurs cueillis dans les environs autour de son matelas, mais même cela ne l'aida pas cette fois. Elle n'arrivait pas à se lever. Sa peau brûlait, se craquelait, éclatait, suintait. Les épais murs du vieil immeuble tinrent la chaleur des premiers jours de l'été à l'écart de l'appartement. Lisbeth se réfugia dans le sommeil. Une semaine plus tard, elle sursauta. Quelqu'un martelait la porte en criant son nom. Sonnée, elle s'extirpa hors des draps et alla ouvrir. Malik se tenait dans le couloir sombre. Il respirait avec difficulté.

— Je me suis fait du souci, lâcha-t-il en l'attirant vers lui.

Dans sa main, un sac de barquettes en aluminium à emporter. Lisbeth sentit l'odeur de la nourriture, l'invita à entrer. Ils mangèrent sur son lit. Seule la lumière de la lampe de nuit éclairait la pièce. Cette fois, Lisbeth ne cacha pas sa peau.

— D'où viennent ces blessures ? demanda-t-il plus tard, alors qu'ils étaient allongés l'un contre l'autre.

Il posa sa main chaude sur son ventre.

— Eczéma atopique, répondit-elle.

— Est-ce qu'on peut faire quelque chose contre ça ?

— Ça vient par vagues.

— Depuis quand est-ce comme maintenant ?

Lisbeth haussa les épaules.

La nuit, il la tint comme une enfant.


Lorsque Lisbeth n'eut pas ses règles, elle ne fut pas surprise. Elle laissa s'écouler plusieurs semaines avant d'aller s'acheter un test de grossesse. Entre-temps, novembre était arrivé. En attendant le résultat, elle s'allongea sur le carrelage froid de sa salle de bains. Seul le bruit de l'aération se faisait entendre. Comme le premier, les deuxième et troisième tests furent aussi positifs.


Elle retrouva Malik à la rivière. L'eau avait en partie gelé et se traînait en lourdes plaques devant eux, alors que l'hiver n'avait pas encore officiellement commencé. Ils marchèrent pendant un moment en silence dans le froid. Lisbeth entendit des tirs, mais ce n'était qu'une bâche que le vent frappait contre un échafaudage.

— Alors, tu veux le garder ? demanda Malik.

Il portait une écharpe et un bonnet. On ne voyait que ses yeux. Lisbeth hocha la tête, hésitante.

Chaque jour, lorsqu'elle se tenait dans la boutique de fleurs, elle voyait désormais devant elle une maison. Une qui n'avait pas été construite pièce par pièce, mais plutôt placée en bloc sur un terrain, sur lequel il n'y avait rien, hormis un bout de pelouse, une barrière et deux buissons. Dans cette maison, Lisbeth se voyait debout devant la fenêtre, un enfant dans les bras, Malik agitant la main tandis qu'il s'en allait le matin en voiture, et agitant la main lorsqu'il rentrait le soir. Elle s'imagina avec une peau aussi régulière que l'eau qui perlait sur elle, et même ses cheveux ne bougeaient pas. Cette image lui apparaissait comme une promesse. Peut-être, pensait-elle, qu'une peau s'enfilait malgré tout comme un costume, peut-être suffisait-il pour cela de jouer un nouveau rôle.

Malik trouva un appartement pour eux, pas loin de la boutique de fleurs.

— En plus, il est situé côté rue, au quatrième étage. Il est très lumineux, dit-il.

Lisbeth transporta dans un taxi le peu de choses qu'elle possédait. Pendant le trajet, ses mains reposèrent sur son ventre. Elle avait l'impression de déjà pouvoir sentir le deuxième battement de cœur.

Malik équipa l'appartement. Il fabriqua un nouveau lit, un berceau pour l'enfant, une armoire, une grande table avec de nombreuses chaises et un buffet de cuisine. Il ponça le parquet, huila le bois, polit les surfaces et installa des lampes à lumière chaude. Quand Lisbeth se déplaçait à travers les pièces, elle se sentait comme une invitée. Parfois, elle retournait dans son ancien appartement. Le bâtiment devait bientôt être démoli. Peu de temps avant son départ, elle avait fait faire un double des clés. Elle y passait souvent des heures allongée sur le sol et attendait la bande de lumière au plafond, mais elle n'apparaissait pas. Seule la maison préfabriquée brillait de mille feux dans sa tête.

Lisbeth perdit les eaux un mois trop tôt. Dès son arrivée à l'hôpital, elle eut la sensation que son corps lui échappait. Même après de longues heures de fortes contractions, son col ne s'était ouvert que de quelques centimètres. On lui suggéra une césarienne d'urgence. Abrutie par la douleur, elle signa l'attestation de consentement, lâcha la main de Malik, fut préparée pour l'opération par des infirmières nerveuses, poussée hors du lit d'accouchement, transportée en salle d'opération, attachée, reçut quelque chose à boire, plongea dans le noir.

Lorsqu'elle revint à elle, il faisait à nouveau déjà sombre dehors. Malik se tenait devant la fenêtre, un paquet dans les bras. Lisbeth prononça son nom, voulut l'appeler, perdit à nouveau connaissance.

Eden avait son cordon ombilical enroulé autour du cou, raconta Malik à Lisbeth lorsqu'elle put le porter pour la première fois. La césarienne était la bonne décision.

Lisbeth crut que tout irait véritablement bien à présent. L'enfant ne manquait de rien. Sa peau était robuste. Il dormait beaucoup, le visage lisse et sans ombre.

De retour dans leur appartement, Malik cuisina des soupes à base de haricots noirs et d'os et acheta chaque jour des fleurs fraîches, jusqu'à ce que la chambre tout entière soit remplie de bouquets.

Puis, les problèmes commencèrent lors de l'allaitement. À chaque fois que Lisbeth posait l'enfant sur sa poitrine, il se mettait à hurler, ne voulait rien boire. Les mamelons de

Lisbeth devinrent écorchés, en sang, irrités. Son corps refusait le lait.

— Eh bien, on va le nourrir au biberon, décida Malik en reprenant l'enfant en pleurs des bras de Lisbeth.

Elle resta sur le fauteuil et les regarda s'éloigner.

Le printemps avança. Les arbres fleurirent comme s'ils explosaient. Dans la rue de leur nouvel appartement, des cerisiers du Japon bordaient les trottoirs. Lisbeth ne les voyait que depuis la fenêtre. On lui avait prescrit de rester au lit, et elle avait fini par ne plus avoir la force de quitter l'appartement. Ses mains étaient devenues molles, avaient perdu leurs callosités. Lisbeth se sentait prisonnière. Elle marchait sans cesse dans l'appartement, tout en veillant toujours à ne pas croiser Malik et l'enfant. Les pleurs d'Eden étaient étouffés par deux portes fermées.

Durant la nuit la plus courte de l'année, elle rêva pour la première fois de la terre brûlée. Elle errait sans but, ramassait des pierres et les perdait à nouveau.

Quand elle se réveilla, elle s'était écorché le corps tout entier. Dans la salle de bains, la seule pièce sans fenêtre, elle rinça le sang de sa peau ; tremblotante dans le miroir, elle ne se reconnut pas.

Elle ne raconta rien de tout cela à Malik. Lorsqu'il voulut la toucher le soir suivant, elle lui tourna le dos et prétendit qu'elle était fatiguée.

À partir de ce moment-là, elle ramassa des pierres chaque nuit. Souvent, elle tenait aussi l'enfant dans ses bras, qu'elle perdait la plupart du temps avant la première pierre. La maison préfabriquée avait explosé depuis longtemps, les cendres se dispersaient dans le vent.

Lisbeth fut réveillée par Malik qui la secouait. Effrayée, elle se redressa. Il la tenait fermement et fixait avec stupeur ses mains ensanglantées.

— Tu n'as pas arrêté de te gratter, dit-il.

Lisbeth se regarda, vit les plaies ouvertes. L'enfant se mit à pleurer. Elle voulut le soulever, mais n'y parvint pas. Malik le prit dans ses bras, lui parla pour le calmer et quitta la chambre.

— Tu dois aller voir un médecin, lui dit-il le matin suivant. Si tu ne fais pas attention, tu vas te gratter jusqu'à en mourir.

— On ne peut pas se gratter jusqu'à en mourir.

— Avec toi, je n'en suis pas si sûr.

Plus tard, ils firent l'amour. Les gestes de Lisbeth furent brusques, elle tira Malik par les cheveux, appuya son avant-bras contre son larynx, enfonça ses ongles dans sa peau. Comme si je devais le combattre lui aussi, pensa-t-elle, avant de se résigner et de jouir. Elle abandonna ensuite Malik dans le lit, s'habilla, sortit de l'appartement et alla marcher en ville. Sur une place, elle se campa sous les premières lueurs, le soleil était en train d'apparaître, tout juste au-dessus des toits des bâtiments, mais le froid s'élevait du sol et réfrénait sa chaleur.

Lisbeth retourna travailler à la boutique de fleurs. Elle prit l'habitude de se rendre chaque samedi au marché. Elle y

achetait des oranges et les rapportait à leur nouvel appartement dans des sacs en plastique. Ils étaient si lourds que les
poignées lui cisaillaient douloureusement les poignets.

Dans la cuisine, elle épluchait les oranges et les enfour-
nait dans la centrifugeuse, remplissait verre après verre du
liquide et les vidait à grandes gorgées. Après cela, ses mains
sentaient l'orange. Elle ignorait l'acidité des fruits qui renforçait la brûlure de sa peau et continuait de boire. Elle laissait les pelures sur la table fabriquée par Malik, où elles
attaquaient le bois. Elle plaçait l'enfant à côté. Il semblait
apprécier l'odeur. Il se calmait et restait là, les yeux grands
ouverts. Sa ressemblance avec Malik était indéniable. "Heu-
reusement qu'il n'a pas hérité de ma peau" était une phrase
que Lisbeth pensait souvent.

À chaque jour qui passait, il devenait de plus en plus
évident pour Lisbeth qu'elle ne tiendrait plus très longtemps
en ville. Juste avant de s'endormir, il lui semblait que l'eau
sombre de la Sprée déferlait dans la chambre et s'engouffrait
en elle. Un été, elle entendit dans une émission de radio une
scientifique qui expliquait que la Sprée s'écoulerait toujours,
mais en sens inverse. Qu'il y aurait de grands lacs dans le
Brandebourg et aussi en Saxe. Ils permettraient d'accumuler
des quantités d'eau qui, lors de période de sécheresse,
seraient déversées dans la Sprée au fur et à mesure. Mais ces
bassins étaient eux aussi vides actuellement. Lisbeth avait
l'impression de devoir s'arc-bouter, les deux pieds bien
ancrés au sol pour ne pas suivre ce mouvement en sens
inverse. Elle pouvait tout de même travailler à nouveau à la
boutique de fleurs, mais son corps était constamment douloureux. Elle avait besoin de plus de temps, pour tout. La
chaleur avait aussi pour conséquence de gâter les fleurs plus

rapidement. Lisbeth avait du mal à suivre et remplissait la poubelle de la cour intérieure de fleurs fanées jusqu'à ce qu'elle ne puisse plus rabattre le couvercle. Pendant ses pauses où elle s'asseyait sur l'une des chaises mises au rancart et fumait, elle regardait à chaque fois sur son portable la route qui menait à la mer Baltique.

*Chère Lisbeth,*

*Alors que je descendais du verre usagé deux jours aupa-
ravant, les filles étaient assises sur le large rebord de la fontaine avec une enceinte, comme la nuit où je les ai vues depuis
ma fenêtre. Elles portaient des hauts à paillettes scintillants
et avaient bu des bières. Elles avaient écrasé les canettes. Je
n'ai volontairement pas regardé dans leur direction, j'ai jeté
le verre dans le conteneur et m'apprêtais à remonter, quand
elles ont crié mon nom et m'ont fait signe de venir. Elles
m'ont dit que les enfants leur avaient parlé des perroquets
et m'ont proposé de m'asseoir avec elles. Elles m'ont plaqué
une canette dans la main et ont voulu savoir si j'avais revu
les oiseaux. Elles-mêmes étaient restées à l'affût chaque jour,
mais il ne s'était rien passé. Je leur ai parlé du pop-corn que
j'avais déposé, mais qui n'avait pas été touché jusqu'à présent, et ai bu la bière si vite que j'ai eu un hoquet que j'ai
tenté de leur cacher. Une fois ma bière finie, elles m'ont pris
la canette des mains, m'en ont tendu une autre, ont trinqué
avec moi et m'ont dit qu'elles espéraient que je les tiendrais au
courant si j'arrivais à appâter les perroquets. Quelque chose
dans leur façon de me parler m'incita à leur donner ma parole,*

*à demeurer auprès d'elles et à boire. Je suis restée dans la cour jusqu'à minuit. Dès qu'il n'y avait plus de canettes, l'une des filles se levait, s'en allait et revenait dix minutes plus tard avec deux sacs en plastique remplis de nouvelles bières. Bien que j'en aie bu beaucoup, je me suis sentie sobre tout du long, et les filles aussi se tenaient droites et ne balbutiaient pas. Ce n'est que peu de temps avant de remonter que j'ai examiné l'étiquette et que j'ai vu que c'étaient des bières sans alcool.*

*Après avoir parlé des perroquets en long et en large, les filles ont voulu savoir depuis quand j'habitais à Berlin et comment je gagnais ma vie. J'ai répondu à la première question. J'ai esquivé la deuxième, mais les filles l'ont tout simplement reposée, et je n'ai pas pu continuer de faire comme si je ne l'avais pas entendue. Je leur ai donc raconté que j'avais été soldate. Elles ont hoché la tête et m'ont dévisagée. Peut-être ont-elles tenté de déceler les traces de ce travail sur mon corps. Je leur ai demandé depuis combien de temps elles étaient à Berlin. Elles m'ont raconté qu'elles étaient nées ici, et lorsque je les ai interrogées sur leur travail, elles m'ont dit qu'elles faisaient des choses très variées pour joindre les deux bouts, sans révéler de quelles activités il s'agissait exactement.*

*Elles se connaissent depuis toujours. Leurs mères étaient déjà elles-mêmes amies. Grandir ensemble a fait naître un sentiment d'unité, m'ont-elles expliqué, que rien ne pourrait détruire.*

*Plus tard, en nous disant au revoir, chacune d'entre elles m'a prise dans ses bras. Je me suis laissé faire, et une fois dans mon lit, j'avais l'impression de sentir encore les battements de leurs cœurs, comme quand elles m'avaient attirée vers elles.*

*J'espère que tu tiens bon.*
*X*

LISBETH alla chercher Malik et l'enfant à la gare. Elle avait loué une voiture comme elle le faisait d'ordinaire quand elle était ici avec la guerrière.

Le train s'arrêta. Des gens en sortirent. Lisbeth resta immobile, les cherchant simplement du regard. Puis elle les aperçut. Les gens se dépêchaient. Malik et Eden lui parurent marcher plus lentement que tous les autres. Ils vont remonter, pensa Lisbeth, d'un coup, ils vont prendre la fuite, mais les secondes s'écoulaient et Malik et Eden avançaient toujours vers elle. Malik avait vieilli. Lisbeth vit de petites rides sur son visage. Sa stature n'avait pas changé. Il avait toujours les cheveux courts. Ses yeux étaient sombres. Sa barbe mal rasée. Lisbeth pensa au bois, et non à la porcelaine comme la guerrière. Eden le suivait d'un pas lent et pesant. Lisbeth cligna des yeux. Ce n'était plus un bébé, mais un enfant, pensa-t-elle en cherchant des ressemblances. Les épaules relevées peut-être, la bouche rebelle. Voilà qu'ils se tenaient tous les deux devant elle. Si près qu'elle aurait pu les toucher. Eden leva les yeux vers elle, sans avoir l'air de la reconnaître.

— Salut, dit Malik.

Son regard aussi cherchait le passage des années sur le visage de Lisbeth. Il lui tendit la main, Lisbeth fit un effort et l'attrapa. Sa peau était calleuse comme la sienne. Elle eut aussitôt son atelier en tête. Entouré de bois. L'air poussiéreux, sablonneux, pensa-t-elle, mais elle repoussa cette idée. Le sable appartenait à la guerrière et à elle.

Eden aussi lui tendit la main. Elle était douce et collante. Dans l'esprit de Lisbeth, des oranges éclatèrent.

Malik ne parla pas beaucoup sur la route, il se contenta simplement de regarder Lisbeth. Elle aussi avait changé depuis la dernière fois qu'ils s'étaient vus, elle le savait. Eden était assis sur la banquette arrière, le regard rivé vers l'extérieur, affaissé de la même manière que Malik.

— Je me suis dit qu'on irait d'abord faire des courses. Le frigo du bungalow est vide, dit-elle tandis qu'elle garait déjà la voiture devant le supermarché.

Elle s'efforçait d'ôter de sa voix la gravité qu'elle ressentait.

— Qu'as-tu mangé depuis que tu es ici ?

— Je me suis commandé des trucs.

— Donc tu n'aimes toujours pas cuisiner, observa Malik avant de sourire.

Ils prirent un caddie, passèrent de l'autre côté des portes automatiques en verre. Lisbeth commença à empiler dans le chariot des plats préparés du rayon frais : pâtes fraîches, salades préemballées, fruits prédécoupés. Malik et Eden se penchèrent au-dessus des congélateurs, poursuivirent leur chemin le long des rayons frais, prirent du beurre, du fromage, du lait, retournèrent aux fruits et légumes. Lisbeth sortit deux bouquets de fleurs d'un seau rempli d'eau. Des gerbéras, des œillets et des gypsophiles, et dix roses blanches, emballées dans du film plastique. Les couleurs n'allaient pas ensemble, mais cela n'avait pas d'importance. Elle poussa le caddie jusqu'au rayon boucherie. Une vendeuse était accroupie par terre. Lisbeth s'apprêtait à s'approcher lorsqu'elle vit les abats éparpillés dans une flaque de sang que la vendeuse essayait d'éponger. Le jingle d'une publicité diffusée dans des haut-parleurs bourdonna d'un ton métallique dans ses oreilles. Une vague s'écrasa contre un rocher. D'autres images se ravivèrent. Un corps poussiéreux, du sang qui coulait. La sensation du recul d'une arme. Le chien au milieu de la clairière. Il était étendu inerte sur le sol. Lisbeth déglutit. La vendeuse se releva et jeta le chiffon imbibé de rouge dans le seau qui se trouvait à côté d'elle. Elle avait remis les abats dans l'emballage plastique déchiré, qu'elle plongea à présent dans un sac-poubelle. Une deuxième vendeuse arriva avec une autolaveuse. Les vibrations de la machine se répercutaient dans son corps. Sa lèvre inférieure tremblait pendant qu'elle passait l'encombrant appareil sur le carrelage. Elle ne prêta aucune attention à Lisbeth et accomplit son travail en silence.

— Est-ce que tu aimes les pistaches ?

Eden s'était planté juste devant Lisbeth et lui tendait une main dans laquelle se trouvaient les arachides. Elle sursauta. L'image des abats flottait encore devant elle.

— Il te faut un sac pour ça, lui dit Malik.

Il s'était approché d'eux, guida l'enfant à nouveau vers le rayon des fruits et légumes et l'aida à peser les pistaches.

Après que Lisbeth eut payé les courses, ils restèrent encore un moment sur le parking. Elle proposa une cigarette à Malik, mais il secoua la tête.

— J'ai arrêté.

Eden glissa ses mains sous les sangles de son sac à dos et tourna en rond de plus en plus vite, sans perdre l'équilibre.

Lisbeth gara la voiture dans l'entrée. Elle prit son temps pour sortir, observant Eden dans le rétroviseur. À bord du bateau, elle évitait les enfants autant que possible, heureuse que la plupart des passagers aient l'âge de la retraite.

— Elle a payé combien ? demanda Malik.

Ils se tenaient à présent l'un à côté de l'autre et regardaient tous deux le bungalow.

— Nous n'en avons pas parlé, mais ça ne devait pas être une petite somme. Déjà rien que l'emplacement, répondit Lisbeth.

Eden vint se placer près d'eux, attrapa la main de Malik et posa sa tête contre lui.

Ils rentrèrent les affaires dans le bungalow et Lisbeth lui montra la plus grande chambre.

— Je vous ai changé les draps.

Malik hocha la tête, voulut dire quelque chose, mais Lisbeth était déjà ressortie. Elle rangea les courses dans le frigo, réunit les deux bouquets en un seul et le déposa dans le vase qu'elle plaça au milieu de la grande table à manger. Elle alla ensuite sur la terrasse et s'assit sur l'une des chaises longues à côté de laquelle s'amoncelaient ses tasses de café utilisées la veille, regarda la mer, fuma, chercha son point d'équilibre.

Lorsqu'elle retourna dans le salon, l'enfant avait vidé son sac à dos, qui avait été rempli, comme le découvrait à présent Lisbeth, exclusivement de blocs de construction en bois clair, presque blanc. Lisbeth songea aux pierres des massifs de fleurs en ville. Elles se trouvaient encore dans la poche de son pantalon. Eden avait construit sur le tapis une tour qui arrivait à hauteur des hanches. Absorbé par son jeu, il ne remarqua pas Lisbeth. Malik s'affairait dans la cuisine.

— Tu as faim? cria-t-il.

— Un peu, répondit Lisbeth en allant le rejoindre.

Il se déplaçait comme s'il était habitué à cet endroit. Il la regarda.

— Tout va bien?

— Tu es déjà venu ici? demanda-t-elle en croisant ses bras contre sa poitrine.

Malik secoua la tête. Lisbeth ne le lâcha pas des yeux. Il fit un pas vers elle.

— Tu ne me crois pas?

Lisbeth acquiesça prudemment.

— Si.

— Alors pourquoi est-ce que tu me regardes comme ça?

— Je te crois, insista-t-elle avant de sortir les assiettes et les couverts des placards et d'emporter le tout dehors sur la terrasse.

Elle ressentit une irrépressible envie de fracasser la vaisselle contre un rocher. Le vent s'était levé. Les coins de la nappe se gonflaient.

— Tu penses qu'elle s'est suicidée? demanda Malik.

Il posa une casserole sur la table. Des tagliatelles dans une sauce claire. Du saumon. Le tout avec une bouteille de vin.

— Elle n'a jamais fait la moindre allusion dans ce sens, répondit-elle.

Malik parut rassuré. Il passa une main sur son visage et ses yeux fatigués.

— Parfois, je me dis que je ne la connais pratiquement pas.

*Probablement parce que c'est le cas,* faillit laisser échapper Lisbeth. Elle se mordit les lèvres.

Eden les rejoignit sur la terrasse et grimpa sur la chaise. Malik remplit l'assiette de Lisbeth. En mangeant, elle se rappela que la guerrière avait cuisiné ce même plat pendant l'hiver il y a deux ans. Elle ne fit aucun commentaire à ce sujet. Eden leur parla des moules, des animaux fossilisés, puis de récifs coralliens morts dans la mer.

— Ils perdent leurs couleurs et deviennent tout blancs. Et plus rien n'est vivant là-bas.

Malik voulut savoir où il avait appris tout ça. L'enfant évoqua un projet sur la mer à l'école. Il avait appuyé sa tête contre sa main. Ses yeux se fermaient presque.

— Viens, je vais te mettre au lit, dit Malik avant de soulever Eden de sa chaise et de l'emmener à l'intérieur.

Lisbeth débarrassa la table, emporta la vaisselle sale dans la cuisine, sortit ses cigarettes et se rassit sur la terrasse. Elle ne remarqua qu'à cet instant les trois blocs de construction blancs sur la table. Eden avait dû les poser là. Elle y ajouta les trois pierres blanches sorties de sa poche.

Quand Malik réapparut, la bouteille de vin était presque vide. Lisbeth voulut lui servir le reste, mais il secoua la tête. Il n'y avait plus beaucoup de lumière non plus. Le ressac se perdait dans l'obscurité.

— J'ai appelé la caserne, lui apprit Malik.

— Quand?

— Hier, après ton appel.

— Et?

— D'abord, ils n'ont voulu me donner aucun renseignement. Après tout, nous ne sommes pas mariés. Mais ensuite, ils m'ont raconté deux ou trois trucs. Elle n'a bénéficié d'aucune des activités de sa formation continue et a voulu se faire rembourser à la place, dit-il.

— Mais ils ne savent rien sur son lieu de résidence actuel?

— Depuis la fin de sa durée de service, ils n'ont plus entendu parler d'elle.

Lisbeth écrasa sa cigarette.

— Je suis content que tu m'aies appelé, lui dit Malik.

Il se pencha en avant.

— Je peux?

Il pointa du doigt ses cigarettes.

— Ah, maintenant si?

Il haussa les épaules. Le briquet flamboya. Il paraissait maladroit en fumant. Comme si c'était la première cigarette de sa vie.

— Six ans, dit Malik.

Lisbeth resta silencieuse.

— Est-ce que tu as pensé à nous? voulut-il savoir.

— Évidemment.

— Vraiment?

Lisbeth acquiesça.

— Est-ce qu'Eden sait qui je suis? demanda-t-elle.

— Non.

— Mais tu l'as raconté à Florentine?

Malik secoua la tête. Lisbeth fronça les sourcils.

— Mais alors comment a-t-elle su?

— Quand j'ai compris que vous vous connaissiez, j'ai pensé que tu avais dû le lui dire.

— Ce n'était jamais le bon moment.

— Le bon moment?

— Elle l'a deviné comme ça, dit Lisbeth.

— Mais qui le lui a dit, si ce n'était pas nous ? s'interrogea Malik.

— Je n'en sais rien.

— Est-ce qu'elle a parlé de moi parfois ? demanda-t-il.

— Parfois.

— OK.

Lisbeth but une grande gorgée de vin.

— Je crois que tu lui as fait du bien.

— Tu dis ça juste pour me rassurer ?

Lisbeth secoua la tête.

Il faisait complètement noir, à présent. Ils fumèrent en silence.

— Il est déjà tard. Je vais au lit, décida Lisbeth en se levant.

Malik acquiesça et lui souhaita bonne nuit.


En se brossant les dents, Lisbeth se rapprocha tellement du miroir qu'elle vit son visage se flouter. Elle fit une grimace, montra ses dents. Dans la chambre, elle ouvrit la persienne et mit la fenêtre en oscillo-battant. Elle s'attendait à rester éveillée longtemps, mais au lieu de cela, elle s'endormit aussitôt. Elle se réveilla en sursaut à l'aube, tâtonna vers l'autre côté du lit, crut voir la guerrière allongée, mais ses mains ne rencontrèrent qu'un coussin qui avait glissé, aucun corps vivant, et elle se rendormit.

*Chère Lisbeth,*

*Je passe de plus en plus de temps avec les filles. D'abord dans la cour seulement, puis elles m'ont aussi invitée chez elles, et moi, elles chez moi. À chaque fois, il y avait toujours un sujet précis dont elles voulaient parler. Pendant ce temps, nous nous vernissions les ongles, mangions du pop-corn ou photographiions le ciel. Mais ce n'est que le week-end dernier que j'ai appris ce qui s'est passé il y a un an. Nous étions assises sur leur balcon, les filles portaient à nouveau leurs hauts à paillettes. Nous buvions de la bière alcoolisée. J'étais sur le point de leur dire au revoir et de partir quand elles ont attrapé mes mains et m'ont priée de sortir avec elles dans la nuit. Après avoir hésité, je me suis laissé convaincre. Pour la première fois depuis mon installation, la ville m'a paru ouverte et pleine de promesses. Nous avons pris des vélos électriques et sommes parties. J'étais assise sur le porte-bagage et je n'arrivais pas, comme les filles, à m'arrêter de rire. Berlin se fondait dans les lumières. Les voitures klaxonnaient mais ne nous dépassaient pas. L'air était doux et tous les feux passaient au vert au bon moment. Nous avons fait une pause sur une* grande pelouse devant un bâtiment administratif. Là, on a partagé une bouteille de mousseux tiède, et j'ai photographié les filles devant des statues en pierre. Elles ont sorti de l'un de leurs sacs un quatrième haut à paillettes et me l'ont enfilé. Je les ai laissées faire et j'ai senti la chaleur de leurs mains. Ensuite, nous sommes reparties, jusqu'à un bunker non loin des voies ferrées. Devant, une étendue de graviers. Des barrières en métal. Au loin, une femme trapue ramassait des bouteilles, mais la plupart d'entre elles étaient brisées et leurs éclats éparpillés partout. Cet endroit m'apparaissait comme un trou dans la ville, comme si quelque chose avait été déchiré et mis à nu, quelque chose qui est d'ordinaire soigneusement conservé sous clé pendant la journée. Le bunker, il faut que tu saches, n'est plus du tout un bunker, plutôt un club. Les videuses à l'entrée portaient des lunettes de soleil réfléchissantes et avaient une posture qui leur donnait un air dur. Mais en leur montrant ma carte d'identité, j'ai accidentellement touché le poignet de l'une d'entre elles et remarqué que sa peau était très douce.

À l'intérieur, il y avait déjà beaucoup de monde qui se trémoussait sur la piste de danse. Depuis ma dernière intervention en Afghanistan, je fuis les foules, mais avec les filles à mes côtés et mon haut à paillettes comme armure, ma panique s'est envolée. Les filles m'ont tirée vers le bar. Elles se sont penchées par-dessus le comptoir et ont passé leur commande d'une voix forte. Les schnaps ont été alignés devant nous. J'ai bu sans trinquer avec les filles, tant j'avais soif. L'alcool m'a coupé le souffle pendant un instant. J'ai regardé vers la piste de danse. La musique envahissait toute la pièce. Je savais que je ne pouvais absolument pas danser, parce que si je l'avais fait, quelque chose en moi se serait brisé. Mais comme les filles et moi riions constamment, j'ai cru que j'avais échappé aux ténèbres. Ce que je ne savais pas: elles nous avaient encerclées depuis longtemps.

Puis en me retournant, j'ai vu la souffrance sur les visages des filles, qu'elles avaient bien dissimulée auparavant. J'ai reconnu l'acharnement avec lequel elles comptaient se jeter dans cette nuit. Et à ce moment-là, j'ai compris qu'elles suivaient une sorte de script. Que tout cela n'était que l'imitation d'une autre nuit. Je les ai ensuite interrogées, mais au lieu de me répondre, elles m'ont entraînée vers la foule. Là, je suis restée complètement immobile pendant qu'elles bougeaient sans s'arrêter. Leur danse me faisait penser à une marche militaire. À chaque fois que je voulais m'en aller, elles me couraient après, posaient leurs ongles couverts de vernis rose sur ma poitrine et m'entraînaient à nouveau dans leur cercle.

Et soudain, j'ai cru te voir sur la piste. J'étais persuadée de distinguer ton corps dans la lumière stroboscopique vacillante. Pendant un moment, j'étais comme médusée, et puis je me suis précipitée, je me suis retrouvée au milieu de la salle, mais ce n'était pas toi qui dansais, la femme n'avait qu'une certaine similitude avec toi, mais elle te ressemblait surtout dans sa façon de bouger les mains, de faire virevolter ses doigts, au rythme de la musique. Je suis restée clouée sur place, la fixant du regard. La femme s'est retournée vers moi. Ses pupilles étaient aussi larges et aussi sombres que la nuit. J'ai trébuché en arrière, j'ai été poussée par la foule vers le bord, me suis affalée au bar et ai bu au hasard dans les verres entamés qui traînaient là. Peu de temps après, les filles étaient de nouveau à mes côtés. L'une d'entre elles avait le nez qui saignait. Je lui ai tendu un mouchoir et elle l'a pressé fort contre son visage en riant, les dents barbouillées de rouge, et ce rire m'a moi aussi saisie, secouée, anéantie. Les autres filles ont pris la guirlande qui décorait le bar et se l'ont enroulée autour du cou. Dans la lumière, on aurait dit de l'or liquide.

À un moment donné, nous nous sommes échappées dehors. À l'extérieur du bunker, nos boissons luisaient dans *la lumière noire. Dans le ciel, aucune étoile n'était visible. J'ai essayé à plusieurs reprises d'entamer la discussion, mais elle s'est enlisée à chaque fois, et aucune d'entre nous n'a fait d'effort pour la reprendre.*

*Nous n'avons quitté le bunker qu'au petit matin. Les filles sont restées sur le terrain devant. La lumière de la ville ne s'étendait pas jusqu'à nous. Les basses du club ne nous parvenaient plus non plus. Les filles se sont plantées face à moi, m'ont montré du doigt le bunker et m'ont parlé de la nuit qui s'était déroulée un an plus tôt.*

*"Quand on va faire la fête, on est inséparables. Mais parfois, on se perd quand même. Alors on se cherche, au plus tard une demi-heure après, c'est ce que nos mères nous rabâchaient. Parce que bien sûr, il peut se passer des choses dans ce genre de nuits, on peut profiter de la proximité qui se crée en dansant, tu peux être entraînée de force aux toilettes, on peut verser des gouttes de GHB dans ton verre, on peut te prendre en photo, te toucher, te saisir, t'embrasser, sans que tu aies toi-même ton mot à dire. On sait tout ça, et malgré tout, on est devenues plus négligentes avec le temps, imprudentes, inattentives, on a laissé s'écouler plus de temps avant de nous chercher les unes les autres. Il y a un an tout pile, on est allées dans ce bunker pour la première fois, mais après quelques minutes seulement, nous nous sommes perdues dans la foule sur la piste de danse. Deux d'entre nous ont fini par se retrouver, mais la troisième ne réapparaissait pas. On a retourné tout le bunker. On l'a parcouru dans tous les sens, encore et encore, mais malgré tout, on ne l'a retrouvée qu'à l'aube."*

*"Les autres m'ont raconté plus tard qu'elles m'ont retrouvée abandonnée dans un coin. Mes vêtements avaient glissé, ma jupe était relevée, ma peau à nu, mon pouls à peine perceptible. Les deux autres m'ont portée jusqu'à l'extérieur, déposée ici dans le sable, et ont couché ma tête contre leurs genoux pendant que des inconnus ont appelé les urgences.*

*Quand l'ambulance est arrivée, je me suis réveillée et j'ai regardé les visages éclairés par la lumière bleue. Les secours m'ont examinée et m'ont avoué que j'avais eu beaucoup de chance. Comme je ne voulais pas partir avec eux, ils m'ont laissé une couverture de survie dorée et ont dit aux autres de faire plus attention à moi à l'avenir."*

*"Depuis cette nuit-là, une inquiétude s'est emparée de nous et nous n'arrivons pas à nous en défaire malgré tous nos efforts. Le sol est cassant, on se méfie de tout le monde, on ne cède jamais à rien, et on s'interdit la moindre fragilité."*

*Les filles me regardaient. Pendant qu'elles parlaient, je n'ai cessé de hocher la tête, comme si j'écrivais un procès-verbal, que je retenais tout ce qu'elles disaient pour que cela ne disparaisse pas, et peut-être l'ai-je fait, d'une certaine manière, car comme tu peux le constater, je n'en ai pas oublié un mot. Les filles se sont ensuite effondrées. Pour elles, le fait d'évoquer ce souvenir était un acte physique qui leur coûtait tout. Le soleil ne s'était toujours pas levé, bien que l'aube semblât poindre depuis des heures. Je savais que nous devions bouger, alors j'ai attrapé les filles par les épaules et leur ai demandé de me montrer un endroit lumineux. À mon grand soulagement, elles ont accepté, m'ont conduite jusqu'à un parc et m'ont emmenée sur une colline qui, comme je ne l'ai appris que plus tard, était faite de décombres, comme beaucoup de collines ici à Berlin. Nous nous sommes donc arrêtées tout en haut sur les gravats de la Seconde Guerre mondiale et avons attendu que le soleil se lève. Il y avait une plateforme d'observation, un banc, et pour un euro, on pouvait utiliser une paire de jumelles solidement vissées, mais ni les filles ni moi n'avions envie de rapprocher les alentours et d'attirer notre regard sur des détails. À la place, les filles se sont affalées sur le banc. Pile au moment où je me suis assise à côté d'elles, le soleil s'est levé au-dessus des maisons. Nous avons contemplé la scène en silence. De là où nous étions assises, la ville paraissait dorée. Le bruissement des arbres en revanche avait un son mécanique, et j'ai cligné des yeux pour essayer de chasser de mon regard ce scintillement qui était présent depuis que nous avions quitté le bunker et que les filles m'avaient raconté leur histoire.*

*Le soleil se tenait dans le ciel comme un disque rouge. Les filles m'ont dit que la plupart des endroits qu'elles connaissaient ici auparavant n'existaient plus et que le bunker aussi allait bientôt être remplacé par des bureaux.*

*"Ça donne l'impression que tout va disparaître peu à peu, jusqu'à ce que la ville finisse par être complètement remplacée. Peut-être que cette colline de décombres sera elle aussi un jour redressée", m'ont-elles dit. "Tu sais, ça fait quelque chose aux souvenirs quand les véritables endroits auxquels ils sont rattachés n'existent plus." Après ces paroles, elles se sont levées toutes les trois de manière synchronisée, et cette fois je les ai suivies sans qu'elles aient besoin de m'attraper. Nous avons marché ce qu'il nous restait de chemin jusqu'au complexe résidentiel, sans rien dire, et j'ai adapté mes mouvements aux leurs.*

*Les filles m'ont emmenée dans leur appartement. Avec des couvertures et des matelas, elles ont édifié un campement dans une pièce et accroché un tissu noir à la fenêtre. Dans cette pénombre artificielle, nous nous sommes couchées. Je me suis endormie sans changer une seule fois de position. Dans mon rêve, l'obscurité est restée. Je n'ai pas ramassé une seule pierre. Et puis je me suis réveillée. En me levant, j'ai failli trébucher sur l'une des filles. Encore tout ensommeillée, elle s'est redressée.*

*"On a sûrement l'air bien usées", a-t-elle dit, avant de se laisser retomber et de se rendormir. Je suis allée dans la salle de bains et j'ai enlevé le haut à paillettes. Tout le haut de mon corps était éraflé. Je ressemblais à quelqu'un qui venait de se bagarrer. J'ai pris une douche longue et chaude, mais la*

*fumée de cigarette qui s'était collée à ma peau cette nuit n'est pas partie.*

*De retour chez moi, je me suis allongée sur la moquette dans ma chambre, j'ai fermé les yeux et je me suis rendormie. Un bruit de battements d'ailes m'a réveillée. J'ai ouvert les yeux, je me suis assise, puis lentement relevée, et je suis allée pieds nus dans la cuisine. Là, j'ai vu que tout le balcon était envahi de perroquets roses. Serrés les uns contre les autres, ils se posaient sur la balustrade, se laissaient tomber dans le vide, remontaient et atterrissaient à nouveau sur le métal, et picoraient les derniers restes de pop-corn. Je me suis prudemment rapprochée de la porte ouverte du balcon. Je l'avais presque atteinte lorsque tous les oiseaux ont subitement suspendu leurs mouvements, comme figés. Moi non plus je n'ai plus bougé. Puis il y a eu une forte détonation. Les perroquets se sont regroupés et se sont envolés.*

*J'espère que tu tiens bon.*
*X*

À son réveil, Lisbeth se sentit sonnée, et ignorant l'heure qu'il était, resta allongée à fixer le plafond. Son corps avait un poids dont elle n'arrivait pas à se défaire. La gravité la maintenait plaquée sur son matelas. Elle s'enfonçait de plus en plus. Lorsqu'elle entendit les voix de Malik et d'Eden, quelque chose se déplaça. Elle parvint à pousser une jambe, puis l'autre, par-dessus le rebord du lit, se redresser, s'habiller et abandonner son engourdissement dans la chambre.

Malik et Eden étaient assis à table et mangeaient des corn-flakes. Ils avaient ouvert en grand la porte de la terrasse. La lumière du soleil emplissait la pièce entière. Lisbeth ressentit le besoin pressant d'aller vers eux, de vérifier leur authenticité, de passer ses mains dans leurs cheveux, d'essuyer le lait sur leur bouche, de s'assurer qu'ils étaient véritablement avec elle au bungalow, au bord de la Baltique, que ce n'était pas l'un des rêves de la guerrière, dans lesquels tout avait d'abord l'air parfaitement réel et sans danger, avant que la situation ne change brusquement.

— Il y a encore du café, dit Malik.

Lisbeth se servit une tasse et s'assit avec eux. Au milieu de la table se trouvaient ses pierres et celles d'Eden. Malik remarqua son regard.

— Je les ai rapportées à l'intérieur hier soir.

Il se racla la gorge.

— Florentine faisait toujours ça aussi. Ramasser des pierres. Elle les laissait sur tous les meubles de mon appartement. Une fois, après une dispute, je les ai rassemblées et mises dans un sac que j'ai vidé sur un parking non loin de la maison.

— Comment a-t-elle réagi ?

— Elle n'a rien dit. Juste peu à peu rapporté une pierre après l'autre dans mon appartement.

— Est-ce qu'elle t'a raconté pourquoi elle faisait ça ?

Malik secoua la tête.

— Je pensais que c'était juste un tic.

Lisbeth se cala contre le dossier de sa chaise. Malik aussi changea sa position.

— Tu en sais plus que moi ?

Lisbeth acquiesça.

— Ça fait du bien de savoir qu'elle a au moins confiance en toi, reconnut-il.


Ils passèrent la journée à la plage, emportant avec eux un sac de couvertures et de serviettes, des fruits et des biscuits, des tartines, des maillots de bain et de la crème solaire. Ils cherchèrent une place près des dunes. Le ciel était bleu. Il y avait du vent, mais il ne faisait pas froid. Trois filles faisaient voler un cerf-volant. Lisbeth suivit son vol du regard. Ses yeux étaient cachés dans l'ombre de ses lunettes de soleil. Malik s'était étendu sur la couverture. Eden creusait dans le sable. De l'extérieur, ils devaient avoir l'air d'une famille intacte et heureuse, pensa Lisbeth. Elle se leva brusquement de sa serviette.

— Je vais en fumer une, dit-elle en brandissant ostensiblement son paquet de cigarettes sous le nez de Malik et d'Eden, avant de s'en aller longer la plage.

Une fois, alors qu'elle parcourait ce coin avec la guerrière, un homme vêtu d'un uniforme en haillons et en béquilles s'était approché d'elles. Il semblait tout droit sorti d'un rêve de la guerrière. Cette dernière lui avait adressé un signe de tête avec familiarité.

— Tu le connais ? lui avait demandé Lisbeth.

La guerrière avait secoué la tête.

— Il me semblait que les gens se saluaient sur la plage.

Plus tard, Lisbeth s'était retournée une nouvelle fois vers l'homme et avait vu qu'il se tenait dans l'eau jusqu'aux genoux, son pantalon relevé. Elle remarqua alors que l'une de ses jambes était une prothèse.

— Savais-tu qu'avant, beaucoup de gens venaient ici pour se noyer ? demanda la guerrière.

Elle avait suivi le regard de Lisbeth.

— Ceux qui savent nager mettent des pierres dans leurs poches.

— D'où est-ce que tu sors ça encore ?

— C'est ma grand-mère qui me l'a raconté.

— Est-ce qu'on devrait crier ? demanda Lisbeth, incertaine.

— Il ne semble pas avoir besoin d'aide, observa la guerrière en poursuivant son chemin.

Elle avait fait de grands pas, comme si elle voulait augmenter aussi vite que possible la distance entre l'homme encore immobile dans l'eau et elle-même. Et Lisbeth l'avait suivie. Un ciel sombre et lourd s'étendait au-dessus d'elles, par une journée de fin janvier.

À présent, Lisbeth avait l'impression qu'il s'agissait d'une autre plage, d'un autre pays. Elle enleva son pantalon, puis son T-shirt, et pataugea en sous-vêtements dans l'eau. La mer en été lui était familière. Elle essaya de projeter des images de son enfance par-dessus ses souvenirs d'hiver, s'avança plus profondément, nagea, plongea, goûta l'eau salée, atteignit le banc de sable, tâtonna par terre du bout des pieds. Les gens sur la plage n'étaient plus que des petits points colorés. Elle tenta de discerner Malik et Eden, mais eux aussi étaient trop éloignés.

— Ce ne sont pas des vacances ici, lâcha-t-elle le soir.

Elle fut agacée d'entendre sa voix prendre un ton si désemparé. Ils étaient assis tous les trois sur la terrasse. Eden entre elle et Malik. Tous trois sentaient l'eau de mer. Lisbeth tritura sa salade dans son assiette.

— C'est toi qui m'as appelé, dit Malik.

Il paraissait fragile. En porcelaine maintenant, pensa-t-elle en serrant le poing.

— Et si on appelait la police ? demanda-t-il.

— Et ensuite ?

— On la déclare comme disparue.

— Ils ne la trouveront pas.

— Comment est-ce que tu peux le savoir ?

— Si elle ne veut pas être retrouvée, elle ne sera pas retrouvée, assura Lisbeth.

Elle réalisa qu'elle venait de parler d'elle-même, et non de la guerrière.

— Qu'est-ce que tu proposes ? s'enquit Malik.

— On doit attendre.

— Attendre quoi ?

— Qu'elle vienne ici.

— Pourquoi est-ce que tu crois qu'elle le ferait ?

— J'ai laissé un message à son ancienne adresse. Elle va le lire, et ensuite elle va venir ici, expliqua Lisbeth.

Elle se sentait lourde, pétrifiée. Elle ne serait pas capable de retourner une seconde fois en ville, peu importe le nombre de bouquets qu'elle assemblerait.

— Si on ne peut rien faire d'autre qu'attendre, alors je prends aussi des vacances, je vais à la plage et je me baigne avec Eden. À moins que tu penses qu'elle viendra plus vite si on reste plantés toute la journée au bungalow ?

L'enfant avait sursauté en entendant sa voix s'élever. Lisbeth voulut l'attirer vers elle, mais ses bras ne lui obéirent pas. Malik se leva brusquement, débarrassa la table et emporta la vaisselle à l'intérieur.

— Il ne voulait pas dire ça comme ça, dit Eden en posant sa main sur le bras de Lisbeth.

Elle réussit à sourire.

C'ÉTAIT arrivé en plein jour. Encore des années plus tard, Lisbeth trouvait ce fait absurde. Elle avait appris que ce genre de choses n'arrivait que la nuit, dans des ruelles étroites, dans l'obscurité. Que c'étaient des inconnus qui vous guettaient. Sur le chemin du retour, après une soirée. Dans un quartier éloigné de la ville.

Mais la pièce dans laquelle elle avait été plaquée au sol était inondée de lumière. L'une des fenêtres était entrouverte. On entendait même les oiseaux, des mésanges bleues, elles se déchaînaient dans un arbre tout proche.

Lisbeth avait dû retourner une dernière fois à la caserne. Elle avait oublié ses lunettes de soleil. Florentine était partie pour le week-end, elle rendait visite à sa grand-mère. Lisbeth comptait simplement rouler jusqu'au village le plus proche. Boire un café au soleil. Les arbres fleurissaient déjà. Depuis une semaine, les températures étaient presque estivales. Elle avait beaucoup transpiré dans son uniforme. Désormais, Lisbeth profitait de la légèreté de ses propres habits. Un T-shirt aéré, un short. Ses cheveux tombaient dans son dos. Le bâtiment était ce jour-là complètement désert. Personne ne la croisa dans les couloirs. Dans la chambrée, Lisbeth trouva ses lunettes de soleil qui avaient glissé sous son lit. Elle les enfila et quitta la pièce. Dans le couloir, un des sergents se mit soudain en travers de son chemin. Elle le connaissait, elle avait déjà souvent gagné contre lui en jouant aux cartes au foyer, savait même comment il dansait, peu de mouvement, mais un bon sens du rythme. Elle crut d'abord à une blague, rit et voulut passer devant lui. Mais il ne broncha pas et l'attrapa par le bras. Sa poigne était ferme. Il avait l'air habitué. Avec son corps, il la poussa hors du couloir en franchissant une porte. La lumière du soleil passait à travers les fenêtres en formant des angles tranchants. Lisbeth fut plus tard incapable de dire ce qu'il y avait d'autre dans la pièce. La clarté était la seule chose qui restait.

Sans un bruit, le sergent la mit à terre. Lisbeth voulut se défendre, mais son corps ne lui obéit pas. Elle cligna des yeux, tout en elle s'engourdissait. Même sa bouche était comme figée. Elle ne parvint pas à appeler à l'aide, à se libérer, à le repousser, à le mettre par terre, à le frapper, à l'assommer, à le tuer. Son corps était semblable à une éponge molle, sa peau se déchira, la pénétration fut facilement possible, rien en elle n'opposa la moindre résistance.

— Un soldat qui ne se défend pas, cracha le sergent une fois qu'il eut terminé.

Il lui remit ses lunettes de soleil, qui étaient entre-temps tombées, et s'en alla comme s'il s'était agi d'un jeu de cartes et qu'il l'avait battue.

Étendue, Lisbeth regarda la lumière se déplacer, sentit le parfum citronné du produit abrasif avec lequel le sol avait été nettoyé. Du sable s'était détaché des bottes du sergent. Il laissait de fines traces sur le linoléum brillant. Après ce qui lui parut durer une éternité, elle se leva, arrangea ses vêtements, passa sa main dans ses cheveux, déglutit. Elle garda ses lunettes de soleil. Le menton relevé, elle alla dans la salle des douches, se déshabilla entièrement, excepté les lunettes, et fit couler l'eau. Elle serra les poings, frappa d'abord avec prudence contre le carrelage, puis plus fort. Ses articulations craquèrent, elle suça le sang de ses os, se mordit fermement, tandis que ses lunettes de soleil filtraient la lumière blanche des lampes halogènes.

Elle traversa la ville avec d'autres vêtements. Pour elle, s'en tenir à ce qu'elle avait initialement prévu était une question de survie. Mais elle aurait préféré porter son uniforme, ses lourdes bottes, peut-être aussi son casque. Elle se força à commander un café au glacier du marché. En le buvant, elle ne sentit rien. Elle maintint son visage dans l'ombre sous le parasol. Sur le chemin du retour, elle s'arrêta devant une haie d'aubépine et vomit.

Lisbeth n'en parla à Florentine que quelques jours plus tard. Elles étaient assises sur la colline de sable, comme après leur première nuit en discothèque, et buvaient des bières. Florentine blaguait et faisait la pitre. Jusqu'à ce que Lisbeth n'en puisse plus. Elle l'attrapa par les épaules et la frappa au visage. Surprise, Florentine la regarda. Du sang coula de son nez, macula ses dents et tacha le sable.

— Qu'est-ce qui te prend ? s'exclama-t-elle avant de fouiller dans son manteau à la recherche d'un mouchoir.

Lisbeth lui tendit un paquet entier. Puis elle se mit à lui parler, sans la regarder directement. Elle décida d'employer le mot abus et décrivit d'une voix balbutiante comment les choses s'étaient passées.

— Il t'a violée ! lâcha Florentine.

Lisbeth perçut le point d'exclamation à la fin de cette phrase. C'était ça, le mot, celui qu'elle n'avait pas réussi à prononcer.

— Tu vas le dénoncer ?

Lisbeth resta silencieuse.

— Tu vas vraiment le laisser s'en tirer comme ça ? demanda Florentine, et Lisbeth nota un changement dans son regard.

Elle se sentit soudain toute petite, plus petite que Florentine.

— Ce n'est rien d'important, dit-elle précipitamment.

Elle changea de sujet. Sur le versant de la colline poussaient des buissons que l'hiver avait asséchés, leurs branches comme de la porcelaine, claires et fragiles. À la fin, elles furent si soûles qu'elles ne parvinrent à descendre la colline qu'à quatre pattes et tombèrent dans les buissons, dont les branches cédèrent et se brisèrent.

Elles trouvèrent encore du sable plusieurs jours plus tard dans leur lit superposé. Elles changèrent les draps, mais le sable était tenace. Il leur frottait la peau, crissait, laissait des résidus.


Une semaine plus tard, Florentine vint avec le chien. Lisbeth l'attendait dans sa voiture, qui se trouvait sur le parking désert du supermarché. Le jour commençait déjà à décliner. Florentine l'avait fait venir ici sans lui expliquer pourquoi.

Lorsqu'elle arriva devant la voiture avec le chien, Lisbeth ne la reconnut pas immédiatement, alors qu'elle portait comme toujours le cache-poussière de sa grand-mère.

— C'est quoi, ça ? demanda Lisbeth.

Plantée devant la portière ouverte, Florentine avait enroulé la laisse du chien autour de sa main.

— C'est son chien.

Lisbeth la regarda sans comprendre.

— Le chien du sergent, précisa Florentine sur un ton triomphant.

— Ça va pas la tête ? protesta Lisbeth.

Mais Florentine se contenta de ricaner. Elle ouvrit le coffre, tapa sur le plancher, le chien bondit à l'intérieur, et elle referma la portière. En poussant un soupir de satisfaction, elle s'assit à côté de Lisbeth sur le siège passager.

— Maintenant, on va en forêt.

Les mains de Lisbeth tremblaient, mais elle alluma tout de même le moteur, démarra et accéléra. Pendant le trajet, elles ne parlèrent pas. Même le chien restait calme.

Florentine avait tout planifié dans les moindres détails. Elle donna à Lisbeth des indications précises, lui dit où elle devait se garer, et les guida elle et le chien le long d'un étroit chemin dans les bois jusqu'à une clairière à la lisière de laquelle se dressaient des noisetiers. Là, dans les dernières lueurs du jour, elle remit à Lisbeth le pistolet.

— Où l'as-tu eu ?

— Sous l'oreiller de ma grand-mère.

Lisbeth soupesa l'arme dans sa main.

Florentine s'alluma une cigarette. Elle tenait désormais nonchalamment la laisse du chien, comme si tout ceci n'était qu'une promenade parfaitement ordinaire dans les bois.

— Il s'est fait tatouer sa tête sur son bras.

— La tête du chien?

Florentine acquiesça.

— C'est grâce à ça que j'ai compris. Il a l'air important à ses yeux, cet animal. Sa mère s'en occupe quand il est à la caserne.

— Je ne veux pas connaître les détails, lâcha prestement Lisbeth.

Le chien s'était étendu entre elles et avait posé sa tête sur ses pattes avant. Elle résista à l'envie de se pencher et de caresser son pelage blanc, fit deux pas en arrière et pointa l'arme sur lui.

— On dirait un exercice, remarqua-t-elle.

Florentine se tenait à ses côtés. La laisse du chien était à présent étendue dans l'herbe.

— C'est dommage pour le chien. Il est vraiment beau.

Lisbeth hocha la tête. Puis elle repensa à la lumière, à l'engourdissement de son corps, à quel point elle avait été pétrifiée. Mais pas en une véritable pierre. Juste une masse molle. Elle changea sa position, ôta le cran de sûreté du pistolet, visa et appuya sur la détente. Le tir se perdit dans la forêt. Le chien s'affaissa au sol. Il resta là, inerte.

Lisbeth abaissa l'arme.

— Et maintenant?

— On s'en va.

Lisbeth hésita un instant, puis suivit Florentine dans la pénombre. En arrivant à la voiture, celle-ci se tourna vers elle.

— Je conduis, dit-elle.

Florentine démarra le moteur et les phares s'allumèrent dans la forêt. Pendant un instant, Lisbeth crut voir une silhouette entre les arbres, mais ce n'était qu'un arbuste mort.

Elles rentrèrent à la caserne en silence.

— Je ne sais pas si ça change quelque chose, dit Lisbeth au moment où Florentine s'apprêta à sortir.

Elles se regardèrent.

— Le chien était très important pour lui.

Lisbeth ne répondit rien.

Florentine lui jeta les clés sur ses genoux.

— Tu y verras plus clair après une nuit de sommeil, dit-elle avant de sortir.


Lisbeth se réveilla en sursaut. Des bruits de tir retentissaient. Des machines grondaient au loin. Pieds nus, elle se leva, ouvrit la porte et se rendit au salon. Malik était assis sur le canapé. Seule la lumière de la télévision éclairait la pièce. Des tirs résonnèrent à nouveau : des soldats étaient postés dans une tranchée et une voix expliquait ce qui se passait.

— Quand elle n'arrivait pas à dormir, elle regardait toujours des vieux documentaires sur la guerre, dit Malik.

Lisbeth s'assit près de lui sur le canapé et serra ses genoux contre elle. Tremblants, les soldats se tenaient dans les tranchées.

— Quand est-ce qu'elle t'a dit qu'elle était à l'armée, exactement ? demanda-t-elle.

— Elle ne me l'a pas dit.

Surprise, Lisbeth le regarda.

— Je l'ai rencontrée par hasard à la gare. En uniforme.

— Et comment a-t-elle réagi ?

— Elle est restée figée. Elle m'a fait penser à un animal effrayé. J'ai cru qu'elle allait peut-être s'enfuir.

Sur l'écran s'affichait à présent une historienne qui accompagnait ses propos par d'amples gestes des mains. Ses vêtements paraissaient criards à côté des enregistrements en noir et blanc montrés auparavant. Malik coupa le son de la télévision.

— On a ensuite bu un café à la gare, dans l'une de ces chaînes de bistrots. Elle ne m'a pas beaucoup regardé, elle avait surtout les yeux rivés sur l'écran derrière moi, sur lequel on pouvait voir un feu de cheminée crépitant. Elle m'a vraiment tout raconté le week-end suivant. Depuis combien de temps elle servait. Où elle était. Les opérations à l'étranger. C'est aussi là qu'elle a évoqué ton nom pour la première fois.

Lisbeth sentit son corps se crisper. Les soldats réapparurent à la télévision. Ils étaient des milliers à marcher en rang. Une masse uniforme, de laquelle aucun visage ne sortait du lot.

— Est-ce que tu savais déjà que j'étais celle dont elle parlait ?

— Lisbeth n'est pas vraiment un nom courant. Et elle a mentionné que tu avais suivi une formation de fleuriste.

— Qu'est-ce qu'elle t'a raconté d'autre ?

— Que vous vous êtes rencontrées pendant la formation initiale, et elle a aussi parlé de vos vacances ici au bungalow après ses interventions.

Lisbeth détourna à nouveau le regard vers la télévision. Des avions découpaient le ciel. Les hayons s'ouvraient. Les bombes tombaient sans bruit.

— Pourquoi est-ce que tu ne m'as jamais raconté que tu avais fait l'armée ? demanda Malik.

— Cela n'avait plus aucune importance quand nous nous sommes rencontrés.

Malik soupira.

— Quand je repense au temps passé ensemble, j'ai l'impression que tu ne m'as rien raconté du tout sur toi.

— Florentine a dit quelque chose du même genre, un jour, constata Lisbeth.

— Et avons-nous raison ?

Lisbeth se leva.

— J'ai besoin de prendre l'air. Tu viens avec moi ? dit-elle avant d'ouvrir la porte de la terrasse.

Il était pratiquement impossible de discerner la Baltique dans l'obscurité. Malik s'avança à côté d'elle, calme et droit. La porcelaine coulerait dans la mer comme une pierre, pensa Lisbeth, mais le bois, à l'inverse, flottait à la surface.

Au loin, le ciel s'éclaircissait presque imperceptiblement.

— Allons sur la plage, dit-elle.

L'obscurité perdit de son poids. Sur la plage, ils tombèrent sur les restes d'un feu. Des pierres avaient été disposées en cercle. Les cendres rougeoyaient encore. Mais il n'y avait personne. Lisbeth attrapa un bout de bois flotté qui se trouvait non loin et le plaça sur les braises. Le feu reprit rapidement, en crépitant. Malik s'accroupit dans le sable. Lisbeth aurait bien voulu lui caresser la peau, comme la guerrière avait dû le faire, et comme elle-même l'avait fait autrefois. Mais elle garda ses mains proches d'elle et dit :

— Florentine et moi avons partagé un lit superposé. Elle dormait en bas, moi en haut.

Elle déposa un deuxième bout de bois. Le vent se leva, soufflant la fumée vers eux, mais ni elle ni Malik n'esquissèrent le moindre mouvement pour l'éviter. Au fond, la mer se déchaînait.

Puis Lisbeth raconta à Malik jusque dans les moindres détails comment elle avait rencontré la guerrière. En fixant le feu, elle se concentra sur la mer, le sel, s'imagina écrire une lettre.

— Merci, dit Malik.

— De ?

— De m'avoir raconté.

Lisbeth ne répondit rien. Elle avait l'impression de pouvoir entendre la côte glisser, comme un gigantesque morceau de terre qui cédait et sombrait dans l'eau. Les bras croisés, elle attendit que le choc l'atteigne, qu'elle perde ses appuis et qu'elle soit emportée dans les profondeurs. Mais les minutes s'égrenèrent et rien ne se passa. Au lieu de cela, elle remarqua qu'une partie de la pression qui pesait sur sa poitrine s'évaporait.

Pendant qu'ils rentraient de la plage et marchaient à travers les dunes vers le bungalow, Eden était assis sur la terrasse dans une serviette jaune vif. Le regard réprobateur.

— Vous ne m'avez pas emmené avec vous.

— Tu dormais, répondit Malik en le soulevant dans les airs.

Eden passa ses bras autour de son cou et enfouit son visage contre sa poitrine.

— La prochaine fois, vous me réveillez, d'accord ?

— Entendu. Mais pour l'instant, on va dormir encore un peu, acquiesça Malik.

Puis il ajouta à l'adresse de Lisbeth :

— Toi aussi, tu devrais retourner t'allonger.

Lisbeth acquiesça. Malik emmena Eden à l'intérieur et disparut dans la chambre.

Le documentaire passait encore à la télévision dans le salon. Lisbeth se demanda si l'enfant s'était d'abord assis sur le canapé, s'il avait vu les images de ces jeunes hommes, de ces bras tendus en l'air, de ces visages grimaçants et déformés. Elle éteignit la télévision. L'écran désormais noir réfléchissait la pièce, l'aube, elle-même, et sa posture étrangement voûtée.

*Chère Lisbeth,*

*Le week-end dernier, je suis partie en excursion avec les filles. Nous avons roulé jusqu'à une réserve naturelle située non loin de la ville. Déjà au moment où nous nous sommes garées, j'avais un étrange pressentiment, bien que les collines, les massifs d'arbres, les bosquets, les prairies, les cuvettes et les buissons denses n'aient rien d'anormal en soi. Une fois tout en haut, là où nous avons étalé sur l'herbe les serviettes que nous avions emportées, les filles m'ont raconté que ce site était un ancien terrain d'entraînement militaire. Peut-être était-ce ce passé militaire que j'avais ressenti et qui m'avait déconcertée.*

*Le temps s'écoule différemment lorsque je le passe avec les filles. Peut-être est-ce dû au fait que leurs journées sont déstructurées. Autrefois, elles ont travaillé en tant que personnel de service dans un restaurant. À force de toucher des assiettes préchauffées et de remplir et vider des lave-vaisselles industriels, leurs mains ont fini par ne plus être sensibles à la douleur. Pour me le prouver, elles ont un jour sorti un briquet et maintenu leurs doigts longtemps au-dessus de la flamme. Le travail en lui-même leur plaisait, mais le fait de devoir toujours être gentilles et aimables, même quand ce n'était pas approprié, les a finalement poussées à démissionner. Depuis, toutes leurs journées sont différentes, et elles gagnent leur propre argent en vendant sur Internet des culottes portées ou bien des vidéos d'elles aux toilettes, en faisant comme si c'était une caméra cachée qui les filmait. Pendant un temps, elles ont aussi vendu des pilules d'ecstasy. Vu que les filles jeunes et blanches sont rarement suspectées d'être des crimi-nelles, d'une manière ou d'une autre, elles n'avaient presque rien à craindre.*

*Depuis peu, les filles se sont acheté chez H&M des panta-lons camouflage qu'elles portent désormais tout le temps, ce jour-là dans la réserve naturelle aussi. Tu sais, Lisbeth, nous ne sortons plus pour nous perdre dans la nuit. Au lieu de ça, nous avons à présent une mission. Sans arrêt, nous scannons les alentours pour voir si, parmi les personnes pré-sentes, il y a aussi des gens qui touchent d'autres corps sans demander la permission, ou qui mélangent des choses dans des verres. Pour chaque personne qui attire notre attention, on écrit quelque chose sur une liste. Quand la possibilité se présente, on prend également une photo. J'ai appris aux filles à se déplacer sans se faire remarquer, et d'autres choses importantes concernant l'observation. La plupart des nuits, nous sommes presque invisibles.*

*Nous nous sommes rendues dans la réserve naturelle parce que nous avions passé trois jours d'affilée dehors et que j'ai dit qu'une pause nous ferait du bien. On a passé la jour-née à nous balader et à boire du champagne. Les filles ont apporté des glaçons dans une boîte isotherme en polystyrène. Nous avons pu nous en servir jusqu'au soir, rien n'avait fondu. Je savais qu'elles avaient aussi accepté cette excursion car elles voulaient me demander quelque chose, mais elles ont attendu que le soleil se soit presque couché pour m'en parler.*

*Vers midi, elles m'ont montré sur un portable la vidéo d'une pieuvre qui rêve. Sa peau changeait de couleur. On l'a regardée plusieurs fois de suite, et les filles m'ont demandé si j'avais déjà vu un jour quelque chose de plus beau. Curieusement, en voyant cet animal marin rêveur, j'ai pensé à toi, Lisbeth. Est-ce que tu savais que, quand tu dors, on voit aussi sur toi ce dont tu rêves ? La plupart des nuits, ta peau me semble être comme un mur blanc sur lequel un projecteur affiche des images diffuses. Mais peut-être ai-je simplement rêvé de ça moi-même.*

*Peu de temps avant que la lumière ne commence à décliner, nous avons ouvert la dernière bouteille de champagne et on s'est mis du rouge à lèvres. Ensuite, l'une des filles a raconté qu'elle avait récemment couché avec un garçon pour la première fois au bord d'un lac artificiel, où même à l'endroit le plus profond, la surface de l'eau n'arrive qu'à hauteur des épaules. Aucun de ses mouvements ne lui était intuitif, alors à la place, elle a imité ceux qu'elle connaissait grâce au porno, mais après s'être rendu compte qu'ils faisaient faux, eux aussi, elle a complètement arrêté de bouger. Le garçon a tout simplement continué, comme si cela lui était égal qu'elle réagisse ou qu'elle reste immobile. Après ça, son corps lui est apparu comme étranger, et un sentiment d'engourdissement est resté dans sa poitrine, qui ne s'est évaporé qu'après qu'elle fut allée dans l'eau et eut nagé jusqu'au milieu du lac. Là, elle a regardé le ciel nocturne, dans lequel il n'y a jamais aucune étoile ici en ville, mais seulement une brume orangée.*

*Après ce récit, les filles m'ont longuement regardée, et puis elles m'ont demandé si mon corps m'appartenait complètement. J'ai soutenu leur regard, j'ai secoué la tête et leur ai dit que c'était cependant à nous de faire en sorte de le récupérer.*

*Si elles le veulent, je leur apprendrai à tirer.*

*J'espère que tu tiens bon.*
*X*

Un avis de tempête sur les côtes de la Baltique fut annoncé à la radio. Lisbeth l'entendit alors qu'elle coupait une pêche dont le jus coulait sur ses doigts, et qu'il n'y avait dehors aucun nuage dans le ciel.

Peu de temps après, le vent secouait le bungalow. Un mur noir s'était dressé à l'horizon. Lisbeth vit cela comme un signe annonciateur de l'automne. L'été semblait passé. Elle replia le parasol sur la terrasse, empila les chaises les unes sur les autres, retourna à l'intérieur, ferma toutes les fenêtres et alluma la lumière. Dans le salon, l'enfant virevoltait sur le tapis, se contorsionnait, tournait sur lui-même, jusqu'à ce qu'il tombe à la renverse, hors d'haleine, les joues rouges.

— Tu peux mettre de la musique ? réclama-t-il à Lisbeth tandis qu'elle remplissait d'eau fraîche le vase dans lequel se trouvaient les fleurs du supermarché.

— De la musique ?

— Pour danser, ajouta Eden, qui se releva.

— Quel genre de musique ? demanda Lisbeth en s'accroupissant devant la chaîne hi-fi.

— Pas lente.

Lisbeth alluma son portable, fit défiler les albums et les titres, puis appuya sur *play*.

— C'est beaucoup trop bas, constata Eden, qui s'agenouilla à côté de Lisbeth et observa la chaîne hi-fi en fronçant les sourcils. Où est-ce que je peux mettre plus fort?

Elle lui montra le bouton du volume qu'Eden tourna au maximum. La musique devint si forte que tous deux firent un bond en arrière. Eden éclata de rire et baissa le son, bondit, courut à nouveau sur le tapis et se mit à danser avec entrain, d'une manière que Lisbeth n'avait plus vue depuis longtemps.

— Tu dois danser aussi, l'appela Eden.

Lisbeth secoua la tête, mais il lui attrapa les mains. Elle se leva maladroitement. Eden, tenant toujours ses mains, l'entraîna sur le tapis et se remit à danser. Lisbeth se balança en rythme, pataude. Elle ne se souvenait plus à quand remontait la dernière fois qu'elle avait dansé. Les nuits à bord du bateau de croisière, au bar de l'équipage, elle s'était toujours tenue au comptoir et buvait au lieu de se remuer.

De plus en plus débridé, Eden lâcha la main gauche de Lisbeth, fit des pirouettes et sauta dans tous les sens tandis qu'elle fermait les yeux, tentant d'occulter tout le reste et de se concentrer uniquement sur la musique. Elle sentit son corps se ramollir, s'assouplir. Elle rouvrit rapidement les yeux et s'arrêta. Comme si l'enfant pressentait ce qui se passait dans sa tête, il attrapa à nouveau ses mains et la maintint sur le tapis et dans la musique. Lisbeth referma les yeux, souffla, retrouva le rythme. Et d'un seul coup, cela devint facile. Elle arrêta de penser. Son corps suivit la cadence. Eden rit, ils se tournèrent l'un vers l'autre, s'accroupirent, levèrent les bras, s'étirèrent en l'air, rejetèrent leur tête en arrière. Eden avait lâché ses mains, absorbé par la musique. Et bien qu'il ne regardât pas Lisbeth, il se mouvait de la même façon qu'elle, comme si c'était elle qui lui avait appris à danser.

La chanson prit fin, mais ils n'arrêtèrent pas de danser, et lorsqu'une autre se mit à jouer, ils s'agitèrent encore plus, utilisant cette fois tout l'espace de la pièce, de plus en plus sauvages dans leurs gestes.

Lisbeth ne remarqua Malik appuyé contre l'embrasure de la porte que lorsque la troisième chanson s'arrêta. Elle se figea aussitôt.

— Je ne voulais pas déranger, lâcha Malik.

— C'est pas le cas, assura Eden avant de bondir sur le canapé et de donner des coups de pieds en l'air.

— Je vais m'occuper de la vaisselle, déclara Lisbeth.

— Tu dois rester, protesta Eden.

— Laisse-moi m'en charger, dit Malik.

— On pourra redanser plus tard, assura Lisbeth.

— Promis?

— Promis.

Eden exulta. En riant, Lisbeth alla dans la cuisine et fit couler l'eau dans l'évier.

Malik apparut sur le seuil de la porte.

— Je m'occupe d'essuyer, dit-il en sortant un torchon propre du tiroir.

— D'accord.

Lisbeth se pencha par-dessus l'évier, plongea ses mains dans l'eau chaude, frotta la vaisselle avec une éponge et la déposa sur l'égouttoir. Malik prit son temps, astiqua les surfaces et empila soigneusement les assiettes sur l'étagère. Il travaillait le bois de la même manière, songea Lisbeth. Ses gestes n'étaient jamais précipités ou irréfléchis. Il bougeait toujours ses doigts de façon précise et rien ne lui tombait facilement des mains. Même quand il mangeait, il ne laissait aucune miette, ne se tachait jamais. Sur ce point, ils étaient identiques. Lisbeth l'avait appris de son père. "Ceux qui travaillent de leurs mains ne peuvent se permettre aucune erreur", lui rabâchait-il lorsqu'elle l'aidait dans le jardin. Et "les gestes inutiles coûtent inutilement de l'énergie". C'est aussi parce qu'elle avait tellement intériorisé cela que tirer avait été aussi facile pour elle.

— Florentine m'a raconté que, le soir où vous vous êtes rencontrés, tu étais si saoul qu'elle avait dû te raccompagner à la maison, dit Lisbeth en essorant l'éponge.

— Hmm.

— Ça m'a surprise.

— Surprise ?

— Je t'ai toujours pris pour quelqu'un qui ne perdait jamais le contrôle de lui-même.

Malik resta silencieux. Puis il lâcha :

— Tu crois que c'était facile pour moi ?

— Quoi donc ?

— Le fait que tu sois partie.

Lisbeth ne bougea plus.

— Il y avait des jours où j'avais besoin d'être seul. Et alors, je n'étais pas en état d'être responsable de qui que ce soit, pas même d'Eden. Tu vas me le reprocher, maintenant ? demanda-t-il.

— Bien sûr que non.

— Tu sais ce qui m'aurait aidé ? Un message de ta part. Un appel. Une carte postale, si tu veux. N'importe quel genre d'explication.

Lisbeth déglutit. Par réflexe, elle chercha une issue de secours, mais elle savait qu'elle ne se trouvait pas dans une situation où elle pouvait se contenter de quitter la pièce. Elle laissa l'eau couler. Une seule cuillère se trouvait encore au fond de l'évier. Elle sentait le regard de Malik posé sur sa nuque. Il plia le torchon, le déplia, puis le mit sur le côté en soupirant.

— Le rôle d'une mère n'est pas pour moi, avoua-t-elle avant de sortir la cuillère de ce qu'il restait de mousse et de la garder dans sa main.

— Tu veux dire le rôle d'une personne aimée.

— Aimée?

— Aimée par moi et Eden.

Lisbeth s'esclaffa. Un son strident. Malik croisa les bras contre sa poitrine et fit un pas en arrière comme s'il cherchait à se mettre à l'abri.

— Désolée, dit-elle.

Malik haussa les épaules. Lisbeth posa une main sur son dos.

— Je suis désolée de ne rien t'avoir envoyé.

— Je n'arrive pas à comprendre pourquoi tu n'as pas essayé de me parler. Nous aurions peut-être pu trouver une solution ensemble.

— Je pensais que si je disparaissais tout simplement, si Eden oubliait que j'existais, ce serait plus simple pour vous.

Lisbeth le regarda avec gravité.

— Je ne peux pas remonter dans le temps, mais j'aimerais que tu saches que ça m'a fait du mal.

Malik secoua la tête et se détourna.

Hésitante, Lisbeth fit un pas et s'appuya contre lui. Son odeur lui était encore familière. Ils restèrent là un moment.

L'après-midi, Malik et Eden jouèrent dans le salon sur le tapis. Lisbeth s'assit sur le canapé et les regarda. Ils avaient construit de nombreuses tours avec les blocs, qu'ils complétaient maintenant par d'autres bâtiments.

— Qu'est-ce que c'est ? demanda-t-elle.

Eden releva la tête.

— Une ville.

— Quoi comme ville ?

— Elle a d'abord été détruite par un incendie, et maintenant, on la reconstruit.

— Vous ne devriez pas d'abord la raser complètement ? releva Lisbeth.

Eden soupira.

— Ce n'est pas possible.

— Et pourquoi pas ?

— Parce que sinon, les vieilles maisons seraient toutes tristes.

Lisbeth échangea un bref regard avec Malik, qui ne parvint pas à réprimer un sourire.

— Ah oui, c'est logique, répondit-t-elle.

— Je dois aller aux toilettes ! s'écria Eden, qui bondit et partit en courant.

Lisbeth s'adossa contre le coussin rugueux du canapé et le suivit du regard.

— Qu'est-ce qu'il y a ? voulut savoir Malik.

Il s'allongea sur le tapis, à côté de la ville et la regarda.

— À quoi tu penses ?

*À comment c'était avant que je parte*, voulut répondre Lisbeth, mais à la place, elle se frotta les yeux, se leva et arrangea les coussins.

— Tu as besoin de quelque chose dans la cuisine ? demanda-t-elle.

— Ta mère m'a raconté que tu n'avais jamais pleuré enfant, dit Malik.

Lisbeth plissa les yeux.

— Tu parles avec Rita ?

— Tu pensais qu'elle avait coupé les ponts ?

Lisbeth se mordit la lèvre.

— Elle se fait du souci, tout comme moi.

— Elle m'en veut de vous avoir quittés.

— Elle ne voulait pas que tu t'enfuies.

— Je ne pouvais pas faire autrement.

— Elle aussi, elle t'aime.

Lisbeth ne répondit rien.

— Tout comme Florentine, ajouta Malik.

— Qu'est-ce que tu racontes ?

Malik haussa les sourcils.

— Florentine est amoureuse de toi. Mais ce que je te dis, tu le sais déjà, bien sûr.

Lisbeth le dévisagea.

Malik se frappa le front.

— Mon Dieu. Tu ne le sais pas.

Il eut un sourire moqueur.

— Elle ne te l'a jamais dit ?

Sans dire un mot, Lisbeth ouvrit la porte de la terrasse, quitta le bungalow et courut à travers les dunes vers la plage, sans se retourner une seule fois. Il n'y avait personne. La pluie s'était un peu calmée. Le ciel était sombre. Le vent fort. Un drapeau s'agitait frénétiquement. Lisbeth se déshabilla, pataugea dans l'eau, plongea, voulut nager vers le large, mais la mer Baltique la repoussa sans arrêt vers le rivage, où elle finit par rester allongée en tremblant sur le sable mouillé, sans perdre la sensation de son corps malgré le froid.


Lorsque Lisbeth rentra au bungalow, elle entendit Malik et Eden dans la salle de bains. Les cheveux trempés, elle se laissa tomber sur le canapé et enleva ses chaussures de sport. La ville occupait à présent le tapis tout entier.

— Tu es allée te baigner ? demanda Malik.

Il se tenait contre le seuil de la porte.

— Combien de temps suis-je partie ?

— Assez longtemps pour qu'on se fasse du souci.

Lisbeth s'essuya le visage.

— Elle t'a dit qu'elle m'aimait ?

— Elle n'a pas eu besoin de le faire.

— Alors comment peux-tu être aussi sûr de toi ?

Malik sourit.

— La façon dont elle a parlé de toi. Son regard. Ça s'est vu même dans les gestes de ses mains.

Lisbeth soupira et se laissa retomber.

LISBETH évita le foyer de la caserne. Elle se tint également à l'écart de toutes les autres activités pendant leur temps libre. La nuit dans son lit superposé, les démangeaisons étaient insupportables. Elle ne se grattait plus seulement les plis des coudes jusqu'au sang, mais aussi à l'intérieur de ses cuisses, sur sa poitrine, sur son ventre. Elle se coupa les ongles très court, mais ses doigts parvinrent malgré tout à frotter les couches de sa peau. Même la crème à la cortisone qu'elle mettait quand les autres dormaient déjà ne suffisait pas. En journée, elle prenait garde à ce que son uniforme soit correctement ajusté, que ses manches ne remontent pas. Son corps lui paraissait deux fois plus lourd. Elle ne parvenait pas toujours à suivre le rythme lorsqu'elle courait avec Florentine le matin. En cours, son regard s'égarait souvent à travers la fenêtre. Quand elle quittait la salle, elle ne se rappelait rien de ce qui avait été dit. Ses notes devenaient de plus en plus cryptiques, elle n'arrivait plus à lire sa propre écriture. Mais fondue dans la masse, elle parvenait à ne pas se faire remarquer.

La prestation de serment approchait. Depuis le début de la formation initiale deux mois auparavant, Lisbeth et Florentine avaient attendu ce jour avec impatience. À présent, Lisbeth ne ressentait plus rien. Le week-end juste avant, Florentine la poussa dans sa voiture.

— On va danser, déclara-t-elle.

Elle conduisit bien trop vite, le volume de la musique à fond, elle rit et chanta. Entraînée par sa bonne humeur, Lisbeth joignit sa voix à la sienne, baissa la fenêtre et étira sa tête dans le vent. À l'intérieur de la discothèque, elles burent une bière à toute vitesse, debout, appuyées au comptoir, puis se rendirent aussitôt après sur la piste de danse. L'atmosphère était enfiévrée. La musique forte et rapide. Lisbeth ferma les yeux et se concentra uniquement sur les mouvements de son corps. Soudain, quelqu'un la bouscula. Un groupe de gars balèzes s'était mis à pogoter. Les autres les évitèrent, formèrent un cercle, seule Lisbeth resta près d'eux. Elle vit leurs visages en sueur, leurs dents dévoilées, les muscles sous leurs T-shirts serrés. Sans réfléchir longtemps, elle se jeta au milieu d'eux, plaqua ses épaules contre leurs corps, enfonça son poids en eux, trébucha, se rattrapa, bondit à nouveau. Ils formaient une foule ondoyante. La musique se fit plus rapide et plus forte. Lisbeth cria avec les hommes, rit avec eux, montra ses propres muscles. Mais elle anticipa mal le saut suivant et fut renversée, emportant l'un des gars dans sa chute, qui tomba sur elle de tout son poids. Il resta étendu, bouillant et lourd. Elle sentit son haleine alcoolisée, tenta de le repousser, mais n'y parvint pas. Lorsqu'il la remarqua véritablement, il rit en la regardant droit dans les yeux.

— Je me relève quand je veux, ronchonna-t-il sans bouger.

Ne parvenant plus à respirer, Lisbeth sentit son corps l'abandonner une seconde fois en peu de temps. La musique était loin, très loin. Elle regarda un projecteur éblouissant au plafond, reprit son souffle. Sous elle, le sol vibrait au son des basses. Des gouttes d'une transpiration qui n'était pas la sienne tombèrent sur son visage. Elle ferma les yeux, se perdit.

— Eh dis-moi, t'as plus la lumière à tous les étages ?

Florentine se pencha par-dessus le gars, l'attrapa par le col, et le frappa au visage. Il tituba, ses amis durent le rattraper. Hébétés, ils regardèrent Florentine leur faire face, avec une tête de moins qu'eux, les poings levés, sautillant sur place, prête à décocher un second coup. Mais avant qu'elle ne puisse le frapper à nouveau, elle fut arrêtée par un videur, qui s'était entre-temps frayé un chemin dans la foule, et qui attrapa aussi Lisbeth. Il les traîna toutes les deux sur la piste de danse, remonta les escaliers et les jeta dans la rue.

— Dessoûlez d'abord ! leur cria-t-il, avant de leur claquer la porte au nez.

— On n'a bu qu'une seule bière ! beugla Florentine en tambourinant des poings contre le métal.

Mais de l'autre côté, rien ne bougea. Elle se retourna vers Lisbeth.

— Tout va bien ? demanda-t-elle.

Lisbeth était encore assise où le videur l'avait déposée. Elle ne pouvait même plus bouger le petit doigt. Florentine s'accroupit à côté d'elle, lui tendit la main, mais la laissa ensuite retomber.

— Quels trous du cul.

Elle alluma deux cigarettes et en glissa une entre les lèvres de Lisbeth.

Au ralenti, Lisbeth ôta la cigarette de sa bouche, la tint devant elle en regardant les braises dévorer le tabac. Florentine la fixa.

— Qu'est-ce qu'il y a ? demanda Lisbeth.

— Je ne serai pas toujours là pour toi.

— Quoi ? fit Lisbeth, qui savait déjà très bien ce que Florentine voulait lui dire.

— Tu dois apprendre à te défendre toute seule.

Les voilà, les mots que Florentine avait eus sur le bout de la langue tout ce temps, et que Lisbeth avait anticipés.

— Je ne t'ai jamais demandé de le faire, rétorqua-t-elle.

Elle parvint à se relever et se dirigea vers la voiture la tête haute. Florentine la suivit sans la quitter des yeux. Bientôt, elle va me proposer son bras pour me soutenir, songea Lisbeth en serrant les dents.

Elles rentrèrent à la caserne sans un mot.


Le jour de la prestation de serment, le corps de Lisbeth était encore un bloc de granite. Même après avoir pris sa douche, bien coiffée et vêtue de la tenue de service grise prescrite pour cette occasion, elle ne ressentit rien. L'excitation des autres la laissait de marbre. Florentine faisait comme si la discussion devant la discothèque n'avait pas eu lieu, se comportait comme d'habitude.

— Tu vas pouvoir rencontrer ma grand-mère, dit-elle en serrant son bras.

Lisbeth réalisa alors qu'elle n'avait pas invité sa mère.

Avec les autres, elles se rassemblèrent dehors devant la caserne. La chaleur de la journée était déjà nettement perceptible.

— Si, plus tard sur la place, vous sentez que vous allez défaillir, faites un signe et reculez. Les infirmiers s'occuperont de vous, leur expliqua-t-on.

Florentine haussa les sourcils et regarda Lisbeth.

— Celui qui défaille devrait se poser de sérieuses questions avant de vouloir devenir soldat, chuchota-t-elle en rigolant.

Lisbeth tira sur les manches de sa veste qui s'étaient un peu remontées et dévoilaient la peau couverte de croûtes de son poignet.

Lorsque les membres des familles arrivèrent, elles étaient en train de fumer toutes les deux un peu à l'écart. Florentine ne cessait de relever la tête en guettant sa grand-mère, mais ce fut Lisbeth qui l'aperçut la première. La grand-mère portait un tailleur pantalon dans les mêmes tons que l'uniforme des recrues. Ses épaulettes donnaient à son corps délicat une allure anguleuse. Ses yeux étaient cachés derrière des lunettes de soleil sombres. Elle se dirigea vers elles d'un pas décidé. Lorsqu'elle bougeait, elle ressemblait à Florentine. La façon de tenir sa tête et d'étirer son dos.

— Tu leur voles la vedette à tous, dit-elle en caressant l'uniforme de Florentine, qui sourit.

— Lisbeth, Siegrid. Siegrid, Lisbeth, les présenta-t-elle.

Siegrid observa Lisbeth de la tête aux pieds et lui tendit la main. Sa poigne était ferme. Elle portait toujours ses lunettes de soleil. Le visage de Lisbeth se reflétait dans les verres.

— Vous avez l'air un peu pâle, dit-elle.

Lisbeth tenta de balayer sa remarque d'un sourire, mais sa bouche ne lui obéit pas.

Un bus les conduisit jusqu'au lieu du serment. Il était climatisé. Lisbeth posa sa tête contre la vitre, pendant que Florentine parlait sans s'arrêter. Le bus passa par un village. Un chien courut derrière une barrière, s'appuya sur le portail avec ses pattes avant, aboya, mais on ne l'entendit pas dans le bus.

Plus tard sur la place, de la sueur coulait de tous les visages. Une tribune avait été construite. Les familles y étaient assises et s'aéraient en agitant le programme. On avait disposé des arrangements floraux exubérants à gauche et à droite du pupitre. Les glaïeuls rouges flamboyaient à la lumière du soleil. Lisbeth ne parvint pas à se concentrer sur le discours. Elle ferma les yeux et imagina être au bord de la mer Baltique. Lentement, elle entra dans l'eau, de plus en plus profondément. La pesanteur l'attira. Ses jambes lâchèrent, elle voulut nager, mais son corps se figea. Elle se rendit, tomba en arrière, sentit des mains l'agripper, ferma les yeux, bascula dans le noir.

Lisbeth revint à elle dans une pièce lumineuse. Les murs vacillaient devant ses yeux. À la place de son uniforme, elle portait une chemise d'hôpital légère. Ses bras écorchés étaient étendus bien en évidence sur les draps. Un infirmier entra, lui parla. Après qu'il eut quitté la pièce, elle avait déjà oublié ce qu'il avait dit. Plus tard, on éloigna le tube de perfusion et elle récupéra ses vêtements. La jeune docteur la rattrapa alors qu'elle s'apprêtait à partir. Elle voulait que Lisbeth lui explique pourquoi elle n'avait pas informé le médecin de l'unité de son eczéma atopique, car rien n'était mentionné à ce sujet dans son dossier.

— J'ignorais que cela avait une quelconque importance.

— Avez-vous des douleurs ? demanda la docteur.

Lisbeth haussa les épaules.

— Êtes-vous stressée ?

— Il faisait chaud. Je n'ai pas assez bu.

Mais la docteur insista.

— Dormez-vous mal ces derniers temps ? Avez-vous perdu l'appétit ?

— Où voulez-vous en venir ?

La docteur soupira, nota quelque chose sur son porte-bloc.

— Vous me paraissez agressive, facilement irritable. Une nouvelle crise peut toujours avoir des causes psychiques, mais vous le savez sûrement.

Lisbeth remarqua que son corps s'engourdissait à nouveau. Elle pensa aux mains qui l'avaient rattrapée sur la place. Comme il lui avait été soudain facile de céder. Et elle pensa à Florentine, à ce qu'elle avait dit dans le bus. Elle vit à nouveau le chien devant elle, et la façon dont son corps s'était affaissé.

Son uniforme lui glissa des mains.

— Je ne veux plus, dit-elle à voix basse.

— Qu'avez-vous dit ?

— L'armée n'est pas le bon endroit pour moi.

La docteur ne parut pas surprise.

— Tout le monde n'est pas à la hauteur des exigences d'ici. C'est bien de savoir le reconnaître, dit-elle, et Lisbeth sentit à quel point elle s'efforçait de paraître compréhensive.

La chambrée était vide lorsque Lisbeth y entra. Elle avait déposé tous les formulaires nécessaires. Officiellement, elle n'était déjà plus une recrue. Elle souffla et s'empressa d'enlever ses affaires de l'armoire métallique. Devant le lit superposé, elle resta immobile. La couverture de Florentine n'avait aucun pli. Elle étendit sa main et caressa le tissu. Elle vit Florentine devant elle, debout dans son uniforme, le regard changé. Aucun clin d'œil, rien qu'une froide condescendance. *Celui qui défaille devrait se poser de sérieuses questions avant de vouloir devenir soldat.*

Lisbeth se dépêcha de défaire son lit. Du sable ruissela de la housse de couette jusqu'au sol. Elle le laissa dans la chambre, jeta le sac sur son épaule et s'en alla vers le parking. Elle s'apprêtait à monter dans sa voiture lorsqu'elle vit le sergent. Il se tenait près de sa propre voiture, fumait, la salua d'un signe de tête. La main de Lisbeth se crispa en saisissant la poignée de la portière. Le sergent maintint son regard, et lui adressa un clin d'œil en ricanant. Le corps de Lisbeth se mit à trembler. Elle parvint tout juste à s'asseoir dans sa voiture et à refermer la porte. Ses mouvements étaient mécaniques. Elle tourna la clé dans la serrure de contact. La radio s'alluma.

Lisbeth sortit de sa place de stationnement. Le sergent était à nouveau absorbé par son portable. Il ne leva pas le nez quand elle passa tout près de lui. L'idée lui vint de se retourner et de foncer droit sur lui avec sa voiture. De le renverser, de lui rouler dessus et de l'abandonner ensuite sur le parking, tout comme il l'avait abandonnée dans la pièce inondée de lumière, mais lorsqu'elle jeta un coup d'œil dans le rétroviseur, il avait disparu.

TROISIÈME PARTIE

LARMES

LISBETH fut brusquement réveillée par un craquement. Elle s'était endormie sur le canapé. La tempête s'était amplifiée. Elle se leva et alla jusqu'à la fenêtre. La pluie s'abattait violemment contre la vitre. Les nuages défilaient à toute vitesse dans le ciel sombre. Lisbeth passa par-dessus la ville sur le tapis et se rassit sur le canapé. La porte de la grande chambre était entrouverte. Malik chantait à Eden une chanson pour dormir. Sa voix douce et grave se mêlait au sifflement du vent. Lisbeth se frotta les yeux, alluma la télévision, zappa. Une chaîne diffusait un documentaire. On y montrait des images en noir et blanc de la mer Baltique gelée. De plages enfouies sous la neige. De bateaux coincés dans la glace. Une voix de commentatrice expliquait que tout avait été figé à l'époque, pendant l'hiver du siècle. Lisbeth tenta de s'imaginer en train de marcher sur de l'eau salée qui avait gelé. De traverser la mer à pied d'une seule traite. Quelle était la différence avec une plaine de sable ? Dehors, une voiture klaxonna et l'arracha à ses pensées. Elle releva la tête. Le klaxon retentit à nouveau. Lisbeth s'empressa d'aller ouvrir la porte. Le vent la secoua, fouettant la pluie sur son visage.

Un taxi se trouvait dans l'entrée. Le moteur tournait encore, les phares brillaient en direction de Lisbeth. Elle leva sa main devant ses yeux pour ne pas être aveuglée. La portière arrière s'ouvrit : une jeune fille aux cheveux en bataille, en haut à paillettes et pantalon camouflage en sortit. Elle se tint dans la lumière en clignant des yeux, la pluie de plus en plus forte ne semblait pas la déranger. Elle portait des chaussures de sport clignotantes et avait des ongles recouverts de vernis rose.

— Lisbeth ? demanda la jeune fille en la regardant.

Lisbeth hésita un instant, puis acquiesça. Dans la bouche de la fille, son nom lui avait paru inconnu.

— Elle doit encore payer, cria la conductrice du taxi.

Elle avait descendu la vitre.

Lisbeth sortit de sa torpeur, alla chercher son porte-monnaie à l'intérieur, passa devant la fille et se pencha vers la conductrice dans la voiture.

— D'où venez-vous ? voulut-elle savoir.

— De Berlin. Elle a insisté pour que je fasse tout le trajet jusqu'ici.

Lisbeth lui colla plusieurs billets dans la main.

— C'est assez ?

La conductrice acquiesça, regarda une dernière fois la jeune fille en secouant la tête et s'en alla.

Une rafale de vent secoua la haie et poussa les branches jusqu'à terre. Immobile, la jeune fille se tenait face à Lisbeth.

— Est-ce que je peux entrer ? demanda-t-elle.

Au même moment, Malik apparut à la porte. Il les regarda d'un air irrité. La fille l'observa de la même façon qu'elle avait scruté le bungalow, à la fois attentive et distante.

— Je te raconterai plus tard, glissa Lisbeth à Malik et elle fit signe à la fille de venir à l'intérieur.

Elles se faufilèrent devant lui. La fille ôta ses chaussures trempées. Lisbeth sortit deux serviettes de la salle de bains et lui en tendit une.

— Je peux aussi te donner des vêtements secs, dit-elle.

— Ça ira, répondit la fille avant de s'essuyer le visage.

Indécise, elle resta au milieu du salon et observa la pièce. Son regard s'arrêta sur la ville sur le tapis.

— Je construisais toujours des trucs comme ça, avant, dit-elle en souriant.

— Est-ce que quelqu'un peut m'expliquer ce qui se passe, maintenant ? réclama Malik.

— Je peux m'asseoir ? demanda la fille en désignant la grande table à manger.

Lisbeth acquiesça. La fille posa la serviette sur le dossier de la chaise et s'installa. Lisbeth s'assit face à elle et fit un signe de tête à Malik pour lui faire comprendre de les rejoindre autour de la table. La lumière du plafonnier projetait sur le bois les ombres des fleurs qui se trouvaient au milieu. Lisbeth fit glisser ses mains sur les contours, en changea la forme. La fille replia ses jambes contre elle et enroula ses bras autour de ses genoux.

— Les enfants m'ont dit que tu m'avais cherchée moi et mes amies, dit-elle en regardant attentivement Lisbeth. Ils m'ont donné ton mot.

— Où est-elle ? s'enquit Lisbeth.

— Je ne sais pas vraiment.

— Qui ? demanda Malik.

— Florentine, répondit Lisbeth.

— Je l'ai vue pour la dernière fois il y a quelques jours.

— Elle allait bien ?

— Pas vraiment.

— Euh, excuse-moi, mais tu peux me dire vite fait qui tu es ? demanda Malik en la regardant.

— Chloé, dit-elle.

— Elle et ses amies ont habité dans un appartement à côté de celui de Florentine, expliqua Lisbeth.

— Vous vous connaissez ? releva Malik.

Lisbeth secoua la tête.

— Florentine m'a parlé d'elles dans des lettres.

— Qu'est-ce qu'elle a raconté sur nous dans ses lettres ? demanda Chloé.

— Qu'elle allait vous apprendre à tirer.

Chloé passa sa langue sur ses lèvres.

— Nous n'avons jamais eu l'intention de tuer quelqu'un. Pour nous, c'était juste un jeu, dit-elle avant de changer de position. Nous avons compris trop tard que ce n'était pas le cas de Florentine. Et ensuite, elle a disparu.

— Disparu où ?

— Je ne suis pas sûre, mais je crois qu'elle est partie dans le sud de l'Allemagne.

— Pourquoi le sud de l'Allemagne ?

— C'est là qu'habite quelqu'un qu'elle a toujours appelé le sergent.

Lisbeth se redressa.

— C'est quel genre de sergent ? voulut savoir Malik.

Chloé haussa les épaules.

— Je le connais, déclara Lisbeth.

Chloé se pencha vers elle par-dessus la table.

— Tu dois retrouver Florentine et la faire renoncer à son plan.

— Moi ? répéta Lisbeth.

Chloé hocha la tête.

— Mais où habite le sergent exactement ?

— Voilà son adresse, dit Chloé en sortant un bout de papier de la poche de son pantalon.

Lisbeth reconnut l'écriture de la guerrière. Elle prit le papier et se leva.

— Tu veux y aller maintenant ? l'interrogea Malik.

— Évidemment.

— C'est complètement insensé avec la tempête.

— On sait enfin où se trouve Florentine, mais je dois rester ici et attendre encore ?

— Je t'accompagnerai dans tous les cas, dit Malik. Mais on est au beau milieu de la nuit.

Lisbeth se tourna vers Chloé.

— Qu'est-ce que tu en penses ?

— Il a raison. On arrive à peine à rouler avec cette tempête. Si on part dès demain matin, les routes seront dégagées.

— Tu veux aussi venir ? s'étonna Lisbeth.

Chloé acquiesça.

— Bon, d'accord, on s'en va demain matin.


Lisbeth déplia le canapé pour Chloé et sortit des couvertures et des coussins de l'armoire.

— Merci, dit Chloé.

Malik s'était déjà couché auprès d'Eden. Lisbeth éteignit toutes les lumières, disparut dans la petite chambre et s'assit sur le lit. La tempête continuait de souffler au-dessus de la maison, mais Lisbeth avait l'impression qu'elle était moins forte qu'au moment où Chloé était arrivée. Elle ne quitta pas des yeux les chiffres lumineux du réveil posé sur la table de nuit et attendit. Après une heure, elle attrapa sa veste, enfila un pantalon et sortit de la chambre. Elle traversa furtivement le couloir, aussi silencieusement que possible, et enfila ses chaussures.

La pluie avait cessé. Il y avait une grosse flaque à l'entrée du bungalow. La nuit noire se reflétait dedans. Lisbeth la contourna, grimpa dans la voiture, démarra le moteur. Elle allait partir lorsque la porte s'ouvrit : Malik tenait Eden dans ses bras. Endormi, il avait la tête posée contre sa poitrine.

Lisbeth baissa la vitre.

— Vous devez me laisser partir.

— Tu ne devrais pas y aller toute seule.

— Je ne peux pas attendre jusqu'à demain.

— Alors on y va maintenant, décida Malik en ouvrant la portière arrière pour déposer l'enfant sur la banquette. Je réveille Chloé.

Il retourna au bungalow.

— Où va-t-on ? demanda Eden d'une voix endormie.

— C'est juste une sortie, dit Lisbeth. Ferme les yeux. On va mettre un moment avant d'arriver.

Eden marmonna quelque chose et se renfonça dans le siège. Malik et Chloé sortirent du bungalow et montèrent. Chloé semblait ne pas avoir dormi du tout. Lisbeth mit les gaz.


Ils roulèrent en silence et croisèrent régulièrement des arbres déracinés, mais aucun ne se trouvait de leur côté de la route. Une fois seulement, une grosse branche leur barra le chemin. Lisbeth et Chloé descendirent et la poussèrent jusqu'au bord. Après cela, leurs mains sentirent la résine. Le vent se mit lentement à faiblir.

Sur l'autoroute, ils ne croisèrent presque aucun autre véhicule. Eden et Chloé s'endormirent. Lisbeth ne cessa de jeter des coups d'œil vers Malik, s'attendant à ce que lui aussi ferme les yeux, mais il regardait la route aussi fixement qu'elle. Lentement, l'aube arriva. Le paysage se vallonna de plus en plus.

— Pourquoi est-ce qu'elle veut le tuer ? demanda Malik.

Lisbeth fixait la route. Malik se tenait calmement près d'elle. Plusieurs minutes passèrent pendant lesquelles ils ne dirent rien. Puis elle commença à parler, lui raconta en balbutiant ce qui s'était passé ce jour-là à la caserne, au début du printemps, comment le sergent l'avait plaquée au sol et ensuite simplement laissée là.

Malik se contenta d'écouter sans l'interrompre.

— Tu sais que ce n'était pas de ta faute, n'est-ce pas ? lui dit Chloé.

Surprise, Lisbeth regarda dans le rétroviseur. Chloé était à présent assise bien droite et soutenait son regard.

— Qu'est-ce que tu veux dire ?

— Tu as raconté ça comme si tu y pouvais quelque chose. Comme si tu aurais pu l'éviter, si tu avais été plus forte.

— J'aurais dû me défendre. Je voulais devenir soldate.

— Ça n'a rien à voir, objecta Malik.

Lisbeth resta silencieuse. Le soleil s'était levé. Sa lumière inondait la voiture. Lisbeth eut l'impression que les coussins et sa peau brûlaient. Malik étendit sa main vers elle, lui toucha prudemment l'épaule.

— Est-ce que tu peux le dire ?

— Quoi ?

— Que ce n'est pas de ta faute.

Lisbeth s'esclaffa.

— Je suis sérieux, assura Malik.

Lisbeth raffermit sa prise sur le volant, sans rien dire. Malik soupira, cala sa tête contre la vitre et ferma les yeux. Chloé semblait s'être rendormie. Seul le léger bourdonnement du moteur résonnait.

— Ce n'est pas de ma faute, chuchota Lisbeth.

LE lotissement était constitué de maisons pratiquement identiques. À l'extrémité, d'autres travaux de construction étaient en cours. Les nouveaux terrains étaient déjà jalonnés. Des rubans de signalisation orange fluo flottaient au vent.

— Tu te souviens de la maison? demanda Lisbeth à Chloé pendant qu'elle traversait le lotissement en roulant au pas.

Chloé secoua la tête.

— Mais je saurai la reconnaître quand je la verrai.

Pas un seul arbre ne poussait ici. Les petites pelouses étaient entretenues avec tant de soin qu'elles paraissaient artificielles. Tout avait l'air désert. Au loin, on pouvait apercevoir les premiers contreforts des montagnes. Leurs crêtes se découpaient dans le ciel. À l'instar du lotissement, elles ressemblaient elles aussi à une décoration murale.

Ils passèrent devant un étang artificiel. Lisbeth fut heureuse de voir un groupe de canards s'affoler et s'envoler en jacassant lorsqu'ils entendirent le bruit du moteur.

— C'est ici, reconnut Chloé.

Elle montra du doigt une maison dont le jardin de devant était composé de pierres noires, par-dessus lesquelles la chaleur scintillait déjà, tôt le matin.

Lisbeth ne vit aucune plante. Elle laissa la voiture rouler toute seule et la gara le long d'une aire de jeux. Dans la maison du sergent, les volets étaient baissés. Au deuxième étage, des décorations colorées avaient été collées sur les fenêtres.

Ni la guerrière, ni sa moto n'étaient visibles. Lisbeth baissa la vitre. Il régnait un silence de mort. L'enfant dormait encore sur la banquette. Sa tête était penchée sur le côté, le visage apaisé.

— Et maintenant ? demanda Malik.

— On attend, répondit Lisbeth.

Pendant longtemps, il ne se passa rien. À un moment, des rideaux bougèrent dans une maison voisine, mais ils ne virent personne.

— Quand j'étais enceinte, je me suis parfois imaginé que nous finirions par avoir une maison comme celle-ci, raconta Lisbeth.

— Une maison préfabriquée aussi horrible ? s'étonna Malik.

Lisbeth acquiesça.

— À l'époque, ça me paraissait prometteur.

— J'ai du mal à imaginer que tu aurais été heureuse dans un lotissement comme celui-ci.

— Je voulais juste pouvoir être une autre.

Malik esquissa un signe de tête.

— C'est toujours ce que tu souhaites ?

— Parfois.

— Ça nous arrive à tous de temps en temps, dit Chloé.

Lisbeth sourit, et regarda à nouveau vers la maison du sergent. Pile à ce moment, la porte s'ouvrit. Lisbeth retint sa respiration. Un grand homme sortit, un chien en laisse.

— C'est lui ? demanda Malik.

Lisbeth plissa les yeux. Puis acquiesça.

— Il est encore en vie, murmura-t-elle, elle-même surprise par son soulagement.

Le sergent ouvrit la porte du jardin, jeta un coup d'œil dans leur direction. Le chien aboya et tira sur la laisse, le sergent poursuivit son chemin et disparut au coin de rue suivant.

Lisbeth expira. Elle sentit soudain à quel point ils s'étaient éloignés de la mer Baltique. Ses jambes devinrent lourdes.

— C'est qui, ça ? demanda brusquement Eden avant de frotter ses yeux endormis et regarder Chloé.

— C'est Chloé, répondit Lisbeth.

— On voulait aller au parc avec elle et toi, dit Malik en montrant l'extérieur.

— Tu veux sortir ? demanda Lisbeth.

— Oui, pourquoi pas. Si Florentine vient ici, c'est peut-être bien si elle nous voit directement. Et puis, ce serait bizarre de passer la matinée entière accroupis dans la voiture, tu ne crois pas ?

Chloé approuva, sortit du véhicule, s'étira en bâillant. Malik et Eden la suivirent. Lisbeth essaya de bouger ses mains, en vain. Eden apparut à sa fenêtre et ouvrit la portière.

— Il ne faut pas avoir peur.

Le corps de Lisbeth se détendit, elle se laissa faire. Elle attrapa rapidement les mains d'Eden et sortit.

Enthousiaste, il la tira jusqu'à l'aire de jeux et se précipita vers le portique d'escalade. Lisbeth grimpa l'échelle avec lui. Ils traversèrent ensemble la passerelle en bois. Il débouchait sur une petite tour d'observation de laquelle partait un toboggan. Eden se laissa glisser en criant, atterrit dans le sable, se releva.

— À ton tour.

Lisbeth se baissa sous le balcon, se poussa et glissa jusqu'en bas. Ravi, l'enfant bondissait dans tous les sens.

— Et maintenant à ton tour, dit-il en attrapant la main de Chloé, qui se laissa entraîner.

Tous deux ne cessèrent de remonter le portique pour redescendre par le toboggan. Lisbeth ne quitta pas la rue des yeux. Malik aussi resta vigilant. Une jeune femme passa devant le parc en faisant son jogging, les observa, se retourna encore plusieurs fois vers eux. Quelque part, on entendait des cris d'enfants. Lisbeth s'appuya contre la barrière, s'imagina que la mer se trouvait de l'autre côté des montagnes. Deux voitures roulèrent lentement le long de la rue. Les vitres teintées. Eden et Chloé étaient partis jouer à la tyrolienne. Un chien aboya. Lisbeth se retourna. Le sergent longeait la rue, tirant le chien qui ne voulait pas arrêter de japper. Malik se rapprocha de Lisbeth. Le sergent disparut dans la maison. Sur un autre terrain, un arroseur automatique se mit en marche et tressaillit dans l'herbe. Une femme sortit sur le seuil de sa porte et balaya l'entrée. Quand un portable sonna, Lisbeth ne parvint pas à reconnaître le bruit. Malik montra du doigt son sac.

— Je crois que c'est le tien.

Lisbeth s'empressa de le sortir et regarda l'écran. C'était sa mère.

— Salut, dit Lisbeth en pressant son portable tout contre son oreille et s'éloignant de quelques pas.

— Tu es à bord du navire ? demanda Rita.

— Non.

— Il faut que tu viennes me voir.

— Qu'est-ce qui se passe ?

— Elle est chez moi.

— Qui ?

— Florentine. Elle était devant ma porte à l'aube.

— Chez toi ?

— Viens, je t'expliquerai.

— Je suis tout au sud. Ça va me prendre un moment.

— Elle sera encore là.

— OK.

— Conduis prudemment, ajouta Rita.

Elles se dirent au revoir.

— C'était qui ? demanda Malik.

— Ma mère.

— Qu'est-ce qu'elle voulait ?

— Florentine est chez elle.

Malik parut surpris.

— Chez Rita ?

— Elle a dit qu'elle m'expliquerait tout une fois que je serais là.

Malik haussa les sourcils.

— Alors, on roule jusqu'à chez elle ?

Lisbeth se sentait assommée. Elle se frotta le front, puis acquiesça.

Le trajet le plus court passait par les montagnes. La voiture ronronna sur la route qui ne cessait de grimper. Des parois rocheuses se dressaient à gauche et à droite. Eden avait le visage collé sur la vitre et regardait dehors. Le brouillard s'accrochait dans la vallée. Lisbeth alluma le chauffage.

— On devrait faire une halte ici, dit-elle.

Assis sur le siège passager, Malik la regarda.

— Tu es fatiguée? Tu veux que je prenne le volant?

Lisbeth secoua la tête.

— On a tous besoin d'une pause.


Ils passèrent la nuit dans une auberge construite si près d'un versant de montagne que Lisbeth put toucher la pierre depuis sa fenêtre. Elle était froide et lisse.

Le soir, ils mangèrent dans un restaurant tapissé de lambris de bois. Le plat était consistant. Un rôti de porc gras et brillant. Chloé et Eden construisirent une pyramide de sous-bocks sur les serviettes à carreaux, la laissèrent s'écrouler, puis la rebâtirent. Lisbeth sentait le regard de Malik posé sur elle.

— Je vais bien, dit-elle à voix basse en repoussant son verre de vin.

Tôt le lendemain matin, Lisbeth fut réveillée en entendant que le couloir était nettoyé. Quelqu'un passait un aspirateur vrombissant tout près de la porte de sa chambre. Sans faire de bruit pour ne pas réveiller les autres, Lisbeth s'habilla, quitta la chambre et sortit de l'auberge. Les versants des montagnes étaient plongés dans les premières lueurs du jour et rougeoyaient. Sans parvenir à détourner le regard, elle fuma une cigarette, puis une deuxième, et une troisième.

— Je peux en avoir une aussi ?

Chloé était également sortie et se frottait les yeux. Lisbeth lui tendit son paquet, puis son briquet.

— Merci.

Elles fumèrent en silence, les bras croisés.

— Pourquoi est-ce que Florentine a quitté son appartement ? demanda Lisbeth.

Chloé fit tomber les cendres de sa cigarette.

— Elle a dit : "Dans cette guerre, rien ne doit faire penser à moi."

Lisbeth fit une grimace.

— Ça lui ressemble bien.

Chloé rit.

— Et où a-t-elle habité ensuite ?

— Chez nous.

— Quand j'ai sonné chez vous, personne ne m'a ouvert.

— Quand on dort, on n'entend rien.

— Pourquoi est-ce que tes amies ne sont pas venues avec toi jusqu'au bungalow ?

— Elles voulaient appeler la police.

— Et pas toi?

— Qu'est-ce qu'on aurait dû leur dire?

— Ce que tu nous as dit.

Chloé jeta sa cigarette.

— Elle n'aurait pas compris. Tu me semblais être une meilleure option. Elle parlait assez souvent de toi, tu sais?

Lisbeth ne répondit pas.

— Je crois que j'ai bien fait, assura Chloé.

Dans l'auberge, on entendait à présent des assiettes s'entrechoquer.

— Je vais réveiller les autres.

Elle adressa un sourire à Lisbeth et retourna à l'intérieur. Pendant un moment, Lisbeth resta dehors, puis elle écrasa sa cigarette et suivit Chloé.

Après le petit-déjeuner, ils reprirent la route, traversèrent le point culminant puis ne firent que redescendre après cela.


Arrivés à un point de vue, ils firent une pause. Ils sortirent de la voiture et se dégourdirent les jambes. Sous leurs pieds s'étendaient une vallée, des petits villages, une rivière. Dans leurs dos s'élevaient les montagnes escarpées. Eden tira Lisbeth vers un panneau d'information fixé sur un support en bois. Dessus, des images de coquillages, de coraux et de poissons fossilisés.

— Autrefois, c'était un océan. Et puis tout s'est déplacé, raconta l'enfant en montrant la pente.

Lisbeth le vit aussitôt devant elle, sentit le sel, l'eau.

— En fait, il y a déjà eu la mer partout, observa-t-il.

Lisbeth serra la main d'Eden.

Ils poursuivirent leur route, laissant les montagnes derrière eux. Le paysage devint plus familier pour Lisbeth. Malik, Chloé et Eden jouèrent à *devine ce que je vois*. Lisbeth accéléra sur l'autoroute.

C'était déjà le début de l'après-midi lorsqu'ils atteignirent la périphérie d'Iéna. Des enfants faisaient du sport dans la rue, évitèrent la voiture, leur firent des signes. Lisbeth resta cramponnée au volant. La maison de sa mère apparut devant eux.

— Quand est-ce que tu es venue pour la dernière fois ? demanda Malik.

Lisbeth déglutit.

— Un peu avant d'entrer à l'armée.

À l'époque, le jardin était dégarni. Toutes les fleurs étaient pour la tombe de son père. Mais à présent, les hortensias fleurissaient abondamment. À leurs côtés, des iris, des mauves, des reines-des-prés, des lupins, des yuccas. Ils descendirent. Eden attrapa la main de Malik. Chloé ajusta son haut à paillettes. Lisbeth ouvrit le portail et tous les quatre s'avancèrent le long du chemin qui menait à l'escalier de l'entrée.

Sans qu'ils aient besoin de sonner, Rita leur ouvrit la porte.

— Mamie ! s'écria Eden, surpris, en se jetant dans ses bras.

La mère de Lisbeth rit et l'étreignit à son tour.

— Quel plaisir que vous veniez enfin me rendre visite.

Lisbeth passa nerveusement la main dans ses cheveux.

— Viens, dit sa mère en l'attirant vers elle.

Elle sentait comme avant. Lisbeth ferma les yeux un moment. Rita la relâcha, salua Malik et se présenta à Chloé.

— Où est Florentine ? demanda Lisbeth.

— Elle est assise au fond du jardin. Il vaut mieux que vous rentriez, pour commencer.

Dans le salon, toutes les fenêtres étaient ouvertes. Le soleil inondait la pièce. Rita les pria de s'asseoir sur le canapé. Chloé, Eden et Malik s'installèrent. Lisbeth resta debout, tanguant sur un pied, puis l'autre. Rita avait changé l'agencement, repeint. Sur le buffet, il y avait plusieurs photos encadrées. Lisbeth vit le visage de son père. Une photo d'elle-même quand elle était petite, à la plage. Malik et Eden dans l'enclos d'un zoo, en train de nourrir un chevreuil. La guerrière et elle, le sourire jusqu'aux oreilles, l'une à côté de l'autre en uniforme. Lisbeth attrapa le cadre.

— Pourquoi est-elle ici, chez toi ? demanda-t-elle en tenant la photo de telle sorte que son visage se refléta sur le verre.

Sa mère s'assit sur le fauteuil et étira ses jambes.

— Ce n'est pas la première fois qu'elle vient me voir.

Lisbeth se tourna vers elle.

— Nous sommes en contact depuis des années déjà, raconta Rita.

— Depuis des années ?

Rita sourit.

— Quelques semaines après que tu as abandonné la formation, elle s'est pointée devant ma porte et s'est enquise à ton sujet. Je l'ai invitée à entrer et nous avons bu un café dans le jardin.

— Vous avez bu un café ensemble ?

— Elle voulait savoir comment tu allais et ce que tu faisais désormais.

Lisbeth reposa la photo.

— Ensuite, elle m'a rendu visite encore plus souvent, ajouta Rita.

Lisbeth caressa le buffet, suivant avec ses doigts les veinures du bois.

— Quand tu es partie travailler sur le bateau de croisière, c'est elle qui m'a donné de tes nouvelles. Tu ne voulais plus tellement parler avec moi.

Rita soupira.

— Et maintenant, elle est au fond du jardin ?

— Elle ne voulait pas rester dans la maison, alors je lui ai installé une chaise longue, expliqua sa mère avant d'indiquer la porte ouverte de la terrasse.

Lisbeth resta là où elle était.

— Tu ne veux pas aller la voir ? demanda Rita.

— Peut-être qu'elle dort.

— Allez, vas-y, l'enjoignit Malik en la regardant d'un air encourageant.

— Je peux venir ? murmura Eden.

— On ira dehors plus tard, le retint Malik.

— J'ai des gâteaux pour vous dans la cuisine, dit Rita en se levant.

Malik et Eden la suivirent, et Chloé se leva aussi. Avant de quitter la pièce, elle posa sa main sur l'épaule de Lisbeth et lui adressa un signe de tête.

— Elle sera contente de te voir.

Lisbeth se retrouva seule dans le salon. Son corps projetait une ombre par terre. Lentement, elle se rapprocha de la porte de la terrasse, regarda dehors. Sa mère avait réorganisé le jardin. La serre avait disparu. Les plates-bandes méticuleusement tracées aussi. À la place, il y avait à présent différentes sortes d'arbrisseaux autour des vieux arbres fruitiers. Lisbeth détendit ses épaules et sortit. L'air était empli du parfum des fleurs. Une nuée d'étourneaux s'envola et se posa dans le cerisier. Lisbeth protégea ses yeux avec sa main. La chaise longue se trouvait tout au fond du jardin. Juste sous le magnolia, à l'ombre des épaisses feuilles vertes.

Lentement, Lisbeth descendit les marches de pierre du jardin. Il n'y avait aucun nuage dans le ciel. Elle s'avança, jusqu'au magnolia. Florentine était assise, le dos tourné, et les yeux rivés vers le champ derrière le jardin, où une moissonneuse-batteuse passait lentement sur le blé, traînant derrière elle un nuage de poussière. Comme toujours, elle portait son manteau mauve, mais il ne lui allait plus très bien à présent, il semblait faire deux tailles de trop. Lisbeth resta sans bouger. Florentine tourna la tête. Pendant un moment, elles se regardèrent. Puis Lisbeth s'accroupit à côté d'elle dans l'herbe. La moissonneuse-batteuse tourna. Le bruit de moteur qui se rapprochait se mêla à celui d'un battement d'ailes.

— J'ai été suivie, observa Florentine avant de sourire.

Lisbeth regarda en l'air. Des oiseaux roses se posèrent avec les étourneaux dans le cerisier.

— Je ne l'ai pas tué.

— Je sais, dit Lisbeth. Je…

Elle ne parvint pas à continuer. Sa voix se brisa. Florentine glissa de sa chaise longue, l'attrapa, l'attira à elle, la tint fermement contre elle, et lui murmura quelque chose à l'oreille. Lisbeth se mit à pleurer.

JE REMERCIE :

Iris Wolff pour le sel,
le fleuriste de *Der Blumenstand* pour la possibilité
d'effectuer des recherches,
Ingrid Nehls pour le bureau en bord de mer,
Lucas Henke pour la peau et l'entretien,
Malvine Bukowski pour la première lecture,
Luca Manuel Kieser pour la dernière lecture,
Anvar Čukoski pour son sens des réalités,
Marina Schwabe pour les questions fondamentales et
les noms,
Nick-Julian Lehman pour l'arrangement et la danse,
la *Bund Deutscher EinsatzVeteranen* (Association des
vétérans allemands), en particulier Klaus Bretschneider,
pour leur ouverture,
et tous les autres soldats et soldates pour leurs inter-
views, livres, rapports, vidéos et films.

Le travail sur ce roman a été soutenu par la bourse du
Sénat de Berlin, par le village d'artistes de Schöppingen et
par la bourse de séjour du *Literarisches Tandem "900 Jahre
jung"* de la ville de Fribourg.

*Cet ouvrage a été imprimé sur du papier
dont les fibres de bois proviennent
de forêts durablement gérées*

**IMPRIM'VERT®**

ACHEVÉ D'IMPRIMER SUR ROTO-PAGE
PAR L'IMPRIMERIE FLOCH À MAYENNE
EN DÉCEMBRE 2023
POUR LE COMPTE DES ÉDITIONS GALLMEISTER
13, RUE DE NESLE
75006 PARIS

DÉPÔT LÉGAL : FÉVRIER 2024
1re ÉDITION
N° D'IMPRESSION : 103880
IMPRIMÉ EN FRANCE